estamos
todos
completamente
transtornados

estamos todos completamente transtornados

KAREN JOY FOWLER

Tradução de Geni Hirata

Título original
WE ARE ALL COMPLETELY BESIDE OURSELVES

Copyright © 2013 by Karen Joy Fowler

Todos os direitos reservados.

Nenhuma parte desta obra pode ser reproduzida ou transmitida por qualquer forma ou meio eletrônico ou mecânico, inclusive fotocópia, gravação ou sistema de armazenagem e recuperação de informação, sem a permissão escrita do editor.

Extratos de Franz Kafka's de "A Report from an Academy" são citados a partir da tradução preparada por Ian Johnston of Malaspina University-College (agora Vancouver Island University), Nanaimo, British Columbia, Canadá.
Poema de Issa é citado da tradução que apareceu na homepage de Yoshi Mikami's Issa's Haiku.
Letras de músicas são citadas de "The Hukilau Song", de Jack Owens, e "Love Potion nº 9", de Jerry Leiber e Mike Stoller.

Direitos para a língua portuguesa reservados
com exclusividade para o Brasil à
EDITORA ROCCO LTDA.
Av. Presidente Wilson, 231 – 8º andar
20030-021 – Rio de Janeiro – RJ
Tel.: (21) 3525-2000 – Fax: (21) 3525-2001
rocco@rocco.com.br
www.rocco.com.br

Printed in Brazil/Impresso no Brasil

preparação de originais
ÉRIKA NOGUEIRA

CIP-Brasil. Catalogação na fonte.
Sindicato Nacional dos Editores de Livros, RJ.

F862e   Fowler, Karen Joy
Estamos todos completamente transtornados / Karen Joy Fowler; tradução de Geni Hirata. – 1ª ed. – Rio de Janeiro: Rocco, 2018.

Tradução de: We are all completely beside ourselves.
ISBN 978-85-325-3093-6 (brochura)
ISBN 978-85-8122-721-4 (e-book)

1. Romance americano. I. Hirata, Geni. II. Título.

17-45619

CDD–813
CDU–821.111(73)-3

Este livro é uma obra de ficção. Nomes, personagens, lugares e incidentes são produto da imaginação da autora ou foram usados de forma fictícia. Qualquer semelhança com pessoas reais, vivas ou não, estabelecimentos comerciais, acontecimentos ou localidades é mera coincidência.

À MEMÓRIA

*da maravilhosa Wendy Weil,
campeã de livros, animais e,
nas duas categorias, minha campeã.*

... sua origem de macaco, meus senhores, até onde tenham atrás de si algo dessa natureza, não pode estar tão distante dos senhores como a minha está distante de mim. Mas ela faz cócegas no calcanhar de qualquer um que caminhe sobre a Terra – do pequeno chimpanzé ao grande Aquiles.

– FRANZ KAFKA, "Um relatório para a Academia"*

---

* In: *Um médico rural*. São Paulo. Companhia das Letras, 1999 – trad. de Modesto Carone. (N. da P. O.)

Prólogo

AQUELES QUE ME CONHECEM AGORA FICARÃO SURPRESOS ao saber que eu era muito tagarela quando criança. Temos um filme doméstico feito quando eu tinha dois anos de idade, daquele tipo antigo, sem nenhuma trilha sonora, e a esta altura as cores já desbotaram – um céu branco, meus tênis antes vermelhos agora de um rosa pálido como um fantasma –, mas ainda dá para ver como eu costumava falar.

Eu estou fazendo um pouco de paisagismo, pegando uma pedra de cada vez dos cascalhos do nosso caminho de entrada, carregando-a até uma grande tina de lavar roupa, deixando-a cair ali dentro e voltando para pegar a seguinte. Estou trabalhando com afinco, mas de modo exibicionista. Arregalo os olhos como uma estrela do cinema mudo. Mostro uma peça transparente de quartzo para ser admirada, coloco-a na boca, empurro-a para dentro de uma das bochechas.

Minha mãe aparece e a retira da minha boca. Em seguida, ela recua um passo, saindo da cena, mas agora eu falo enfaticamente – pode-se ver isso pelos meus gestos – e ela retorna, coloca a pedra dentro da tina. Tudo se passa em uns cinco minutos, e em nenhum momento eu paro de falar.

Alguns anos mais tarde, mamãe leu para nós aquele antigo conto de fadas em que uma das irmãs (a mais velha) cospe sapos e cobras quando fala e da boca da outra (a mais nova) saem flores e joias, e foi essa imagem desse filme que a história evocou em mim, essa cena em que minha mãe enfia a mão na minha boca e tira dali um diamante.

Eu era loura na época, mais bonita quando criança do que me tornei quando adulta, e toda enfeitada para a câmera. Minha franja sempre esvoaçante está domada com água e presa de um lado por uma presilha de cabelos de pedrinhas brilhantes, na forma de um laço. Sempre que eu viro a cabeça, a presilha cintila à luz do sol. Arrasto minha mãozinha pela tina de pedras. Tudo isto, pareço estar dizendo, tudo isto será seu um dia.

Ou talvez estivesse dizendo algo inteiramente diferente. O propósito do filme não eram as palavras em si. O que meus pais valorizavam era a sua extravagante abundância, o fluxo inesgotável.

Ainda assim, havia ocasiões em que eu tinha que ser interrompida. Quando você pensar em duas coisas para dizer, escolha sua preferida e diga apenas ela, minha mãe sugeriu-me certa vez, como uma dica para o comportamento social bem-educado, e a regra foi posteriormente modificada para uma em três. Meu pai vinha à porta do meu quarto toda noite para me desejar bons sonhos e eu falava sem parar para respirar, tentando desesperadamente mantê-lo em meu quarto apenas com a minha voz. Eu via sua mão na maçaneta, a porta começando a se fechar. Tenho algo pra dizer!, eu gritava, e a porta parava a meio caminho.

Então, comece pelo meio, ele respondia, uma sombra com a luz do corredor por trás, cansado à noite como os adultos costumam estar. A luz refletia-se na janela do meu quarto como uma estrela à qual você pode fazer um pedido.

Pule o início. Comece pelo meio.

Parte Um

A tormenta cujo sopro me carregava do passado amainou.

– Franz Kafka, "Um relatório para a Academia"

Um

Assim, o meio da minha história começa no inverno de 1996. Nessa época, já tínhamos há muito tempo nos reduzido à família que aquele velho filme doméstico antecipava – eu, minha mãe e, invisível, mas evidente por trás da câmera, meu pai. Em 1996, dez anos haviam se passado desde que eu vira meu irmão pela última vez, dezessete desde que minha irmã desaparecera. O meio da minha história é inteiramente sobre a ausência deles, apesar de que é provável que vocês não ficassem sabendo disso se eu não lhes contasse. Por volta de 1996, dias inteiros se passavam em que eu dificilmente pensava em qualquer um deles.

1996. Ano bissexto. Ano do Rato. O presidente Clinton acabara de ser reeleito; tudo isso iria acabar em lágrimas. Kabul caíra nas mãos dos talibãs. O Cerco de Sarajevo chegara ao fim. Charles acabara de se divorciar de Diana.

O cometa Hale-Bopp entrou cintilando em nossos céus. Alegações da presença de um objeto semelhante a Saturno na cauda do cometa surgiram pela primeira vez naquele novembro. Dolly, a ovelha clonada, e Deep Blue, o programa de computador para jogar xadrez, eram as grandes estrelas. Encontraram provas de vida em Marte. O objeto parecido com Saturno na cauda do Hale-Bopp talvez fosse uma nave alienígena. Em maio de 1997, trinta e nove pessoas levaram a cabo o seu suicídio coletivo como pré-requisito para subir a bordo da nave.

Contra esse pano de fundo, pareço muito comum. Em 1996, eu tinha vinte e dois anos, vagando pelo meu quinto ano na Universidade da Califórnia, Davis, e ainda talvez apenas no penúltimo ano ou talvez no último, mas tão completamente desinteressada nas sutilezas das unidades, nos requisitos ou nos diplomas, que não iria me formar tão cedo. Minha educação, meu pai gostava de ressaltar, era mais ampla do que profunda. Ele sempre dizia isso.

Mas eu não via razão alguma para ter pressa. Eu não tinha nenhuma ambição em particular, além de ser amplamente admirada ou furtivamente influente – estava dividida entre as duas. Mas isso não importava, já que nenhum curso superior nem área de especialização parecia levar seguramente com certeza a qualquer uma das duas situações.

Meus pais, que ainda custeavam minhas despesas, me achavam irritante. Naquela época, minha mãe estava sempre irritada. Era algo novo para ela, doses estimulantes de justa irritação. Isso a rejuvenescia. Ela anunciara havia pouco que colocara um ponto final nessa história de atuar como tradutora e mediadora entre mim e meu pai; ele e eu mal havíamos nos falado desde então. Não me lembro de ter ficado aborrecida com isso. Meu pai era ele próprio um professor universitário insuportavelmente pedante. Qualquer diálogo continha uma lição, como o caroço da cereja. Até hoje, o método socrático me dá vontade de morder alguém.

O outono chegou de repente naquele ano, como uma porta que se abre. Certa manhã, eu estava indo de bicicleta para a aula quando um enorme bando de gansos do Canadá cruzou o céu. Eu não pude vê-los, como não podia ver quase nada, mas ouvi o estridente alarido no alto, acima de mim. Uma névoa se erguia dos campos como um tule e eu estava imersa na neblina, pedalando através de nuvens. A névoa tule não é igual a outras névoas, não é irregular nem esvoaçante, mas fixa e espessa. Provavelmente, qualquer pessoa teria visto o risco de se mover com rapidez através de um mundo invisível, mas eu tenho – ou tinha, quando criança – uma queda particular por pastelão e percalços, de modo que me deliciava com a empolgante emoção daquilo.

Eu me sentia polida pelo ar úmido e talvez eu mesma um pouquinho migratória, um pouquinho selvagem. Isso significava que eu podia flertar um pouco na biblioteca se me sentasse ao lado de alguém com quem valesse a pena flertar ou podia ficar sonhando acordada durante a aula. Naquela época, eu frequentemente me sentia um pouco selvagem. Gostava da sensação, mas isso nunca deu em nada.

Na hora do almoço, pedi alguma coisa, provavelmente sanduíche de queijo quente, digamos que fosse queijo quente, na lanchonete da faculdade. Eu tinha o hábito de deixar meus livros na cadeira ao meu lado, de onde poderia retirá-los com rapidez caso alguém interessante aparecesse, mas que desencorajariam os chatos. Aos vinte e dois anos, eu tinha a definição mais imatura possível de interessante e, pelos meus próprios parâmetros de aferição, eu mesma estava longe de ser interessante.

Um casal estava sentado a uma mesa perto de mim e a voz da garota gradualmente se ergueu a ponto de eu ser obrigada a prestar atenção.

– Você precisa de espaço, merda? – ela perguntou.

Ela usava uma camiseta curta azul e um colar com um pingente de vidro na forma de um peixinho de aquário. Cabelos escuros, compridos, caíam em uma trança meio desfeita pelas suas costas. Ela levantou-se e limpou a mesa com um único movimento do braço. Tinha belos bíceps. Lembro-me de ter desejado ter braços como os dela.

Pratos caíram no chão e se estilhaçaram. Ketchup e refrigerante derramaram e se misturaram aos destroços. Devia haver alguma música ao fundo, porque agora sempre há música ao fundo, todas as nossas vidas com uma trilha sonora (e a maioria irônica

demais para ser aleatória. Só estou dizendo), mas sinceramente não me lembro. Talvez houvesse apenas um doce silêncio e os estalos da gordura na grelha.
— Assim está bom? — a jovem perguntou. — Não me diga para ficar quieta. Só estou dando mais espaço a você. — Ela empurrou a própria mesa, virou-a de lado e derrubou-a no chão. — Está melhor? — Ela ergueu ainda mais a voz. — Ei, vocês todos aí. Por favor, saiam da sala para que meu namorado possa ter mais espaço. Ele precisa de muita merda de espaço. — Ela bateu a cadeira em cima da pilha de ketchup e cacos de louça. Mais barulho de louça quebrada e um súbito bafejo de café.

O resto de nós ficou paralisado — garfos a meio caminho da boca, colheres mergulhadas na sopa, da maneira como as pessoas foram encontradas depois da erupção do Vesúvio.

— Para com isso, benzinho — seu namorado disse uma vez, mas ela continuou e ele não se deu ao trabalho de repetir. Ela dirigiu-se a outra mesa, vazia, exceto por uma bandeja com pratos sujos. Uma vez ali, ela metodicamente quebrou tudo que podia ser quebrado, atirou ao chão tudo que podia ser atirado. Um saleiro girou pelo assoalho até meu pé.

Um rapaz levantou-se de seu assento, dizendo a ela, gaguejando um pouco, para tomar um calmante. Ela atirou uma colher, que ricocheteou sonoramente da testa dele.

— Não tome o partido de babacas — ela disse. Sua voz não estava nem um pouco calma.

Ele caiu sentado de novo na cadeira, os olhos arregalados.

— Eu estou bem — ele assegurou a todos no recinto, mas não soou muito convincente. Em seguida, surpreso: — Puta merda! Fui atacado!

— É essa porcaria que não aguento — o namorado disse. Ele era um sujeito grandalhão, com o rosto magro, jeans largo e um casaco comprido. O nariz afilado como uma faca. – Vai, quebra tudo, sua vaca maluca. Só devolve a chave do meu apartamento primeiro.

Ela lançou outra cadeira, deixando de atingir minha cabeça por cerca de um metro – estou sendo benevolente; pareceu muito menos – batendo na minha mesa e virando-a. Agarrei meu copo e meu prato. Meus livros caíram no chão com uma sonora pancada.

– Vem pegar – ela o desafiou.

Pareceu-me engraçado, o convite de uma cozinheira sobre uma pilha de pratos quebrados, e eu ri uma vez, convulsivamente, um estranho som grasnado, como o de um pato, que fez todo mundo se voltar para mim. Então, parei de rir, porque não era um assunto para achar graça, e todo mundo se virou de volta. Através das paredes de vidro, eu podia ver algumas pessoas que haviam notado a comoção e estavam observando. Um grupo de três pessoas que já ia entrar para almoçar ficou parado à porta.

– Não pense que eu não vou. – Ele deu alguns passos em sua direção. Ela pegou um punhado de cubos de açúcar manchados de ketchup e atirou-os nele.

– Já chega! – ele disse. – Acabou. Vou colocar suas tralhas no corredor e trocar as fechaduras. – Ele se virou e ela atirou um copo, que ricocheteou da sua orelha. Ele deu um passo em falso, cambaleou, tocou o local com uma das mãos, verificou se havia sangue em seus dedos. – Você me deve o dinheiro da gasolina – ele disse, sem olhar para trás. – Mande pelo correio. – E foi embora.

Houve um momento de pausa enquanto a porta se fechava. Então, a jovem virou-se para o resto de nós.

– O que estão olhando, seus idiotas?

Ela pegou uma das cadeiras, e eu não sabia dizer se iria atirá-la ou colocá-la no lugar. Acho que ela mesma não havia decidido.

Um policial do campus chegou ao local. Aproximou-se cautelosamente de mim, a mão no coldre. De mim! Em pé, ao lado da minha mesa e da minha cadeira tombada, ainda segurando meu inofensivo copo de leite e meu prato com o inofensivo, meio comido, sanduíche de queijo quente.

– Abaixe isso, meu bem – ele disse – e sente-se por um instante. – Abaixar? Colocar onde? Sentar-me onde? Nada ao meu redor estava de pé, a não ser eu. – Podemos conversar sobre isso. Você pode me contar o que está havendo. Por enquanto, você ainda não está metida em nenhuma encrenca.

– Não é ela – a mulher atrás do balcão disse ao policial. Era uma mulher grandalhona e velha – quarenta ou mais –, com uma pinta no lábio superior e delineador se acumulando nos cantos dos olhos. Vocês agem como se fossem donos do lugar, ela me disse uma vez, em outra ocasião, quando eu devolvi um hambúrguer malpassado. Mas vocês simplesmente vêm e vão. Você nem imagina que sou eu quem permanece aqui. – A alta – ela disse ao policial. E apontou, mas ele não estava prestando nenhuma atenção a ela, tão concentrado estava em mim e no que eu iria fazer em seguida.

– Acalme-se – ele repetiu, suave e amistosamente. – Você ainda não está metida em nenhuma encrenca. – Ele deu um passo à frente, passando bem ao lado da garota com a trança e a cadeira. Eu vi os olhos dela por trás do seu ombro.

– "Nunca há um policial quando se precisa de um" – ela começou com citações. Sorriu e foi um bonito sorriso. Dentes grandes e brancos. – "Nenhum descanso para os maus." – Ela ergueu a cadeira acima da cabeça. – "Não vai ter sopa para você." – Ela lançou a cadeira longe de mim e do policial, na direção da porta. A cadeira aterrissou de costas.

Quando o policial se virou para olhar, eu deixei cair meu prato e meu garfo. Sinceramente, não tive a intenção. Os dedos da mi-

nha mão esquerda apenas se abriram de repente. O barulho fez o policial girar nos calcanhares de volta para mim. Eu ainda estava segurando um copo que tinha pouco leite. Eu o ergui um pouco, como se fizesse um brinde.
– Não faça isso – ele disse, bem menos amistoso agora. – Eu não estou de brincadeira. Não me ponha à prova.
E eu atirei o copo no chão. Ele se quebrou e respingou leite em cima de um dos meus sapatos e dentro da minha meia. Eu não o deixei cair simplesmente. Atirei aquele copo no chão com todas as minhas forças.

Dois

Quarenta minutos depois, a maluca e eu estávamos enfiadas na traseira de uma viatura policial do condado de Yolo, o problema agora sendo grande demais para os ingênuos policiais do campus. Ainda por cima, algemadas, o que machucava meus pulsos muito mais do que eu jamais teria imaginado.
Ser presa havia melhorado substancialmente o humor da mulher.

– Eu *disse* a ele que não estava de brincadeira – ela comentou, o que foi quase exatamente o que o policial do campus também havia me dito, só que com mais pesar do que triunfo. – Estou muito contente por você ter decidido vir comigo. Sou Harlow Fielding. Departamento de Teatro.

Tá brincando.

– Nunca conheci uma Harlow antes – comentei. Eu me referia ao nome Harlow. Eu havia conhecido um sobrenome Harlow.

– Recebi o nome de minha mãe, que recebeu o nome de Jean Harlow. Porque Jean Harlow tinha beleza *e* cérebro e *não* porque meu vô era um velho nojento. De jeito nenhum! Mas de que lhe valeu a beleza e a inteligência?, eu pergunto a você. Ser esse grande exemplo a seguir?

Eu não sabia nada a respeito de Jean Harlow, exceto que ela talvez tivesse participado de *E o vento levou*, que eu nunca tinha visto, nem nunca quis ver. Aquela guerra já acabou. Supere isso.

– Sou Rosemary Cooke.

— Impressionante — Harlow disse. — Estou totalmente, inteiramente encantada.

Ela deslizou os braços por baixo do traseiro e depois por baixo das pernas, de modo que seus pulsos algemados acabaram entrelaçados diante dela. Se eu tivesse sido capaz de fazer o mesmo, poderíamos ter apertado as mãos, como parecia ser a sua intenção, mas não fui.

Fomos levadas para a cadeia do condado, onde essa mesma manobra causou rebuliço. Vários policiais foram chamados para ver Harlow gentilmente se abaixar e dar um passo por cima de suas mãos algemadas e ir para trás novamente várias vezes. Ela rechaçou o entusiasmo deles com uma modéstia triunfante.

— Eu tenho braços muito longos — disse. — Nunca encontro mangas que sirvam para o meu tamanho.

O nome do policial que nos prendeu era Arnie Haddick. Quando o agente Haddick tirou o chapéu, seu cabelo, recuado da testa em uma curva redonda e lisa, deixava suas feições bem organizadas, como um rosto feliz.

Ele retirou nossas algemas e nos entregou ao condado para sermos processadas.

— Como se fôssemos queijo — Harlow observou. Ela dava toda indicação de ser uma velha profissional naquilo.

Eu não era. A fúria selvagem que eu sentira naquela manhã havia muito desaparecera, deixando em seu lugar algo constrito, algo como tristeza ou talvez saudades de casa. O que eu havia feito? Por que diabos eu fizera aquilo? Lâmpadas fluorescentes zumbiam como moscas acima de nós, acentuando as olheiras nos olhos de todo mundo, deixando todos nós velhos, desesperados e um pouco esverdeados.

— Com licença? Quanto tempo isto vai levar? — perguntei. Fui o mais educada possível. Ocorreu-me que eu ia perder a minha aula da tarde. História medieval da Europa. Aparelhos de tortura e masmorras e gente queimada na fogueira.

— O quanto for necessário. — A mulher do condado me lançou um olhar maligno, sombrio. — Vai ser mais rápido se você não me irritar com perguntas.

Tarde demais para isso. No momento seguinte, ela me mandou para uma cela, para me tirar do seu pé enquanto preenchia a papelada sobre Harlow.

— Não se preocupe, chefe — Harlow me disse. — Já estou indo.

— Chefe? — a mulher do condado repetiu.

Harlow deu de ombros.

— Chefe. Líder. Mentora. — Lançou-me aquele flamejante sorriso. — "*El Capitán*."

Ainda irá chegar o dia em que estudantes universitários e policiais não serão mais inimigos naturais, mas certamente eu não espero viver para ver isso. Tive que tirar meu relógio, sapatos e cinto, e fui levada descalça para uma jaula com barras de ferro e um chão pegajoso. A mulher que pegou meus pertences parecia uma megera. Havia um odor no ar, uma forte combinação de cerveja, lasanha de lanchonete, inseticida e urina.

As barras de ferro iam até o topo da cela. Eu verifiquei para ter certeza. Sei escalar bastante bem, para uma garota. Mais luz fluorescente no teto, zumbido mais alto e uma das lâmpadas piscava, de modo que a cena na cela escurecia e se iluminava, como se dias inteiros passassem rapidamente. Bom dia, boa noite, bom dia, boa noite. Teria sido bom estar de sapatos.

Já havia duas mulheres em detenção. Uma delas estava sentada no colchão de solteiro, sem capa. Era jovem e frágil, negra e estava bêbada.

— Preciso de um médico — ela me disse. Mostrou seu cotovelo; o sangue brotava devagar de um corte estreito, a cor mudando de vermelho para roxo na luz intermitente. Ela gritou tão repentinamente que eu me contraí. – Preciso de socorro aqui! Por que ninguém me ajuda? – Ninguém, eu mesma incluída, respondeu, e ela não voltou a falar.

A outra mulher era de meia-idade, branca, nervosa e magra como um palito. Tinha cabelos oxigenados e duros e usava um conjunto de cor salmão que era elegante, considerando-se a ocasião. Ela acabara de bater na traseira de um carro da polícia e disse que apenas uma semana antes fora pega roubando tortilhas e molho salsa para uma festa de futebol no domingo à tarde em sua casa.

– Isso não é nada bom – ela me disse. – Para ser sincera, eu sou muito azarada.

Finalmente, fui processada. Não sei dizer quantas horas se passaram, já que não tinha relógio, mas posso dizer que foi bem depois de eu ter perdido qualquer esperança. Harlow continuava na sala, remexendo-se, sentada em uma cadeira bamba, fazendo a perna bater enquanto ela ajustava sua declaração. Ela foi acusada de danos à propriedade e de perturbação da ordem pública. Eram acusações tolas, ela me disse. Não a preocupavam; não deviam me preocupar. Ela telefonou para o namorado, o rapaz da lanchonete. Ele logo surgiu de carro e ela foi embora antes que terminassem minha papelada.

Eu vi como podia ser útil ter um namorado. Não pela primeira vez.

Enfrentei as mesmas acusações, porém com um importante acréscimo – também fui acusada de atacar um policial, e ninguém insinuou que essa acusação era tola.

A essa altura, eu havia me convencido de que não fizera absolutamente nada além de estar no lugar errado na hora errada. Telefonei para os meus pais, porque quem mais eu iria chamar? Esperava que minha mãe atendesse, como geralmente fazia, mas tinha saído para jogar bridge. Ela é uma infame trapaceira no bridge – fico abismada que ainda haja alguém disposto a jogar com ela, mas isso mostra o quanto uma pessoa pode ser desesperada por bridge; é um vício. Ela estaria de volta em uma ou duas horas com os seus ganhos adquiridos de forma ilícita chocalhando em uma bolsa com fecho de prata, mais feliz do que de costume.

Até meu pai lhe contar as novidades.

– Que diabos você fez? – A voz do meu pai estava exasperada, como se eu o tivesse interrompido no meio de algo mais importante, mas era exatamente o que ele já esperava.

– Nada. Desafiei um policial do campus. – Senti minhas preocupações se desprenderem de mim como a pele de uma cobra. Meu pai sempre tinha esse efeito sobre mim. Quanto mais irritado ele ficava, mais eu ficava tranquila e satisfeita, o que, é claro, o irritava ainda mais. Irritaria qualquer um, vamos ser justos.

– Quanto menor o problema, maior o rancor – meu pai disse. E foi rápido assim que minha prisão se tornou uma oportunidade de ensinamento. – Sempre achei que seria seu irmão que telefonaria da prisão – ele acrescentou. Surpreendeu-me aquela rara menção ao meu irmão. Meu pai costumava ser mais circunspecto, especialmente ao telefone de casa, que ele acreditava estar grampeado.

Também não respondi com o óbvio, que meu irmão poderia muito bem ser preso, provavelmente seria um dia, mas ele jamais telefonaria.

Havia três palavras escritas com caneta azul na parede acima do telefone. *Use a cabeça.* Pensei em como aquele era um bom conselho, mas talvez um pouco tardio para alguém que estava usando o telefone da cadeia. Pensei em como aquilo daria um bom nome para um cabeleireiro.

– Não faço a menor ideia do que fazer agora – meu pai disse.

– Você vai ter que me explicar.

– É a minha primeira vez também, pai.

— Você não está em posição de bancar a engraçadinha.
Então, repentinamente, desatei em um choro tão convulsivo que não conseguia falar. Foram várias fungadas e várias tentativas, mas não consegui pronunciar nem uma palavra.
O tom da voz de papai mudou.
— Imagino que alguém a tenha colocado nessa encrenca — ele disse. — Você sempre foi uma maria-vai-com-as-outras. Bem, não saia daí — como se eu tivesse escolha — e vou ver o que posso fazer.
A loura oxigenada foi a seguinte a telefonar.
— Você nem adivinha onde estou! — ela disse. Sua voz era ofegante e animada, mas no fim das contas ela havia ligado para o número errado.

Por ser quem ele era, um profissional acostumado a agir a seu modo, meu pai conseguiu colocar o policial que fizera a prisão ao telefone. O agente Haddick tinha filhos também: ele tratou meu pai com toda a simpatia que meu pai achava que merecia. Logo estavam se tratando por Vince e Arnie, a acusação de agressão fora reduzida a interferência na ação de um policial no cumprimento de seu dever e logo depois completamente retirada. Fiquei com as acusações de destruição de propriedade e perturbação da ordem pública. E em seguida também essas acusações foram retiradas, porque a mulher de delineador da lanchonete foi até a delegacia e depôs em meu favor. Ela insistiu que eu era uma inocente espectadora e obviamente não pretendia quebrar meu copo.
— Todos nós ficamos em estado de choque — ela disse. — Foi um escândalo e tanto, nem pode imaginar.
A essa altura, porém, eu fora obrigada a prometer ao meu pai que iria para casa passar todo o feriado de Ação de Graças, de modo que a questão poderia ser adequadamente discutida durante quatro dias e cara a cara. Era um alto preço a pagar pelo leite derramado. Sem contar o tempo de cumprimento da pena.

Três

A IDEIA DE QUE IRÍAMOS PASSAR O FERIADO CONVERSANDO sobre algo potencialmente tão explosivo quanto a minha prisão era pura ladainha, e todos nós sabíamos disso, mesmo tendo sido obrigada a prometer que o faria. Meus pais insistiam em fingir que éramos uma família unida, uma família que gostava de uma conversa franca, uma família que recorria uns aos outros em tempos difíceis. À luz dos meus dois irmãos desaparecidos, isso era um surpreendente triunfo do pensamento ilusório. Eu quase podia admirá-los. Ao mesmo tempo, uma coisa é certa em minha cabeça. Nós *nunca* fomos essa família.

Exemplo aleatório: sexo. Meus pais se acreditavam cientistas, conhecedores dos duros fatos da vida, assim como filhos dos anos abertamente orgásticos de 1960. No entanto, o que quer que eu ache que saiba sobre o assunto, aprendi na maior parte com a programação sobre natureza e vida selvagem da rede pública de TV educativa, com romances cujos autores provavelmente não eram especialistas e alguma esporádica experiência a sangue-frio em que mais perguntas são levantadas do que respostas encontradas. Certo dia, um pacote de absorventes internos tamanho júnior foi deixado sobre minha cama junto com um folheto que parecia técnico e maçante, e eu nem o li. Nunca nada me foi dito sobre os absorventes internos. Foi por pura sorte que eu não os fumei.

Fui criada em Bloomington, Indiana, que é onde meus pais ainda viviam em 1996, portanto não foi fácil voltar por um fim de semana prolongado, e eu não consegui ficar os quatro dias conforme havia prometido. Os assentos baratos já haviam se esgotado na quarta-feira e no domingo e, assim, eu cheguei em Indianápolis na quinta-feira de manhã e voei de volta no sábado à noite.

Exceto pela ceia do Dia de Ação de Graças, eu mal vi meu pai. Ele ganhou uma subvenção do Instituto Nacional de Saúde e foi com muita satisfação que foi excluído de atividades secundárias em prol da inspiração. Ele passou a maior parte da minha visita enchendo seu quadro-negro pessoal com equações como $\_0' = [001]$ e $P(S1n+1) = (P(S1n)(1-e)q + P(S2n)(1-s) + P(S0n)cq$. Ele mal comeu. Não tenho certeza se dormiu. Ele não fez a barba, e costumava se barbear duas vezes ao dia – ele tinha uma barba cerrada. Vovó Donna costumava dizer que o habitual azulado das quatro horas em seu rosto era exatamente igual ao de Nixon, fingindo se tratar de um elogio, mas sabendo o quanto isso o irritava. Ele só emergia de seu escritório para tomar café ou para levar sua vara de pesca *fly* para o quintal da casa. Mamãe e eu ficávamos à janela da cozinha, lavando e enxugando a louça, vendo-o lançar a linha, a isca dando piparotes por cima das bordas enregeladas do gramado. Essa era a sua atividade meditativa preferida, e havia árvores demais nos fundos. Os vizinhos ainda estavam se acostumando a isso.

Quando trabalhava assim, ele não bebia. O que nos deixava satisfeitas. Ele fora diagnosticado com diabetes havia alguns anos e não deveria beber em momento algum. Ao invés disso, ele passara a beber às escondidas. Isso mantinha mamãe em alerta máximo e às vezes eu me preocupava que o casamento deles tivesse se tornado o tipo que o inspetor Javert devia ter tido com Jean Valjean.

Era a vez da vovó Donna nos receber na Ação de Graças, juntamente com meu tio Bob, sua mulher e meus dois primos mais novos. Nós alternávamos entre os avós nos feriados festivos, porque o que é justo é justo, e por que apenas um lado da família deveria ficar só com as alegrias? Vovó Donna é a mãe da minha mãe, vovó Fredericka é a mãe do meu pai.

Na casa da vovó Fredericka, a comida tinha um peso de carboidrato úmido. Um pouco levava um longo tempo para digerir, e nunca havia apenas um pouco. Havia todo tipo de quinquilharias asiáticas baratas espalhadas pela casa – leques pintados, figuras de jade, pauzinhos laqueados para comer. Havia um par de abajures iguais – cúpulas de seda vermelha e bases de pedra esculpidas na forma de dois velhos sábios. Os homens tinham barbas ralas e compridas e unhas humanas verdadeiras, assustadoramente inseridas em suas mãos de pedra. Alguns anos antes, a vovó Fredericka me disse que o terceiro piso do Hall da Fama do Rock and Roll era o lugar mais bonito que ela já vira. Simplesmente fazia você querer ser uma pessoa melhor, ela dizia.

Vovó Fredericka era o tipo de anfitriã que acreditava que insistir para convidados repetirem a comida duas ou três vezes era apenas ser educada. Entretanto, todos nós comíamos mais na casa da vovó Donna, onde éramos deixados à vontade para encher ou não nossos pratos, onde as tortas eram folhadas e os *muffins* de laranja e frutas silvestres eram leves como nuvens; onde havia velas prateadas em castiçais de prata, um centro de mesa com folhas de outono e onde tudo era feito com um gosto inexpugnável.

Vovó Donna passou o recheio de ostra e perguntou diretamente ao meu pai em que ele estava trabalhando, embora fosse óbvio que seus pensamentos não estavam ali conosco. Ela fez isso como uma censura. Ele foi o único na mesa que não percebeu essa intenção, ou então simplesmente a ignorou. Ele lhe disse que estava rodando uma análise da condição de fuga utilizando a cadeia de Markov. E limpou a garganta. Pretendia nos informar melhor.

Todos nós nos apressamos a bloquear a oportunidade. Movemo-nos como um cardume, peixes experientes, sincronizados.

Foi lindo. Foi pavloviano. Foi uma maldita dança de condição de fuga.

— Passe o peru, mamãe — meu tio Bob disse, deixando-se levar suavemente para a sua tradicional arenga sobre como os perus estão sendo alimentados para produzirem mais carne branca e menos carne escura. — As pobres aves mal conseguem andar. Infelizes aberrações. — Isso também tinha a intenção de uma alfinetada em meu pai, a iniciativa sendo outra das extravagâncias da ciência, como a clonagem ou o sequestro de um punhado de genes para fazer o seu próprio animal. O antagonismo em minha família vem envolvido em camadas de códigos, dissimulações, absoluta negação.

Acho que o mesmo pode ser dito a respeito de muitas famílias.

Bob se serviu ostensivamente de uma grande fatia de carne escura.

— Eles ficam cambaleando de um lado para o outro com aqueles terríveis peitos enormes.

Meu pai fez uma piada grosseira. Ele sempre fazia a mesma piada ou alguma variação dela toda vez que Bob lhe dava a oportunidade, que era um ano sim, outro não. Se a piada fosse espirituosa, eu a incluiria. Mas não era. Vocês iriam pensar mal dele, e cabe a mim pensar mal dele, não a vocês.

O silêncio que se seguiu era repleto de pena de minha mãe, que poderia ter se casado com Will Barker se, em vez disso, não tivesse perdido o juízo e escolhido meu pai, um fumante inveterado, um beberrão, um ateu adepto de pesca *fly*, de Indianápolis. A família Barker era dona de uma papelaria no centro da cidade e Will era advogado imobiliário, o que não importava tanto quanto o que ele não era. O que ele não era é um psicólogo como meu pai.

Em Bloomington, para alguém com a idade de minha avó, a palavra *psicólogo* evocava Kinsey e os estudos lascivos, Skinner e suas absurdas caixas de bebês. Os psicólogos não deixavam o trabalho no escritório. Eles o levavam para casa. Conduziam experiências na mesa do café da manhã, transformavam suas próprias famílias em um espetáculo de aberrações, e tudo isto para responder perguntas que pessoas decentes nem pensariam em fazer.

Will Barker achava sua mãe absolutamente perfeita, vovó Donna costumava me dizer, e eu sempre me perguntava se ela alguma vez parara para pensar que eu não existiria se este casamento tão vantajoso tivesse ocorrido. Será que a vovó Donna achava que a minha não existência era uma vantagem ou uma desvantagem?

Acho agora que ela era uma dessas mulheres que amavam tanto seus filhos que realmente não havia espaço para mais ninguém. Seus netos eram muito importantes para ela, mas apenas porque eram muito importantes para seus filhos. Não falo isso como uma crítica. Fico feliz de que minha mãe tenha sido tão amada quando crescia.

Triptofano: uma substância na carne de peru que dizem torná-lo sonolento e descuidado. Um dos muitos campos minados na paisagem do Dia de Ação de Graças em família.

Campo minado n° 2: a louça boa. Quando tinha cinco anos, eu mordi e tirei uma lasca do tamanho de um dente de uma das taças Waterford da vovó por nenhuma outra razão além de ver se eu era capaz. Desde então, meu leite passou a ser servido em um copo de plástico com Ronald McDonald impresso (embora a cada ano se visse menos e menos da figura impressa). Em 1996, eu já tinha idade suficiente para tomar vinho, mas o copo era o mesmo, sendo o tipo de piada que nunca fica ultrapassada.

Não me lembro de quase nada do que conversamos naquele ano. Mas posso, com segurança, fornecer uma lista parcial dos assuntos sobre os quais não falamos.

Membros da família que não estavam presentes. Quem se foi, se foi.

A reeleição de Clinton. Dois anos antes, o dia fora estragado pela reação de meu pai à declaração de meu tio Bob de que Clinton havia estuprado uma mulher ou provavelmente várias mulheres no Arkansas. Meu tio Bob vê o mundo inteiro através de uma sala de espelhos de um parque de diversões, NÃO CONFIE EM NINGUÉM escrito com batom de forma assustadora pelo seu rosto distorcido. Nada mais de política, vovó Donna sentenciara como uma nova regra permanente, já que não concordaríamos em discordar e todos nós tínhamos acesso a talheres.

Meus próprios problemas com a lei, sobre os quais ninguém, à exceção de minha mãe e de meu pai, sabia. Meus parentes esperavam havia muito tempo para ver que eu não daria em nada de bom; não lhes fazia mal algum continuar esperando. Na realidade, isso os mantinha em forma para a briga.

Os trágicos resultados de meu primo Peter no SAT – os exames para admissão em uma universidade – sobre os quais todos nós sabíamos, mas fingíamos não saber. Foi em 1996 que Peter fez dezoito anos, mas desde que nasceu ele sempre foi mais adulto do que eu jamais serei. Sua mãe, minha tia Vivi, se encaixava em nossa família quase tão bem quanto meu pai – ao que parece, é difícil entrar para o nosso clube. Vivi tem misteriosas crises de choro, palpitações e aflições, de modo que, aos dez anos, Peter podia chegar da escola, dar uma olhada na geladeira e preparar um jantar para quatro com o que quer que encontrasse ali. Ele sabia fazer molho branco desde que tinha seis anos, um fato que sempre me era relembrado por um ou outro adulto, com uma intenção óbvia e injusta.

Peter provavelmente também era o único violoncelista na história do mundo a ser eleito O Mais Bonito da Cidade em seu colégio. Tinha cabelos castanhos e sombras de sardas salpicadas como neve pelas maçãs do rosto, uma cicatriz antiga em curva sobre o cavalete do nariz e os olhos muito juntos.

Todos amavam Peter. Meu pai o amava porque eram companheiros de pesca e frequentemente fugiam para o lago Lemon para ameaçar os peixes de lá. Minha mãe o amava porque ele amava meu pai quando ninguém mais de sua família conseguia fazer isso. Eu o amava por causa do modo como ele tratava sua irmã. Em 1996, Janice tinha catorze anos, era emburrada, cheia de espinhas no rosto e não mais estranha do que qualquer outro membro da família (o que quer dizer *muito* estranha). Mas Peter a levava de carro para a escola todo dia de manhã e a pegava toda tarde em que ele não tinha ensaio de orquestra. Quando ela fazia uma piada, ele ria. Quando ela estava infeliz, ele a ouvia. Ele comprava joia ou perfume para ela em seus aniversários, a defendia de seus pais ou seus colegas de turma, quando necessário. Ele era tão bom para ela que doía só de ver.

Ele via alguma coisa nela, e quem a conhece melhor do que o seu próprio irmão? Se o seu irmão o ama, afirmo que isso vale muito.

Pouco antes da sobremesa, Vivi perguntou a meu pai o que ele achava de testes padronizados. Ele não respondeu. Ele olhava fixamente para suas batatas-doces, o garfo descrevendo pequenos círculos e espetadas, como se ele estivesse escrevendo no ar.

– Vince! – minha mãe chamou. Ela lhe deu uma dica. – Testes padronizados.

– Muito imprecisos.

Que era a resposta que Vivi queria. Peter tinha notas muito boas. Ele se esforçava muito. Suas notas no SAT eram uma terrível injustiça. Houve um agradável momento de conspiração e o fim da maravilhosa ceia da vovó Donna. As tortas foram servidas – abóbora, maçã e noz-pecã.

Então, meu pai estragou tudo.

— Rosie teve excelentes notas no SAT – ele disse, como se não estivéssemos tomando todo o cuidado para *não* falar sobre o SAT, como se Peter quisesse saber como eu me saíra bem nos exames. Meu pai tinha educadamente tirado seu pedaço de torta do caminho, empurrando-o para dentro da bochecha, e sorria orgulhoso para mim, visões de cadeias de Markov batendo umas nas outras como tampas de latas de lixo em sua cabeça. – Ela se recusou a abrir o envelope durante dois dias inteiros e depois viu que tinha tirado a nota máxima. Especialmente no exame oral. – Uma pequena mesura em minha direção. – Claro.

O garfo de tio Bob bateu na borda do seu prato com um clique.

— Isso vem do fato de ter sido submetida a tantos testes quando era pequena. — Minha mãe falou direto para Bob. — Ela sempre se sai bem em exames. Ela aprendeu a fazer testes, só isso. — E, então, virando-se para mim, como se eu não tivesse ouvido meu pai: — Temos muito orgulho de você, querida.

— Nós esperávamos realizações extraordinárias — meu pai disse.

— Esperamos! — O sorriso de minha mãe nunca vacilava. Seu tom de voz era desesperadamente alegre. — Esperamos realizações extraordinárias! — Seus olhos foram de mim para Peter e em seguida para Janice. — De todos vocês!

A boca de tia Vivi estava escondida atrás de seu guardanapo. Tio Bob olhava fixamente por cima da mesa, para uma natureza--morta na parede — pilhas de frutas lustrosas e um faisão abatido. Peito sem alterações, como feito por Deus. Morto, mas também isso fazia parte do plano de Deus.

— Vocês se lembram — meu pai disse — como a turma dela passou um recesso chuvoso jogando forca e que, na vez dela, a palavra que escolheu foi *refulgente*? Sete anos de idade. Ela voltou para casa chorando porque a professora disse que havia trapaceado inventando uma palavra.

(Meu pai se lembrara erroneamente do episódio; nenhum professor na minha escola jamais diria isso. O que minha professora dissera era que tinha certeza de que eu *não* tivera a intenção de trapacear. Com um tom de voz benevolente e uma expressão jubilosa.)

– Eu me lembro das notas de Rose. – Peter deu um assovio de admiração. – Eu não sabia o quanto devia ter ficado impressionado. É um exame difícil, ou ao menos eu achei. – Que gracinha.

Mas não se apeguem a ele; ele não faz parte desta história realmente.

❦

Mamãe foi ao meu quarto na sexta-feira, minha última noite em casa. Eu estava esboçando um capítulo do meu texto sobre economias medievais. Isso era o mais puro Kabuki – olhem o quanto eu estou trabalhando! Todos de folga, exceto eu – até ser distraída por um cardeal do lado de fora da minha janela. Ele estava lutando com um galhinho, tentando pegar algo que eu ainda não descobrira o que era. Não há pássaros vermelhos na Califórnia, o que é uma pena.

O som de minha mãe à porta fez meu lápis dar um salto. *Mercantilismo. Monopólios de alianças. Utopia*, de Thomas More.

– Você sabia – eu lhe perguntei – que ainda há guerra em Utopia? E escravos?

Ela não sabia.

Ela perambulou de um lado para o outro por alguns momentos, esticando mais a colcha da cama, pegando algumas das pedras em cima da cômoda, geodes em sua maioria, divididos ao meio para mostrar seus cristais interiores, como os ovos Fabergé.

Essas pedras são minhas. Eu as encontrei durante excursões na infância a minas ou bosques, e eu as quebrei com um martelo ou deixando-as cair no caminho de entrada de uma janela do segundo andar, mas esta não é a casa onde cresci e este quarto não é o meu quarto. Nós nos mudamos três vezes desde que nasci e meus pais vieram para cá logo depois que me mudei para a universidade. Os quartos vazios em nossa antiga casa, minha mãe dizia, a entristeciam. Nada de olhar para trás. Nossas casas, como nossa família, foi ficando cada vez menor. Cada uma que se sucedia podia se encaixar dentro da última.

Nossa primeira casa ficava fora da cidade – uma grande casa de fazenda com oito mil hectares de cornisos, sumagres, solidagos e heras venenosas; com sapos, vagalumes e um gato selvagem com olhos arregalados. Não me lembro tão bem da casa quanto me lembro do celeiro, e me lembro menos do celeiro do que do riacho, e do riacho menos do que da macieira em que meu irmão e minha irmã costumavam escalar para entrar ou sair de seus quartos. Eu não conseguia subir na macieira porque não alcançava o primeiro galho a partir do solo, assim, quando completei quatro anos, fui ao andar de cima e desci pela árvore, ao invés de tentar subir por ela. Quebrei a clavícula e poderia ter me matado, segundo minha mãe, o que teria sido verdade se eu tivesse caído do andar de cima. Mas eu quase consegui chegar ao fim da descida, o que ninguém pareceu notar. O que você aprendeu?, meu pai perguntou. Eu não tinha as palavras certas para responder na ocasião, mas, olhando em retrospecto, a lição parecia ser que aquilo que você consegue realizar nunca vai ser tão importante quanto aquilo em que fracassou.

Nessa mesma época, inventei uma amiga para mim mesma. Dei-lhe a metade do meu nome que eu não estava usando, a parte Mary, e vários pedaços de minha personalidade de que eu também não precisava de imediato. Passávamos muito tempo juntas, Mary e eu, até o dia em que fui para a escola e mamãe me disse que

Mary não poderia ir. Isso foi alarmante. Eu me senti como se me dissessem que não deveria ser eu mesma na escola, pelo menos não por inteiro.

Um bom aviso, como vim a descobrir – o jardim de infância tem tudo a ver com aprender quais partes de você são bem-vindas na escola e quais não são. No jardim de infância, para lhe dar um exemplo entre muitos, espera-se que você passe muito, muito mais do dia em silêncio do que falando, ainda que o que você tenha a dizer seja mais interessante para todos do que qualquer coisa que seu professor esteja dizendo.

– Mary pode ficar aqui comigo – minha mãe se ofereceu.

Ainda mais alarmante e inesperadamente perspicaz da parte de Mary. Minha mãe não gostava muito da Mary, e o fato de não gostar era um componente essencial da atração de Mary. De repente, eu vi que a opinião de mamãe sobre Mary poderia melhorar, que tudo poderia terminar com mamãe gostando mais de Mary do que de mim. Assim, Mary passava o tempo em que eu estava na escola dormindo em um bueiro ao lado de nossa casa, sem encantar ninguém, até que um dia ela simplesmente não veio para casa e, seguindo a tradição familiar, nunca mais ninguém falou a seu respeito.

Deixamos a casa de fazenda no verão seguinte ao meu aniversário de cinco anos. Por fim, a cidade a engolfou, levou-a embora em uma maré de desenvolvimento, e agora tudo não passa de ruas sem saída, com casas novas e nenhum campo nem celeiro nem pomar. Muito antes disso, vivíamos em uma dessas casas de madeira do tipo saltbox, com um telhado que vai descendo para trás, onde a casa tem apenas um andar. Ficava perto da universidade, para que meu pai pudesse ir a pé para o trabalho. Essa é a casa em que eu penso quando penso em lar, embora para o meu irmão seja a anterior; ele teve um ataque quando nos mudamos.

A *saltbox* tinha um telhado íngreme onde eu não tinha permissão de subir, um pequeno quintal e uma carência de quartos extras. Meu quarto era de um cor-de-rosa de menina, com cortinas de algodão fino que vieram da Sears, até que um dia meu avô Joe, pai do meu pai, pintou-o de azul enquanto eu estava na escola, sem sequer perguntar. *Quando seu quarto é cor-de-rosa, você não se cansa de prosa. Quando seu quarto é azul, você afunda no sono como em um baú*, ele me disse quando eu protestei, aparentemente com a falsa interpretação de que eu podia ser silenciada com um versinho.

E agora estávamos nesta terceira casa, todos os assoalhos de pedra, janelas altas, luzes embutidas e armários de vidro – um minimalismo geométrico, arejado, sem cores berrantes, apenas areia, bege e marfim. E ainda assim, três anos depois da mudança, estranhamente vazia, como se ninguém planejasse ficar ali por muito tempo.

Eu reconheci minhas pedras, mas não a cômoda sob elas, nem a colcha, que era de retalhos de veludo cinza, nem o quadro na parede – algo turvo em azuis e preto – de lírios e cisnes, ou talvez algas marinhas e peixes, ou talvez planetas e cometas. Os geodes não pareciam pertencer àquele lugar, e eu me perguntei se tinham sido trazidos à luz para a minha visita e seriam encaixotados novamente assim que eu fosse embora. Tive uma suspeita momentânea de que tudo não passava de uma farsa complexa. Quando eu fosse embora, meus pais voltariam para sua verdadeira casa, a que não tinha nenhum quarto para mim.

Mamãe sentou-se na cama e eu larguei meu lápis. Sem dúvida, houve uma conversa preliminar, um limpar de gargantas, mas eu não me lembro. Provavelmente, "Seu pai fica magoado quando você não fala com ele. Você acha que ele não nota, mas ele nota." Esse é um clássico dos feriados – como *A felicidade não se compra* –, nós raramente passamos o período sem isso.

Por fim, ela chegou ao ponto.

— Seu pai e eu estivemos conversando sobre meus antigos diários — ela disse — e o que deveríamos fazer com eles. Eu ainda acho que eles são particulares, mas seu pai acha que deveriam ir para uma biblioteca. Talvez uma dessas coleções que não podem ser abertas antes de cinquenta anos de sua morte, embora eu tenha ouvido dizer que as bibliotecas não gostam disso. Talvez pudéssemos fazer uma exceção pela família.

Fui pega de surpresa. Minha mãe estava quase, mas não de fato, falando sobre coisas que nós absolutamente, decididamente não falávamos. O passado. Com o coração batendo alto, respondi de pronto.

— Você deve fazer o que quiser, mamãe — eu disse. — O que papai quer não é relevante.

Ela me lançou um olhar rápido, infeliz.

— Não estou pedindo o seu conselho, querida. Eu decidi dá--los a você. Seu pai provavelmente tem razão de que alguma biblioteca os aceitaria, embora eu ache que ele se lembra deles como sendo mais científicos do que realmente são.

"Seja como for, a escolha é sua. Talvez você não os queira. Talvez não esteja pronta. Jogue-os fora, se quiser. Faça chapéus de papel. Prometo jamais perguntar."

Esforcei-me para dizer alguma coisa, algo que reconhecesse o gesto sem abrir o assunto. Mesmo agora, mesmo com anos de aviso prévio, não consigo imaginar como eu poderia ter feito isso. Espero ter dito algo cortês, algo generoso, mas acho improvável.

O que eu me lembro em seguida é de meu pai juntando-se a nós no quarto de hóspedes com um presente, uma frase que ele obtivera em um biscoito da sorte meses antes e guardara na carteira, porque ele disse que obviamente era destinado a mim. *Não se esqueça, você está sempre em nossas mentes.*

Há momentos em que a história e a lembrança parecem uma névoa, como se o que realmente aconteceu importasse menos do que o que deveria ter acontecido. A névoa se desfaz e de súbito lá estamos nós, meus bons pais e seus bons filhos, seus filhos agradecidos que telefonam por nenhum outro motivo que não conversar, dão boa noite com um beijo e aguardam ansiosos os feriados para irem para casa. Eu vejo como, em uma família como a minha, o amor não tem que ser conquistado e não pode ser perdido. Apenas por um instante, eu nos vejo dessa forma. Eu vejo todos nós. Restaurados e reparados. Reunificados. Refulgentes.

Quatro

Apesar de comovida, não havia nada que eu quisesse menos do que os diários de minha mãe. De que adianta nunca falar do passado se você o registrou por inteiro e sabe onde estão essas páginas?

Os diários de minha mãe eram grandes, do tamanho de blocos de desenho, porém mais grossos, e eram dois, amarrados com uma velha fita verde de Natal. Eu tive que esvaziar minha mala e empacotar tudo novamente, sentar em cima dela para fechar o zíper outra vez.

Em determinado ponto, talvez quando troquei de avião em Chicago, a mala partiu para suas próprias aventuras. Cheguei a Sacramento, esperei uma hora na esteira de bagagem, falei durante outra hora com um monte de gente de consciência limpa e mau comportamento. Peguei o último ônibus para Davis, de mãos vazias.

Senti-me culpada porque eu tivera os diários por menos de um dia e já os perdera. Senti-me feliz porque ao menos desta vez as companhias aéreas haviam usado sua incompetência para o bem, em vez de para o mal, e talvez, sem que eu tivesse nenhuma culpa nisso, além do excesso de confiança na capacidade de todos de fazerem seu trabalho, eu nunca mais visse aqueles diários outra vez. Senti-me com sorte por não ter despachado meus livros didáticos na mala.

No entanto, apesar de tudo, eu me senti cansada. No instante em que saí do elevador no meu andar, pude ouvir "One of Us", de

Joan Osborne, e a música foi ficando mais alta à medida que eu me aproximava do meu apartamento. Isso me surpreendeu, porque eu achava que Todd (meu colega de quarto) só iria voltar no domingo e que ele era o único no mundo a não gostar de "One of Us".

Eu esperava que ele não fosse querer conversar. Na última vez em que ele fora visitar o pai, eles tiveram uma longa conversa sobre tudo em que acreditavam, queriam e eram. Fora tudo tão glorioso que Todd tinha retornado ao andar térreo depois de terem dito boa noite para dizer o quanto ele se sentia próximo ao pai depois daquilo. Da porta, ele o ouviu falando com a nova mulher.

– Caramba – seu pai dizia. – Que *eejit*. Sempre me perguntei se ele era realmente meu filho. – *Eejit* é a gíria irlandesa para idiota.

Se Todd voltara para casa mais cedo, não devia ter sido por pouca coisa.

Abri a porta e Harlow estava em meu sofá. Estava enrolada no xale de crochê que vovó Fredericka fizera para mim quando eu tive sarampo, e estava bebendo um dos meus refrigerantes diet. Ela deu um salto para baixar a música. Seus cabelos escuros estavam torcidos no alto da cabeça com um lápis prendendo-os. Eu pude ver que lhe dei um grande susto.

❖

Certa vez, em uma reunião de pais e mestres, minha professora do jardim de infância dissera que eu tinha problemas de limites. Eu devia aprender a manter minhas mãos controladas, ela disse. Lembro-me da humilhação de ter sido advertida assim. Eu realmente não fazia a menor ideia de que as outras pessoas não deviam ser tocadas; na verdade, eu achava justo o contrário. Mas eu estava sempre cometendo erros desse tipo.

Portanto, vocês vão ter que me dizer qual seria a reação normal ao chegar e encontrar alguém que mal conhece em sua casa. Eu já estava cansada e tensa. Minha reação foi ficar de boca aberta, em silêncio, como um peixinho de aquário.

— Você me assustou! — Harlow disse. Mais ar de estupidez boquiaberta. Ela esperou um instante.

— Meu Deus, espero que você não se importe! — Como se somente agora tivesse acabado de lhe ocorrer que eu pudesse me importar. Sinais de sinceridade, constrição. Ela começou a falar mais rápido. — Reg me expulsou porque ele acha que eu não tenho dinheiro, nem lugar algum para ir. Ele pensou que eu iria andar umas duas horas por aí e depois rastejar para casa e suplicar a ele para me aceitar de volta. Ele me deixa furiosa. — Solidariedade! — Então eu vim para cá. Achei que você só voltaria amanhã. — Razão. Serenidade. — Olha, estou vendo que você está cansada. — Compaixão. — Vou me mandar agora mesmo. — Compromisso.

Ela estava tentando com todas as forças ler a minha expressão, mas não havia nada a ser lido. Tudo que eu sentia era cansaço, até a medula de meus pesados ossos, até as raízes dos meus impassíveis cabelos.

Bem, e talvez curiosidade. Apenas um pouquinho.

— Como ficou sabendo onde eu moro? — perguntei.

— Peguei do seu inquérito policial.

— Como entrou?

Ela puxou o lápis dos cabelos, que caíram sedosos sobre seus ombros.

— Fiz uma cara simpática para o zelador e contei uma história triste. Acho que ele realmente não é muito confiável. — Seu tom de voz agora era de grande preocupação.

❊

Eu devo ter ficado com raiva enquanto dormia, porque foi assim que acordei. O telefone estava tocando e era a companhia aérea, dizendo que haviam encontrado minha mala e iriam entregá-la à tarde. Esperavam que eu usasse a companhia da próxima vez em que eu voasse.

Fui usar o vaso sanitário e ele transbordou. Após várias tentativas inúteis de fazer a descarga funcionar, chamei o zelador, constrangida em tê-lo no meu banheiro lidando tão abertamente com a minha urina, mas feliz por ser apenas isso.

Embora ele estivesse ansioso para ajudar. Veio correndo, com uma camisa limpa, as mangas enroladas para mostrar os bíceps, brandindo seu desentupidor como um espadim. Ele olhou ao redor à procura de Harlow, mas o lugar era minúsculo, não havia como deixar de vê-la, a não ser que ela tivesse ido embora.

– Onde está sua amiga? – ele perguntou. O nome dele era Ezra Metzger, um nome de considerável poesia. Obviamente, seus pais tiveram esperanças.

– Em casa com o namorado. – Eu não estava com nenhuma disposição para amenizar a notícia. Além do mais, eu já fora amável com Ezra em outras ocasiões. Certa vez, dois desconhecidos vieram à minha porta e me pediram informações sobre ele. Disseram que ele havia se candidatado a um emprego na CIA, o que me pareceu uma ideia terrível, por qualquer ângulo que se olhasse para isso, e ainda assim eu lhe dei a melhor recomendação que pude inventar na hora: "Eu nunca o vejo" – eu disse –, "a menos que ele queira ser visto."

– O namorado. Ela me falou dele. – Ezra olhou para mim. Ele tinha o hábito de sugar os dentes, de modo que seu bigode dobrava-se e desdobrava-se. Acho que era um hábito antigo. Então, ele disse: – Aquilo ali é encrenca. Você não devia deixá-la voltar.

— Você não devia tê-la deixado entrar. E sem que ninguém estivesse aqui? Isso nem sequer é legal.

Ezra me dissera certa vez que não se considerava o administrador do prédio, mas seu coração pulsante. A vida era uma selva, Ezra dizia, e havia gente querendo derrubá-lo. Um grupinho no terceiro andar. Ele os conhecia, mas eles não o conheciam, não sabiam com quem estavam lidando. Iriam descobrir. Ezra via conspirações por toda parte. Ele vivia sua vida acampado no gramado da colina.

E também falava muito sobre honra. Agora eu via seu bigode tremendo angustiadamente. Se pudesse ter cometido haraquiri com o desentupidor ali mesmo naquela hora, ele o teria feito. Apenas alguns instantes depois, ele viu que não havia feito nada de errado. A angústia se transformou em indignação.

— Sabe quantas mulheres são assassinadas anualmente pelo namorado? — ele perguntou. — Me desculpe por tentar salvar a vida de sua amiga.

Mantivemos um silêncio frio. Quinze minutos se passaram até ele retirar um absorvente interno do encanamento do vaso. Não era meu.

Tentei voltar para a cama, mas havia fios de cabelo longos e escuros em meu travesseiro e cheiro de água de colônia de baunilha em meus lençóis. Encontrei canudinhos Pixy Stix na minha lata de lixo e arranhões novos na bancada de fórmica salpicada de dourado onde ela havia cortado alguma coisa sem usar a tábua de cortar. Harlow não era uma pessoa que vivesse sem muito estardalhaço na terra. O iogurte de mirtilo que eu havia planejado comer no almoço desaparecera. Todd chegou batendo a porta com força, o mau humor em pessoa, piorado pela notícia de que havíamos sofrido uma invasão.

Todd tinha um pai irlandês-americano de terceira geração e uma mãe nipo-americana de segunda geração, que se detestavam.

Quando criança, ele passava os verões com o pai, voltando para casa com listas detalhadas de despesas inesperadas que sua mãe deveria cobrir. Substituição de camiseta *Star Wars* rasgada — $17,60. Cadarços novos — $1,95. Deve ser maravilhoso, Todd costumava me dizer, ter uma família normal como a sua.

Certa vez, havia sonhado com fusões experimentais em que ele seria a pessoa a fundir as harpas folclóricas com anime. Agora, ele via a incomensurabilidade. Em suas próprias palavras: matéria e antimatéria. O fim do mundo.

Desde o Grande Incidente *Eejít*, Todd recorria à sua ascendência japonesa quando precisava de um insulto. *Baka* (idiota). *O-baka-san* (ilustre idiota). *Kisama* (burro).

— Que espécie de *kisama* faz algo assim? — ele perguntou naquele momento. — Temos que trocar as fechaduras? Sabe quanto essa merda vai custar? — Ele foi ao seu quarto para contar seus CDs e saiu de casa novamente. Eu mesma também teria saído, tomado um café no centro da cidade, mas tinha que ficar em casa para receber a mala.

Nem sinal dela. Às cinco para as cinco, liguei para o número da companhia aérea — 800-FODA-SE — e fui informada de que eu deveria falar diretamente com o setor de bagagem perdida no Aeroporto de Sacramento. Ninguém atendia em Sacramento, embora meu telefonema fosse importante para eles.

Por volta das sete da noite, o telefone tocou, mas era minha mãe ligando para saber se eu tinha chegado bem em casa.

— Sei que eu disse que jamais tocaria neste assunto — ela me disse —, mas sinto-me tão bem por ter lhe dado aqueles diários... Como se tivesse saído um peso de cima de mim. Pronto. Essa é a última coisa que vou dizer sobre eles.

Todd voltou quase às nove com uma pizza de desculpas do restaurante Symposium. Sua namorada, Kimmy Uchida, juntou-

-se a nós e comemos diante de *Married... with Children*. Depois, o sofá ficou um pouco pequeno, já que tinham sido quatro dias inteiros desde que Kimmy e Todd se viram pela última vez. Fui para o meu quarto e li durante algum tempo. Acho que eu estava lendo *A costa do mosquito* na ocasião. Parecia não haver fim para as coisas insanas que os pais faziam às suas famílias.

Cinco

NA MANHÃ SEGUINTE, O TELEFONE ME ACORDOU. ERA A companhia aérea informando que estavam com a minha mala e a entregariam à tarde. Como eu tinha uma aula, eles prometeram deixá-la com o zelador.

Três noites se passaram até eu conseguir me encontrar com Ezra outra vez. Em uma dessas noites, eu saí com Harlow. Ela viera à minha porta, usando uma jaqueta jeans e minúsculos brincos de argola. Uma purpurina dourada recobria seus cabelos porque, disse, tentando removê-la com os dedos, ela havia passado por uma festa a caminho do meu apartamento. Bodas de ouro.

– Como se só ter um marido durante toda a vida fosse algo de que se gabar – ela disse. E em seguida: – Olha. Sei que está furiosa. Isso foi totalmente errado, invadir seu apê sem perguntar. Eu entendo.

– Já superei isso – eu lhe disse, ao que ela retrucou que, nesse caso, apesar de ser apenas terça-feira e cedo demais para a tradicional bacanal de fim de semana (em 1996, eu creio, isso ainda começava na quinta-feira; ouvi dizer que agora é na quarta), eu devia deixá-la me pagar uma cerveja. Fomos andando para o centro, passamos pela Sweet Briar Books e pela grande escultura de um tomate do mercado da cooperativa, pelo Jack in the Box e pela Valley Wine até a esquina em frente à estação do trem onde ficava o bar Paragon. O sol já havia desaparecido, mas o horizonte ainda era uma faixa escarlate. As gralhas faziam uma grande algazarra nas árvores.

Eu nem sempre gostei da amplidão do céu aqui, nem dos quintais planos, cercados, nem do cheiro de estrume de vaca do eterno verão. Mas eu me resignei com as cercas, parei de perceber o cheiro e me converti ao céu. O pôr do sol que você vê é sempre melhor do que o que não vê. Mais estrelas é sempre melhor do que menos. Sinto o mesmo a respeito das gralhas, embora eu saiba que há quem não o faça. Azar deles.

Eu raramente ia ao Paragon. O pessoal da faculdade vai a outros lugares. É o mais próximo que Davis chega de um bar da pesada, o que significa que os frequentadores ali levam a bebida a sério. Eles *dão as caras* por ali, um bando de mortos-vivos mutantes, que na maioria um dia frequentou o colégio de Davis, onde viveram intensamente vidas antigas de futebol, skate ou festas regadas a chope de barril em copos de plástico. Havia um jogo na TV – Knicks versus Lakers – e muita nostalgia zumbi no salão. Eu fiz coro ao alarido intermitente.

Todo mundo parecia conhecer Harlow. O barman trouxe drinques pessoalmente. Toda vez que eu comia alguns amendoins, ele vinha e enchia a tigela outra vez. Toda vez que terminávamos nossas cervejas, novos copos chegavam, cortesia de um ou outro sujeito, que então vinha à nossa mesa e logo era despachado por Harlow.

– Sinto muito – ela dizia com um sorriso luminoso –, mas estamos *bem* no meio de algo aqui.

Eu perguntei a ela: de onde ela era (Fresno), há quanto tempo estava em Davis (três anos) e o que pretendia fazer quando terminasse a faculdade. Seu sonho era viver em Ashland, Oregon, e trabalhar com cenografia e iluminação para a Shakespeare Company de lá.

Ela me perguntou: eu preferiria ser surda ou cega, inteligente ou bonita? Eu me casaria com um homem que eu detestava para salvar a alma dele? Eu já tivera um orgasmo vaginal? Quem era meu super-herói favorito? Em quais políticos eu faria sexo oral?

Eu nunca fora levada a falar tanto de mim mesma. Quem eu amava mais, meu pai ou minha mãe? Agora, estávamos entrando em território perigoso. Às vezes, a melhor maneira de evitar falar é ficar calado, mas às vezes a melhor maneira de evitar falar é falando. Eu ainda posso falar quando preciso. Não me esqueci de como falar.

Assim, contei a Harlow sobre um verão quando eu era pequena, o verão em que nos mudamos da casa de fazenda. É uma história que já contei muitas vezes, minha história preferida quando me perguntam sobre minha família. A ideia é dar a impressão de que estou tendo uma conversa íntima, dar a impressão de que estou me abrindo e indo fundo em minhas revelações. Não funciona tão bem quando alguns trechos têm que ser gritados a plenos pulmões em um bar barulhento.

Começa pelo meio, quando eu sou despachada para a casa do meu avô Joe e da minha avó Fredericka. Não houve nenhum aviso prévio e eu não conseguia me lembrar agora da razão que meus pais haviam me dado para isso – qualquer que fosse, eu não acreditava. Eu sabia quando os ventos da desgraça sopravam. Achava que tinha feito algo tão ruim que eles haviam me dado para alguém.

❖

Meus avós Cooke moravam em Indianápolis. Eles tinham uma casa quente, abafada, com um cheiro que era quase bom, mas não realmente, mais ou menos como o cheiro de biscoitos velhos. Havia um quadro de um homem e uma mulher com máscaras de arlequim em meu quarto e todas aquelas bugigangas asiáticas falsas na sala. Realmente falsas. Falsas, falsas. Lembra-se daqueles sábios perturbadores com suas unhas humanas de verdade? Agora imagine tentar dormir nessa casa. As poucas crianças na rua eram bem mais velhas. Eu ficava por trás da tela da porta da frente observando-as, torcendo para que me perguntassem alguma coisa que eu soubesse responder, mas não perguntavam. Às vezes, eu saía para os fundos, mas vovô Joe havia cimentado o quintal para não ter trabalho com grama, e era ainda mais quente do que dentro da casa. Eu ficava lançando a bola na parede ou observando as formigas nos canteiros de flores por algum tempo, depois entrava outra vez e choramingava por um picolé.

Meus avós na maior parte do tempo viam TV ou dormiam em suas cadeiras diante dela. Passei a ver desenhos animados todo sábado, o que não era permitido em casa, e vi ao menos três episódios de *Superamigos*, portanto eu devo ter ficado lá pelo menos três semanas. Quase toda tarde havia uma novela que nós três víamos juntos. Havia um sujeito chamado Larry e sua mulher, Karen. Larry era diretor de um hospital e Karen entretinha cavalheiros enquanto ele estava no trabalho, o que não me parecia algo tão ruim, mas obviamente era.

— *One Life to Live* — Harlow disse.

— Pode ser.

Vovó Fredericka ficava aborrecida porque eu falava durante todo o tempo do programa, mesmo quando ela se queixava de que agora tudo se resumia a sexo e a novela não prestava mais. Costumava ser sobre família, ela dizia. Costumava ser algo que você podia ver com sua neta de cinco anos na sala. Mas vovô dizia que a minha tagarelice fazia a novela ficar melhor. Entretanto, ele me avisou que pessoas de verdade não agiam realmente assim, como se temesse que eu voltasse para casa achando que estava tudo bem trocar de lugar com seu irmão gêmeo para simular sua própria morte ou roubar o bebê de outra mulher se o seu tivesse morrido.

Mas na maior parte do tempo não havia nada para fazer. Todo dia era exatamente igual ao anterior, e toda noite pesadelos de dedos de unhas afiadas e máscaras de arlequim. Muitos ovos mexidos no café da manhã, com grandes pedaços brancos pelo meio, que eu nunca comia, mas que eles continuavam me servindo mesmo assim.

— Você nunca vai crescer — vovó Fredericka dizia, raspando meu prato com tristeza para dentro do lixo. Ou dizia: — Você podia se calar apenas por um instante para que eu possa ouvir a mim mesma? — Algo que as pessoas sempre me pediam. Naquela época, a resposta era não.

Então, ela conheceu uma mulher no cabeleireiro, que disse que eu podia ir brincar com os filhos dela. Tínhamos que ir de carro até lá. Descobrimos que seus filhos eram dois garotos robustos — um deles tinha apenas seis anos, mas já era enorme. Eles tinham uma cama elástica e eu usava uma saia que voava quando eu pulava e todo mundo podia ver minha calcinha. Não me lembro se eles foram malvados a respeito disso ou se eu me senti humilhada por princípio. Mas isso foi a gota d'água para mim; desmoronei. Quando ninguém estava prestando atenção, saí pela porta com a intenção de voltar a pé até minha casa. Minha verdadeira casa. Bloomington.

Eu sabia que teria que caminhar por muito tempo. Acho que nunca passou pela minha cabeça que eu pudesse pegar o caminho errado. Escolhi ruas com gramados sombreados e irrigadores automáticos. Uma mulher em uma varanda me perguntou onde estavam meus pais e eu disse que estava visitando meus avós. Ela não perguntou mais nada. Já devia ser bem tarde quando saí, porque eu tinha apenas cinco anos; não posso ter ido muito longe, por mais que me parecesse que estava andando há muito tempo, e logo começou a escurecer.

Escolhi uma casa porque gostei da cor. Era pintada de um azul forte e tinha uma porta vermelha. E era minúscula, como uma casinha de conto de fadas. Bati e um homem de roupão de banho e camiseta atendeu. Ele me mandou entrar e me deu um copo de *Kool-Aid*, sentados à mesa da cozinha. Ele era simpático. Eu lhe contei a respeito de Larry e Karen, dos arlequins, dos garotos enormes, da minha caminhada a Bloomington. Ele ouviu muito sério e depois apontou algumas falhas em meu plano nas quais eu não havia pensado. Ele disse que se eu apenas batesse em portas e pedisse almoço ou jantar, talvez me dessem comidas de que eu não gostava. Eu provavelmente teria que lavar o prato, porque esta é a regra em algumas casas, e eles poderiam me dar repolho ou fígado ou alguma outra coisa que detestasse. De qualquer forma, eu já estava pronta para ser convencida a desistir de andar até Bloomington.

Assim, eu disse a ele que meus avós eram os Cooke, e ele ligou para alguns Cooke na lista telefônica até encontrá-los. Eles foram me buscar e eu fui mandada para casa no dia seguinte, porque, segundo disseram, eu dava muito trabalho e ainda por cima era realmente tagarela.

※

— Sua mãe não estava tendo um filho? — Harlow perguntou.

— Não — eu disse.

— Eu só pensei... quer dizer, geralmente não é esse o motivo para uma criança ser mandada para a casa dos avós? Estamos falando do clássico aqui.

Minha mãe não estava tendo um filho; ela estava tendo um colapso nervoso, mas eu não tinha a menor intenção de contar isso a Harlow. A beleza, a utilidade desta história é o seu poder de distrair. Assim, em vez disso, eu disse:

— Eu ainda não contei a parte mais estranha. — Harlow bateu as mãos com um estalo. Beber, como ser presa, a tornava estranhamente cordial.

Um homem usando uma camiseta dos Celtics aproximou-se de nossa mesa, mas Harlow despachou-o com um aceno de mão. Ela o fez com uma expressão isso-dói-mais-em-mim-do-que-em-você no rosto.

— Nós estamos chegando à parte mais estranha — ela explicou. Ele ficou rondando por ali alguns minutos, esperando também ouvir a parte estranha, mas não era para qualquer um ouvir e eu fiquei esperando ele ir embora.

— Quando eu estava na pequena casa azul, pedi para usar o banheiro — eu disse, baixando a voz e inclinando-me para tão perto de Harlow que podia sentir o lúpulo em seu hálito. — O sujeito de roupão me disse que era a segunda porta à direita, mas eu tinha cinco anos. Assim, abri a porta errada, a porta de um quarto. E lá, sobre a cama, estava uma mulher, deitada de bruços, com as mãos e os pés atados com uma meia-calça às suas costas. Amarrada. Havia algo enfiado em sua boca. Talvez meias de homem.

— Quando abri a porta, ela virou a cabeça para olhar para mim. Eu não sabia o que fazer. Não sabia o que pensar. Eu tive a nítida, aguda sensação de que alguma coisa estava muito, muito errada. Então...

Houve um breve sopro de vento frio quando alguém abriu a porta do Paragon, entrou, fechou a porta.

— Ela piscou para mim — eu disse.

❖

Um homem veio por trás de Harlow e colocou a mão em sua nuca. Ele usava um gorro de tricô preto com uma folha canadense aplicada e tinha nariz aquilino, com um ligeiro desvio para a esquerda. Do tipo surfista, porém bem discreto. Era um sujeito boa-pinta e eu o vira pela última vez na lanchonete da faculdade, esquivando-se dos cubos de açúcar atirados por Harlow.

— Rose, este é o Reg — Harlow disse. — De quem você me ouviu falar tão bem.

Reg não me reconheceu.

— Pensei que você tivesse dito que tinha que trabalhar.

— Pensei que você tivesse dito que ia à biblioteca.

– Pensei que houvesse uma crise no espetáculo. Reunião de emergência.
– Pensei que você tivesse que estudar para uma prova muito importante. O seu futuro inteiro dependia disso.

Reg agarrou uma cadeira de uma mesa vizinha e tomou um gole da cerveja de Harlow.

– Você vai me agradecer mais tarde – ele disse.
– Pode esperar sentado – Harlow retrucou amavelmente. Em seguida, disse: – O super-herói favorito de Rosemary é o Tarzan.
– Não, não é – Reg disse, sem perder o embalo. – Porque Tarzan não tem superpoderes. Ele não é um super-herói.
– Eu disse isso a ela!

Era verdade. Eu não tinha um super-herói favorito até Harlow perguntar. E então eu escolhi Tarzan num impulso, exatamente como havia feito com suas outras perguntas, um exercício de livre-arbítrio em associação livre. Mas quanto mais ela questionara minha escolha, mais eu me comprometia com ela. Eu tenho a tendência de fazer isso diante de um confronto. Pergunte ao meu pai.

E agora que ela reabrira a discussão, achei que sua atitude foi covarde, fingindo estar convencida, quando na verdade só estava ficando quieta, aguardando a chegada de reforço.

Mas estar em inferioridade numérica não quer dizer estar convencida, ao menos não em minha família.

– É uma questão de contexto – eu disse. – Poderes comuns em um mundo são superpoderes em outro. Vejam o Super-Homem.

Mas Reg recusou-se a considerar o Super-Homem.

– Batman é até onde eu consigo chegar – ele disse. – Não consigo ir além. – Sob aquele gorro sexy, ele tinha o cérebro de uma ostra e eu fiquei feliz por não ser eu quem dormia com ele.

Seis

NA REALIDADE, EU NUNCA HAVIA LIDO BURROUGHS; NÃO era um livro que meus pais iriam querer ter em casa. O que eu sabia a respeito de Tarzan era o que todo mundo sabia. Quando Reg começou a me dar aula sobre o racismo dos livros, eu não sabia se os livros eram racistas, o que não seria culpa de Tarzan, ou se o próprio Tarzan era racista, o que seria mais problemático. Mas eu não achava que poderia vencer a discussão admitindo ignorância. Isso me deixou como única opção uma rápida retirada do tipo *Santo Deus, olha que horas são!*

Caminhei de volta para casa sozinha através da grade de ruas escuras do centro da cidade. Um longo trem passou estrondando pela minha direita, deflagrando as luzes e sirenes das cancelas. Um vento frio sacudia as folhas das árvores e parecia haver uma altercação entre alguns homens em frente ao Woodstock's Pizza, o que me fez atravessar a rua para evitá-los. Um dos homens gritou, me fazendo um convite nada convidativo.

Todd ainda estava acordado e ele também não havia lido Burroughs, mas havia uma versão mangá – *Novo Rei da Selva Tar-chan* – e ele ficou empolgado. Tar-chan tinha superpoderes. Sem dúvida alguma. Todd tentou descrever a série para mim (que parecia ser uma animada mistura de culinária e pornografia) e se ofereceu para me trazer algumas edições da próxima vez que fosse à sua casa, mas não ficou claro se eu não teria que ser capaz de ler japonês.

Eu não conseguia fazê-lo se concentrar no ponto em questão – de que Reg era um babaca – porque ele estava empenhado em provar seu próprio ponto de vista: de que Masaya Tokuhiro era um gênio. Bem, estava ficando cada vez menos claro para mim que Reg estava flagrantemente equivocado. E por que eu estava falando tanta besteira sobre Tarzan, para começo de conversa? Isso era imprudente. Eu devia estar muito bêbada.

❆

Uma ou duas noites depois, eu finalmente consegui encurralar Ezra. Ele estava com a minha mala, mas eu ainda estava sendo punida; não era conveniente entregá-la para mim naquele momento.

– Você está ocupado demais? – perguntei, incrédula. Quantos andares ele achava que aquele prédio tinha?

– Afirmativo – ele me disse. – O fato de você não pensar assim só mostra quão pouco você sabe.

Mais dois dias se passaram antes de Ezra destrancar o armário de vassouras – (há tanta porcaria ali dentro que poderia seriamente destruir os porões. Você poderia envenenar a cidade inteira se quisesse, Ezra me disse. Era função dele manter aquela porcaria longe das mãos do tipo de terroristas que viviam no terceiro andar) – e retirar a mala. Era uma mala rígida e azul-clara.

– Ah, sim – Ezra disse. – Me esqueci. Veio um sujeito ontem aqui, disse que era seu irmão Travers. Ele queria esperar por você, mas eu disse que ele não podia nem imaginar o acesso de raiva que você teria se eu deixasse um amigo ou alguém da família ficar em seu apartamento enquanto você não estava.

Eu fiquei dividida entre a descrença de que meu visitante tivesse de fato sido meu irmão, uma feliz admiração de que ele tivesse por fim me procurado e uma furiosa decepção por Ezra tê-lo mandado embora, provavelmente para nunca mais voltar. Eram sentimentos complicados para viver ao mesmo tempo. Meu coração saltava no peito como um peixe fisgado.

Embora meus pais continuassem a receber um cartão-postal às vezes, a última notícia que eu tivera pessoalmente de meu irmão se deu quando eu me formei no colégio. É um mundo grande, ele escrevera no verso de uma foto de Angkor Wat. *Cresça*. O carimbo postal era de Londres, o que significava que ele podia estar em qualquer lugar, menos lá. O fato do nome de meu irmão não ser Travers era o detalhe mais convincente no relato de Ezra. Meu irmão jamais usaria seu nome verdadeiro.

– Ele disse que voltaria? – perguntei.

– Talvez. Talvez ele tenha dito dentro de uns dias.

– Uns dias como um ou dois dias ou uns dias como alguns dias? Ele disse um ou dois ou alguns?

Mas Ezra não queria mais saber do assunto. Ezra acreditava em dar informações somente com base no que você precisava saber. Ele sugou os dentes e disse que não conseguia se lembrar bem. Andara ocupado. Tinha que administrar um prédio inteiro.

Quando éramos crianças, meu irmão era a minha pessoa favorita no mundo. Ele podia ser, e frequentemente era, terrível, mas havia outros momentos. Ele passava horas ensinando-me a agarrar uma bola e a jogar cartas. Cassino, Duvido, Buraco, À pesca, Copas e Espadas. Ele era um bom jogador de pôquer, mas sob sua tutela eu era melhor, talvez por eu ser tão pequena e ninguém esperar que eu fosse tão boa. Fazíamos apostas sérias com seus amigos. Eles o pagavam em espécie, mas eu recebia meus ganhos na moeda mais universal de figurinhas da série *Garbage Pail Kids*. Eu tinha centenas delas. Buggy Betty, a garotinha mosca-varejeira, era a minha favorita. Tinha um sorriso encantador.

Certo dia, Steven Claymore jogou uma bola de neve em mim com uma pedra dentro, porque eu dissera que ele era inelutável. Ele não gostou de como a palavra soava, mas provou que era verdade. Voltei para casa com um calombo esponjoso na testa e alguns cascalhos no joelho. No dia seguinte, meu irmão apareceu na escola e prendeu o braço de Steven nas costas até ele pedir desculpas. Depois, meu irmão me levou ao Dairy Queen e me comprou um sorvete com cobertura de chocolate com seu próprio dinheiro. Houve problemas sobre isso mais tarde, tanto pelo braço torcido quanto pelo fato de nós dois termos deixado nossas respectivas escolas sem dizer a ninguém, mas as regras de conduta da família tinham se tornado muito vagas e complicadas no que dizia respeito ao meu irmão, e não houve graves consequências para nenhum de nós dois.

❀

Assim, eu tive várias razões para escolher a UC Davis.

Primeiro, ficava bastante longe de casa para ninguém saber nada sobre mim.

Segundo, minha mãe e meu pai haviam aprovado. Visitamos o campus juntos e eles acharam a cidade praticamente igual às do Meio-Oeste. Ficaram particularmente encantados com as espaçosas ciclovias.

Mas em terceiro lugar, na verdade, eu viera por causa do meu irmão, e meus pais deviam saber disso e tinham suas próprias esperanças. Meu pai costumava manter a carteira bem fechada e nem todas as ciclovias de todas as cidades tipo Meio-Oeste do mundo o fariam desembolsar a anuidade da universidade para alunos de fora do estado quando havia universidades perfeitamente boas lá mesmo em Indiana, uma delas apenas a alguns quarteirões de distância.

Mas o FBI havia nos dito que meu irmão estivera em Davis na primavera de 1987, cerca de um ano depois que partira, e o governo não pode estar errado a respeito de tudo; até mesmo um relógio parado está certo duas vezes por dia... Eles nunca mencionaram nenhum outro lugar onde achavam que ele havia estado, apenas Davis.

E eu simplesmente não aguentava mais aquilo, a situação de ser filha única. Em minhas fantasias, meu irmão bateria na porta do meu apartamento e eu a abriria, sem esperar nada, achando que talvez fosse Ezra para pedir emprestado o Game Boy de Todd ou instituir novos procedimentos para o prédio com relação ao lixo desordenado. Eu o reconheceria instantaneamente. Meu Deus, senti tanto a sua falta, meu irmão diria, envolvendo-me em um abraço. Conte-me tudo que aconteceu desde que eu fui embora. A última vez que eu o vi, eu tinha onze anos e ele me odiava.

❦

A mala não era a minha. É óbvio.

Sete

A HISTÓRIA QUE EU CONTEI A HARLOW – AQUELA EM QUE sou mandada para a casa dos meus avós em Indianápolis – obviamente não é de fato o meio desta história. Eu realmente a contei a Harlow quando eu disse que contei, de modo que o que eu disse é do meio, mas o acontecimento e o relato do acontecimento são coisas muito diferentes. Isso não significa que a história não seja verdadeira, apenas que eu sinceramente não sei mais se me lembro de verdade dela ou me lembro apenas de como a contei.

A linguagem faz isso às nossas recordações – simplifica, solidifica, codifica, mumifica. Uma história contada muitas vezes é como uma fotografia em um álbum de família; por fim, ela substitui o momento que devia captar.

Eu atingi um ponto, agora que meu irmão chegou, em que não vejo como ir mais além sem voltar atrás – de volta ao fim daquela história, de volta ao ponto em que retornei para a minha família da casa de meus avós.

Que, aliás, é o exato momento em que a parte que eu sei contar termina e a parte que nunca contei começa.

Parte Dois

❦

...espaço de tempo que medido pelo calendário talvez seja breve, mas que é infindavelmente longo para atravessar a galope como eu o fiz, acompanhado em alguns trechos por pessoas excelentes, conselhos, aplauso e música orquestral, mas no fundo sozinho...

— Franz Kafka, "Um relatório para a Academia"

Um

Então agora é 1979. Ano da Cabra. Cabra de Terra.
Eis alguns fatos de que você deve se lembrar. Margaret Thatcher acabara de ser eleita primeira-ministra. Idi Amin fugira de Uganda. Jimmy Carter logo estaria enfrentando a crise de reféns no Irã. Enquanto isso, ele foi o primeiro e único presidente a ser atacado por um coelho-do-pântano. Aquele homem não conseguia dar um tempo.
Eis algumas coisas que talvez você não tenha notado na época. No mesmo ano em que Israel e o Egito assinaram um tratado de paz, nevou por meia hora no deserto do Saara. Foi formada a Liga de Defesa dos Animais. Nas ilhas Madalena, oito membros da tripulação do *Sea Shepherd* pulverizaram mais de mil bebês focas com uma inofensiva, mas permanente, tinta vermelha. Essa tinta tinha o propósito de arruinar suas peles e salvar os bebês de caçadores. Os ativistas foram presos e, em um perfeitamente afinado discurso orwelliano de duplo sentido, acusados de violar a Lei de Proteção das Focas.
"We Are Family", de Sister Sledge, tocava no rádio, a série *Os gatões* passava na TV. *Correndo pela vitória* estava nos cinemas, filmado em Bloomington, Indiana.
A única parte disso tudo da qual eu tinha consciência na época era a parte de *Correndo pela vitória*. Em 1979, eu tinha cinco anos e problemas próprios. Mas Bloomington estava empolgada – mesmo as crianças sofredoras não podiam deixar de notar o calor incandescente de Hollywood.

Meu pai com certeza desejaria que eu salientasse que, aos cinco anos, eu ainda estava na fase pré-operacional de Jean Piaget no que diz respeito ao pensamento cognitivo e desenvolvimento emocional. Ele desejaria que vocês entendessem que eu estou indubitavelmente, da minha perspectiva mais madura, impondo uma estrutura lógica à minha compreensão dos acontecimentos que não existia na época. As emoções na idade pré-operacional são dicotômicas e extremas.

Considere dito.

Não que não haja ocasiões em que dicotômico e extremo sejam exatamente o que prometem ser. Vamos simplificar as coisas e apenas aceitar que, neste ponto da minha história, toda a minha família – todos nós, jovens e velhos – estava muito, muito, muito transtornada.

No dia seguinte à minha travessia da capital, da cama elástica à pequena casa azul, meu pai apareceu. Meus avós o chamaram para ir me buscar, mas ninguém me contou essa parte. Eu ainda achava que estava sendo dada, só que não mais para meus avós, que não me queriam. Para onde eu iria em seguida? Quem iria me amar agora? Solucei da maneira mais contida possível, porque meu pai não gostava quando eu chorava alto e eu ainda tinha esperanças. Mas ninguém admirou meu heroico controle, e meu pai nem pareceu notar minhas lágrimas. Ele obviamente não se importava comigo.

Fui mandada para fora da sala, onde muita conversa abafada e ameaçadora aconteceu, e, mesmo depois que minha mala foi feita e eu estava no banco traseiro do carro e o carro estava em movimento, eu ainda não sabia que estava sendo levada para casa. Tudo bem, porque não estava mesmo.

Quando criança, eu costumava fugir de situações desagradáveis dormindo até elas passarem. Foi o que fiz naquele momento e, quando acordei, estava em um quarto estranho. Em muitos aspectos, as coisas mais estranhas a respeito desse quarto eram as que não me eram estranhas. Minha cômoda estava perto da janela. A cama em que eu estava era a minha cama, a colcha sobre mim era a minha colcha – feita à mão pela vovó Fredericka na época em que ela me amava, com aplicações de girassóis que se estendiam dos pés ao travesseiro. Mas as gavetas estavam todas vazias e, sob aquela colcha, o colchão estava completamente descoberto até os botões.

Havia uma fortaleza feita de caixas embaixo da janela, uma delas um engradado para latas de cerveja, e, através do buraco para segurar com a mão, pude ver a capa do meu próprio *Onde vivem os monstros,* com sua mancha na forma de um ovo onde eu sujara com Kiss, da Hershey's. Subi em uma caixa para olhar para fora e não encontrei nenhuma macieira, nenhum celeiro, nenhum campo de terra batida. Em vez disso, o quintal de um estranho: uma churrasqueira, um balanço enferrujado e uma horta bem cuidada – tomates amadurecendo, vagens se abrindo – ondulavam de uma maneira enevoada por trás do vidro duplo. Na casa onde eu vivia, tais legumes teriam sido colhidos, comidos ou jogados fora muito antes de amadurecerem no pé.

A casa onde eu vivia rangia, guinchava e assoviava. Sempre havia alguém brincando no piano, ligando a máquina de lavar, pulando nas camas, batendo panelas ou gritando para todo mundo ficar quieto porque estavam tentando falar ao telefone. Esta casa permanecia em um silêncio onírico.

Não sei ao certo o que pensei, talvez que eu fosse morar ali sozinha agora. O que quer que fosse, me fez voltar chorando para a cama e dormir outra vez. Apesar das minhas melhores esperanças, acordei no mesmo lugar com as mesmas lágrimas, chamando desesperadamente por minha mãe.

Em vez disso, foi meu pai quem apareceu, pegando-me no colo e abraçando-me.

— Shhhh — ele disse. — Sua mãe está dormindo no quarto ao lado. Você ficou com medo? Desculpe. Esta é a nossa casa nova. Este é o seu novo quarto.

— Todo mundo mora aqui comigo? — perguntei, ainda cautelosa demais para ficar esperançosa, e eu senti meu pai contrair-se como se eu o tivesse beliscado.

Ele me colocou no chão.

— Viu como o seu quarto é muito maior? Acho que vamos ser muito felizes aqui. Você devia dar uma olhada por aí, menina. Explorar. Apenas não entre no quarto de sua mãe — ele disse, apontando para a porta deles que era ao lado da minha.

O assoalho de nossa antiga casa era escoriado, de um linóleo ou madeira, qualquer coisa que podia ser limpa depressa com um esfregão e um balde de água. Esta casa tinha um carpete prateado arranhado que ia do meu novo quarto e pelo corredor sem interrupção. Eu não poderia escorregar de meias ali. Eu não poderia andar na minha patinete naquele tapete.

O novo andar de cima consistia em meu quarto, o quarto dos meus pais, o escritório do meu pai com seu quadro-negro já pendurado na parede e um banheiro com uma banheira azul, sem cortina de chuveiro. O meu novo quarto podia ser maior do que o iluminado cantinho que eu tinha na casa de fazenda, mas eu podia ver que a casa em si era menor. Ou talvez eu não pudesse ver isso aos cinco anos. Pergunte a Piaget.

No térreo, ficava uma sala de estar com uma lareira de ladrilhos, a cozinha com nossa mesa de café da manhã, outro banheiro, menor, com um chuveiro, mas sem banheira, e, ao lado desse, o quarto do meu irmão, só que a cama dele não tinha nenhuma coberta, porque, descobri mais tarde naquela noite, ele se recusara a colocar os pés na nova casa e fora morar com seu melhor amigo, Marco, pelo tempo que o aceitassem.

E ali estava a diferença entre mim e meu irmão – eu sempre tinha medo de que me forçassem a sair de casa, e ele estava sempre indo embora.

Em todos os cômodos havia caixas, e quase nenhuma delas tinha sido aberta. Não havia nada nas paredes, nada nas prateleiras. Alguma louça na cozinha, mas nenhum sinal de nosso liquidificador, torradeira, máquina de fazer pão.

Quando percorri pela primeira vez a casa onde iria morar até os dezoito anos, comecei a suspeitar do que acontecera. Não encontrei nenhum lugar onde os alunos da faculdade trabalhariam. Procurei e procurei, subindo e descendo outra vez, mas só encontrei três quartos. Um deles era do meu irmão. Um deles era de nossos pais. Um deles era meu. Eu não tinha sido entregue a ninguém.

Outro alguém havia sido.

❖

Como parte de deixar Bloomington para a universidade e para meu recomeço novinho em folha, tomei a cuidadosa decisão de *nunca, jamais* contar a ninguém a respeito de minha irmã, Fern. Naqueles dias de faculdade, eu nunca falei sobre ela e raramente pensei nela. Se alguém perguntasse sobre minha família, eu admitia ter pais vivos, ainda casados, e um irmão, mais velho, que viajava muito. Não mencionar Fern foi primeiro uma decisão e mais tarde um hábito, difícil e doloroso até hoje de quebrar. Mesmo agora, já em 2012, não consigo tolerar que alguma outra pessoa a mencione. Eu tenho que abordar o assunto com tranquilidade. E preciso escolher meu momento.

Embora eu tivesse apenas cinco anos quando ela desapareceu de minha vida, eu me lembro dela. Lembro-me vividamente dela

— seu cheiro, seu toque, imagens dispersas de seu rosto, suas orelhas, seu queixo, seus olhos. Seus braços, seus pés, seus dedos. Mas eu não me lembro dela por inteiro, não do jeito que Lowell lembra. Lowell é o nome verdadeiro do meu irmão. Nossos pais se conheceram no Observatório Lowell, no Arizona, em um acampamento de verão de ciência do colégio.

— Eu fui para ver o céu — nosso pai sempre dizia. — Mas as estrelas estavam em seus olhos. — Uma frase que costumava igualmente me agradar e me deixar constrangida. Jovens *geeks* apaixonados.

Eu me teria em mais alta estima agora se, como Lowell, tivesse ficado com raiva pelo desaparecimento de Fern, mas na época me parecia perigoso demais ficar com raiva de nossos pais e, em vez disso, eu fiquei com medo. Havia também uma parte de mim que ficou extremamente, e vergonhosamente, aliviada por ter sido a que foi conservada e não a que foi doada. Sempre que me lembro disso, tento me lembrar também de que eu tinha apenas cinco anos de idade. Quero ser justa aqui, até comigo mesma. Seria bom chegar até o perdão, embora eu ainda não tenha conseguido isso e não saiba se algum dia conseguirei. Ou se jamais deveria.

Aquelas semanas que passei com meus avós em Indianápolis ainda servem como a mais extrema demarcação em minha vida, meu Rubicão pessoal. Antes, eu tinha uma irmã. Depois, não tinha mais.

Antes, quanto mais eu falava, mais feliz nossos pais pareciam. Depois, eles se uniram ao resto do mundo me pedindo para ficar calada. Eu finalmente me calei. (Mas não por muito tempo e não porque me pediram.)

Antes, meu irmão fazia parte da família. Depois, ele só estava matando tempo até poder se livrar de nós.

Antes, muitas coisas que aconteceram não ficaram em minha memória ou então foram simplificadas, condensadas à sua essência como contos de fada. Era uma vez uma casa com uma macieira no quintal, um riacho e um gato de olhos arregalados. Depois, por um período de vários meses, eu pareço me lembrar de muita coisa e a maior parte com uma estranha clareza. Pegue qualquer lembrança da minha primeira infância e eu posso lhe dizer instantaneamente se aconteceu enquanto eu ainda tinha Fern ou se depois que ela partiu. Eu posso fazer isso porque eu me lembro de qual das duas estava lá. Eu com Fern ou eu sem Fern? Duas pessoas inteiramente diferentes.

Ainda assim, há razões para desconfiança. Eu tinha apenas cinco anos. Como é possível que eu me lembre, como pareço lembrar, de um punhado de conversas, palavra por palavra, da exata música no rádio, exatamente as roupas que eu estava usando? Por que eu me lembro de tantas cenas que parecem vistas de impossíveis e privilegiados pontos de observação, tantas coisas que pareço ver de cima, como se eu tivesse subido pelas cortinas e estivesse olhando para a minha família lá embaixo? E por que há algo de que eu me lembro distintamente, em cores vivas e música ambiente, mas acredito com todo o meu coração que nunca ocorreu? Guarde este pensamento. Voltaremos a ele mais tarde.

Eu me lembro de estarem sempre dizendo para eu calar a boca, mas raramente me lembro do que dizia na ocasião. Quando reconto essas histórias, essa lacuna pode lhe dar a impressão errônea de que eu já não estava mais falando muito. Por favor, parta do princípio de que eu estou continuando a falar sem parar em todas as cenas a seguir até lhe dizer que não estou mais.

Nossos pais, por outro lado, se calaram e o resto de minha infância ocorreu nesse estranho silêncio. Eles nunca ficavam relembrando aquela vez em que tiveram que dirigir de volta a metade do caminho a Indianápolis porque eu havia deixado Dexter Poindexter, meu pinguim de pano (surrado, desgastado por amor – como quem entre nós não está), no banheiro de um posto de gasolina, embora com frequência falem da ocasião em que nossa amiga Marjorie Weaver deixou sua sogra exatamente no mesmo local. História melhor, concordo.

Eu sei, pela vovó Fredericka, e não pelos nossos pais, que uma vez eu desapareci por tanto tempo que a polícia foi chamada e verificou-se depois que eu segui um Papai Noel desde uma loja de departamentos até uma tabacaria, onde ele comprou charutos, e então me deu o anel de um deles, de modo que o fato de a polícia ter sido chamada foi apenas um bônus a mais no que já deveria ser um ótimo dia.

Eu sei, pela vovó Donna, e não por nossos pais, que certa vez enterrei uma moeda de dez centavos na massa de um bolo como uma surpresa e um dos alunos da universidade trincou o dente ao mordê-la. Todos pensaram que tinha sido Fern quem fizera isso, até eu confessar por conta própria, tão corajosa e honesta. Sem mencionar generosa, já que a moeda era minha.

Portanto, quem sabe que farras, que traquinagens minhas lembranças fizeram com tão pouca corroboração para contê-las? Se não contar a zombaria na escola, as únicas pessoas que falavam muito sobre Fern eram minha avó Donna, até minha mãe fazê-la se calar, e meu irmão Lowell, até ele nos deixar. Cada qual tinha uma motivação óbvia demais para ser confiável: vovó Donna querendo blindar nossa mãe de qualquer parcela de culpa, Lowell querendo afiar suas histórias.

Era uma vez... uma família com duas filhas, e uma mãe e um pai que prometeram amar ambas exatamente da mesma forma.

Dois

Na maioria das famílias, há um filho favorito. Os pais negam e talvez eles realmente não vejam isso, mas é óbvio para os filhos. A injustiça incomoda enormemente as crianças. É difícil sempre vir em segundo lugar.

Também é difícil ser o favorito. Merecido ou não, ser o favorito é sempre um fardo.

Eu era a favorita de minha mãe. Lowell era o favorito de meu pai. Eu amava nosso pai tanto quanto amava nossa mãe, mas eu amava Lowell mais do que a qualquer um. Fern amava mais minha mãe. Lowell amava Fern mais do que me amava.

Quando revelo esses fatos, eles parecem essencialmente benignos. Tem algo aqui para cada um. Mais do que suficiente para atender a todos.

Três

OS MESES QUE SE SEGUIRAM À MINHA VOLTA DE INDIANÁpolis foram os mais angustiantes de minha vida. Nossa mãe era etérea. Ela emergia do quarto somente à noite e sempre de camisola, uma roupa apertada de flanela estampada de flores com um laço perturbadoramente infantil no pescoço. Ela parara de pentear os cabelos, de modo que eles se enrolavam ao redor de seu rosto, caótico como fumaça, e seus olhos eram tão encovados que pareciam machucados. Ela começava a falar, as mãos se erguendo, e de repente era silenciada pela visão daquele gesto, as próprias mãos no ar.

Ela raramente comia e não cozinhava nada. Papai procurava compensar a negligência, mas sem muito entusiasmo. Ele voltava do campus e olhava nos armários. Lembro-me de jantares de bolachinhas com pasta de amendoim, latas de sopa de tomate de entrada e latas de sopa de marisco como prato principal. Cada refeição um *cri de coeur* passivo-agressivo.

Vovó Donna passou a vir todos os dias para tomar conta de mim, mas, na Bloomington de 1979, tomar conta de mim não significava que eu nunca pudesse ficar fora de sua vista. Eu tinha permissão para vagar pela vizinhança, assim como tivera permissão para vagar pelo terreno da casa de fazenda, só que agora era com a rua que eu tinha que ter cuidado, em vez do riacho. Atravessar a rua sem um adulto era proibido, mas geralmente eu conseguia encontrar algum, se necessário. Eu conheci a maioria dos meus vizinhos segurando suas mãos e olhando para os dois lados. Lembro-me do sr. Bechler me perguntando se eu estava treinando para a Olimpíada da fala. Eu ganharia a medalha de ouro, ele disse. Não havia muitas crianças no quarteirão e nenhuma mais ou menos da minha idade. Os Andersen tinham uma bebê chamada Eloise. Um garoto de dez anos chamado Wayne morava a duas casas depois da minha. Um garoto do colégio morava na esquina do outro lado da rua. Não havia ninguém com quem eu pudesse brincar.

Em vez disso, passei a brincar com os animais da vizinhança. Meu preferido era a cadela Snippet, dos Bechler, uma spaniel castanho e branca com o focinho rosado. Os Bechler a mantinham amarrada no quintal, porque, a qualquer oportunidade, ela fugia e já fora atropelada por um carro ao menos uma vez que eles soubessem. Eu passava horas com Snippet, sua cabeça na minha perna ou no meu pé, as orelhas em pé, ouvindo cada palavra que eu dizia. Quando os Bechler perceberam isso, colocaram uma cadeira lá fora para mim, uma cadeirinha que haviam comprado quando seus netos eram pequenos. Tinha uma almofada no assento na forma de um coração.

Eu também passava muito tempo sozinha, ou sozinha com a Mary (lembram-se da Mary? A amiga imaginária de quem ninguém gostava?), o que não era algo que eu fizesse muito. Eu não ligava para isso.

Vovó Donna trocava os lençóis e cuidava da lavagem das roupas, mas somente se papai não estivesse em casa; ela não suportava ficar no mesmo cômodo que ele. Se Lowell tinha raiva por Fern ter sido expulsa de nossas vidas, vovó Donna tinha raiva por a terem deixado entrar. Tenho certeza de que ela negaria isso, diria que sempre amou Fern, mas mesmo aos cinco anos de idade eu sabia a verdade. Eu ouvira muitas vezes a história do meu primeiro aniversário, de como Fern esvaziara a bolsa da vovó Donna e comera a última fotografia jamais tirada de vovô Dan, uma polaroide que vovó Donna levava na bolsa para olhar sempre que se sentia deprimida.

Se houvesse uma segunda foto, provavelmente eu também teria comido uma, Lowell disse, já que eu seguia o exemplo de Fern em quase tudo. E Lowell também disse que papai achara muito significativo que vovó tivesse deixado sua bolsa, cheia como aparentava, de objetos venenosos, onde Fern conseguia alcançá-la, mas eu não.

Nosso pai planejara dar o nome de nossas avós a Fern e a mim, uma de nós Donna e a outra Fredericka, cara ou coroa para ver quem seria quem, mas as duas avós insistiam que fosse eu a receber o nome delas. Papai, que pensara nisso como um gesto simpático, talvez até mesmo compensatório, ficou aborrecido quando isso se transformou numa discussão. Ele provavelmente esperara isso de vovó Donna, mas não de sua própria mãe. Um buraco estava prestes a se abrir, uma ruptura no continuum de tempo e espaço da família Cooke, até que minha mãe interferiu e colocou um fim na polêmica dizendo que eu seria Rosemary e Fern seria Fern, porque ela era a mãe e era assim que queria. Eu só soube do plano anterior porque vovó Donna certa vez se referiu a ele durante uma discussão como mais uma evidência da peculiaridade de meu pai.

Pessoalmente, fico feliz que não tenha dado em nada. Imagino que seja por ela ser minha avó que Donna parece um nome de avó. E Fredericka? "O que chamamos de Rosa sob outro nome teria o mesmo perfume." Mas não acredito que não teria seu preço ser chamada de Fredericka a minha vida inteira. Não acredito que não afetasse minha mente, entortando-a como a uma colher. (Não que minha mente não tivesse sido afetada.)

Assim, minha avó Donna limpava a cozinha, às vezes desempacotava alguma louça ou algumas das minhas roupas se estivesse se sentindo bem-disposta, uma vez que já estava claro a essa altura que ninguém pretendia abrir aquelas caixas. Ela preparava o almoço para mim e cozinhava alguma coisa medicinal, como um ovo quente, levava-a para o quarto, colocava minha mãe em uma cadeira de modo que ela pudesse trocar os lençóis, exigia a camisola para ser lavada, implorava a minha mãe para comer. Às vezes, vovó Donna era toda simpatia, dispensando em doses salutares sua conversa favorita — detalhes sobre a saúde e os problemas conjugais de pessoas que ela não conhecia. Ela gostava especialmente de pessoas mortas; vovó Donna era uma grande leitora de biografias históricas e tinha uma queda particular pelos Tudor, para os quais a discórdia conjugal era um esporte radical.

Quando isso não funcionava, ela se tornava ríspida. Era um pecado desperdiçar um dia tão bonito, ela dizia mesmo quando o dia não era tão bonito, ou seus filhos precisam de você. Ou que eu deveria ter começado no maternal há um ano e já estar no jardim de infância. (Eu não fui porque Fern não podia ir. Nem Mary.) E que alguém devia colocar um freio em Lowell, ele tinha apenas onze anos, pelo amor de Deus, e não deviam deixar que ele governasse a casa. Ela queria ver um de seus filhos fazendo a chantagem emocional que Lowell estava fazendo; levaria uma surra de cinto do pai.

Certa vez, ela foi à casa de Marco, pretendendo forçar Lowell a voltar para casa, mas voltou derrotada, o rosto parecendo uma ameixa seca. Os garotos estavam fora, de bicicleta, ninguém sabia onde, e a mãe de Marco disse que papai havia lhe agradecido por ficar com Lowell e que ela o mandaria de volta para casa quando fosse meu pai quem pedisse. A mãe de Marco deixava os garotos largados, vovó Donna disse à minha mãe. Além do mais, ela era uma mulher muito mal-educada.

Vovó sempre ia embora antes de nosso pai voltar do trabalho, às vezes me dizendo para não contar que ela estivera ali, porque a conspiração está embutida em seu DNA como claras em neve em um pão de ló. Mas, é claro, papai sabia. Ele teria me deixado ali se não fosse assim? Mais tarde, ele traria do quarto o que quer que vovó tivesse cozinhado e jogava no lixo. Ele pegava uma cerveja, depois outra, e depois começava com o uísque. Ele passava pasta de amendoim em uma bolacha para mim.

À noite, do meu quarto, eu ouvia uma discussão – a voz de mamãe baixa demais para ser ouvida (ou talvez ela nem estivesse falando), a voz de papai arrastada (sei agora) por causa do álcool. Vocês todos me culpam, papai dizia. Meus malditos filhos, minha maldita mulher. Que escolha nós tínhamos? Estou tão transtornado quanto qualquer um de vocês.

E por fim Lowell, em casa finalmente, subindo as escadas no escuro sem que ninguém o ouvisse e entrando no meu quarto, acordando-me.

– Se pelo menos – ele disse, onze anos contra os meus cinco, socando meu braço na parte de cima de modo que as manchas roxas ficassem escondidas pela manga da minha camiseta –, se pelo menos você tivesse, pelo menos uma vez, ficado com a maldita boca fechada.

Nunca na minha vida, nem antes, nem depois, fiquei tão feliz de ver alguém.

Quatro

DESENVOLVI UMA FOBIA EM RELAÇÃO À PORTA FECHADA PAra o quarto de nossos pais. Tarde da noite, eu podia ouvi-la, pulsando nos batentes como um coração. Sempre que Lowell deixava, eu me aconchegava com ele em seu quarto, o mais longe que podia ficar da porta e ainda estar em casa.

Às vezes, Lowell sentia pena de mim. Às vezes, parecia que ele também estava assustado. Nós dois carregávamos o peso do desaparecimento de Fern e do colapso nervoso de nossa mãe, e, de vez em quando, por curtos períodos, nós o carregávamos juntos. Lowell lia um livro para mim ou me deixava ficar tagarelando enquanto jogava complicadas partidas de paciência, que requeriam dois ou três baralhos e eram quase impossíveis de ganhar. Se alguém pudesse vencer um jogo, então Lowell não se interessava mais.

Às vezes, se ele não estivesse completamente acordado, me deixava ir para a sua cama depois que anoitecia para fugir dos gritos do meu pai, embora outras vezes ele resolvesse ficar com raiva e me mandar de volta para cima, chorando silenciosamente. Entrar na cama dos outros era um costume estabelecido na casa — Fern e eu quase nunca terminávamos a noite na cama onde começáramos. Nossos pais achavam que era natural e próprio dos mamíferos não querer dormir sozinho, e embora preferissem que ficássemos em nossas próprias camas, porque chutávamos e nos mexíamos muito à noite, eles nunca insistiram nisso.

Enquanto Lowell dormia, eu me acalmava mexendo em seus cabelos. Eu gostava de pegar um pouco entre dois dedos e passar o polegar sobre as pontas espetadas. Lowell usava o corte de cabelo de Luke Skywalker, mas a cor era puro Han Solo. Claro, eu não tinha visto o filme na época. Era pequena demais e além disso Fern não podia ir. Mas tínhamos as figurinhas. Eu sabia sobre o cabelo.

E Lowell, que vira o filme várias vezes, o interpretava para nós. Eu gostava mais de Luke. *Eu sou Luke Skywalker. Estou aqui para te salvar.* Mas Fern, que tinha gostos mais sofisticados, preferia Han. *Pode rír, Bola de Pelo.*

A injustiça incomoda muito as crianças. Quando eu finalmente consegui ver *Guerra nas estrelas*, o filme foi completamente estragado para mim pelo fato de que Luke e Han ganharam uma medalha no final e Chewbacca não. Lowell havia mudado esta parte em sua representação, de modo que foi um verdadeiro choque para mim.

❦

O quarto de Lowell cheirava a cedro úmido da gaiola onde três ratos, fracassos do laboratório de nosso pai, chiavam e guinchavam em sua roda durante toda a noite. Em retrospecto, havia algo incompreensivelmente estranho na maneira como qualquer rato de laboratório podia se transformar de unidade de informação em animal de estimação, com nomes, privilégios e consultas ao veterinário, em uma única tarde. Que história de Cinderela! Mas eu só notei isso muito mais tarde. Na época, Herman Muenster, Charlie Cheddar e o pequeno Templeton não representavam nada para mim, eram apenas eles mesmos.

Lowell também tinha um cheiro característico, não era ruim, mas penetrante para os meus sentidos, porque seu cheiro havia mudado. Na época, eu achava que a diferença era por ele estar com tanta raiva, achava que era o cheiro de raiva que eu sentia, mas naturalmente ele também estava crescendo, perdendo a doçura da infância, começando a azedar. Ele suava enquanto dormia.

Quase toda manhã, ele saía antes que qualquer um de nós acordasse. Não sabíamos no começo, mas ele estava tomando café da manhã com os Byard. Os Byard eram um casal sem filhos, cristãos devotos, que agora viviam do outro lado da rua, em frente a nós. O sr. Byard tinha uma visão deficiente e Lowell lia a página de esportes para ele, enquanto a sra. Byard fazia bacon com ovos. Segundo a sra. Byard, Lowell era doce como uma torta de noz-pecã e sempre bem-vindo.

Ela ficara sabendo um pouco da situação em nossa casa. A maior parte de Bloomington sabia, embora ninguém a compreendesse realmente.

— Estou rezando por todos vocês — ela me disse, aparecendo à nossa porta em uma manhã, segurando uma lata de biscoitos de pedacinhos de chocolate e iluminada por trás, como um anjo, por um suave sol de outono.

— Não esqueça que você foi feita à semelhança de Deus. Apegue-se a isso com firmeza e conseguirá atravessar a tormenta.

❧

Meu Deus, qualquer um pensaria que Fern havia morrido, vovó Donna disse. O que talvez seja o que você também está pensando, que aos cinco anos, é claro, eu não imaginaria isso se não me dissessem, mas qualquer pessoa mais velha teria pensado assim.

Posso apenas presumir que nossos pais me explicaram sobre o desaparecimento de Fern, provavelmente muitas vezes, e que eu reprimi isso. Apenas não é plausível pensar que eles mal disseram uma palavra. Mas disso eu me lembro: acordar toda manhã e ir dormir toda noite em um estado de terror incipiente. O fato de eu não saber do que tinha tanto medo não tornava o fato menos apavorante. Possivelmente, pior.

De qualquer modo, Fern não estava morta. Ainda não está. Lowell começou a frequentar um psicanalista e isso se tornou um tópico frequente nos monólogos noturnos do meu pai. O orientador psicológico de Lowell sugeriu algumas medidas – uma reunião de família, uma sessão apenas com os pais, alguns exercícios em visualização ou hipnose – e nosso pai explodiu. A psicanálise era completamente falsa, ele dizia, boa apenas para teoria literária. Talvez fosse útil, ao escrever um romance de ficção, imaginar que a vida de alguém podia ser moldada por um único trauma de infância, talvez até um trauma inacessível na memória. Mas onde estavam os estudos cegos, os grupos de controle? Onde estavam os dados reproduzíveis?

Segundo nosso pai, a nomenclatura da psicanálise adquirira uma pátina científica somente quando foi traduzida para palavras de origem latina. No alemão original, era maravilhosamente despretensiosa. (Imagine-o gritando isso. Na casa em que cresci, era bastante comum que uma explosão de raiva incluísse palavras em latim, *nomenclatura* e *pátina*).

E no entanto o psicanalista fora ideia do meu pai. Como tantos outros pais de crianças perturbadas, ele sentira a necessidade de fazer *alguma coisa* e, como tantos outros pais de crianças perturbadas, um orientador psicológico era a única coisa em que ele conseguia pensar.

Para mim, ele contratou uma *babysitter*, Melissa, uma estudante universitária com óculos que a faziam parecer uma coruja e mechas azuis em zigue-zague, como raios, nos cabelos. Na primeira semana, fui para a cama assim que ela chegou e só levantei quando ela já tinha ido embora. Eu era, convenhamos, o sonho de toda *babysitter*.

Foi um comportamento aprendido. Certa vez, quando eu tinha quatro anos, como um ardil para me fazer calar, uma *babysitter* chamada Rachel colocou várias colheres de milho de pipoca em minha boca e me disse que eles estourariam e virariam pipoca se eu mantivesse a boca fechada por bastante tempo. Isso me pareceu um objetivo perfeitamente desejável e eu fiquei de boca fechada o máximo de tempo que pude. Eu levei a derrota muito a sério, até que Lowell me disse que isso nunca teria acontecido. Isso me fez detestar todas as *babysitters*.

    Depois que me acostumei com Melissa, concluí que eu gostava dela. Foi um pouco de sorte. Eu havia arquitetado um plano que envolvia consertar minha família com a única coisa boa que eu tinha a oferecer – minha conversa – e não podia fazer isso sozinha. Tentei explicar para Melissa os jogos que eu deveria estar fazendo para o meu pai, os testes a que eu deveria estar me submetendo, mas ela não conseguia ou não queria entender.

    Chegamos a um acordo. Toda vez que ela viesse, ela me ensinaria uma nova palavra do dicionário. A única regra é que tinha que ser uma palavra tão solitária, tão negligenciada que ela mesma também não a conhecesse de antemão. Eu não me importava com o significado da palavra; isso poupava muito tempo e esforço. Em troca, eu tinha que não conversar com ela por uma hora. Ela ligava o temporizador do forno para se certificar, o que geralmente resultava em eu ficar perguntando a cada cinco minutos quando a hora iria terminar. Tudo que eu tinha a dizer se acumulava em meu peito até ficar tão comprimido que parecia que eu ia explodir.

    – Como foi o seu dia, Rosie? – papai perguntava quando voltava do trabalho, e eu lhe dizia que tinha sido efervescente. Ou límpido. Ou dodecaedro.

    – É bom saber – ele dizia.

    Nada disso pretendia ser informativo. Obviamente, não precisava nem fazer sentido. Catacrese? Pontos de bônus.

    Eu estava meramente tentando mostrar a ele que eu, ao menos, estava continuando com nosso trabalho. Quando ele estivesse disposto a isso, ele me encontraria, as mangas arregaçadas e cheio de energia.

❊

Certa tarde, vovó Donna veio e forçou nossa mãe a sair – tomar um café e fazer compras. O verão já se fora e o outono chegava ao fim de sua data de validade. Melissa deveria estar tomando conta de mim, mas em vez disso via TV.

Melissa agora já fazia parte do ambiente doméstico e via TV toda tarde, embora TV durante o dia nunca tivesse sido permitido, esperando-se que as crianças inventassem sua própria diversão.

Melissa ficara viciada em uma novela. Não era a mesma novela dos meus avós – não havia nenhuma Karen, nem Larry. A novela de Melissa girava em torno de Ben e Amanda, Lucille e Alan. E se a novela dos meus avós tinha lamentavelmente se voltado para sexo, esta era uma orgia. Melissa deixava que eu assistisse à novela com ela porque não iria entender nada; como eu não entendia nada, era raro querer assistir. Discordávamos sobre o quanto eu deveria ficar calada durante a novela.

Melissa estava começando a soltar o cabresto. Ela me ensinou uma palavra e depois me fez prometer nunca dizê-la aos nossos pais. A palavra era *itifálico*. Anos mais tarde, se *itifálico* tivesse aparecido no SAT, eu teria tirado de letra, mas não tive tal sorte. Não é na verdade uma palavra muito útil.

E simplesmente pergunte a Lowell se eu sou o tipo de pessoa que guarda promessa. No instante em que vi nosso pai, eu disse a ele que meu dia tinha sido itifálico, em vez da palavra oficial do dia, que era *psicomântico*, mas se isso teve a ver com a súbita decisão de mandar Melissa embora, eu não sei.

De qualquer modo, antes de eu dizer *itifálico* para nosso pai, eu a disse para Lowell. Ele deveria estar na escola, mas voltara mais cedo, entrando furtivamente pela porta dos fundos, fazendo sinal para eu segui-lo até lá fora, o que fiz, embora não tão silenciosamente quanto ele queria. Lowell não estava interessado em minhas palavras novas, descartou-as com um impaciente abano da mão.

Um dos vizinhos estava na frente da casa, o garoto da casa branca da esquina, o garoto grande do colégio. Russel Tupman, recostado no Datsun azul de mamãe, acendendo um cigarro com ar de enfado e tragando-o. Nunca pensei em ver Russell Tupman na minha própria entrada. Eu fiquei encantada. Fiquei lisonjeada. Apaixonei-me instantaneamente.

Lowell ergueu a mão e sacudiu-a. As chaves do carro tilintaram em sua mão.

– Tem certeza sobre ela? – Russell perguntou, indicando-me com os olhos. – Ouvi dizer que ela fala demais.

– Precisamos dela – Lowell disse. Assim, mandaram-me sentar no banco de trás e Lowell prendeu meu cinto de segurança, o que era muito consciencioso de sua parte, mesmo quando não era Russell quem estava ao volante. Eu soube depois que Russell tecnicamente ainda não tinha carteira de motorista. Ele fizera o curso de direção e tudo o mais, sabia dirigir. Não me lembro de nenhum momento de ansiedade enquanto ele dirigia, por mais confusão que isso tivesse causado depois.

Lowell disse que íamos sair em uma aventura secreta, um negócio de espião, e eu podia levar Mary, porque Mary sabia manter a boca fechada e era um exemplo para todos nós. Eu estava muito satisfeita com tudo aquilo, muito honrada em sair com os garotos mais velhos. Olhando para trás, vejo que Lowell tinha apenas onze anos de idade, enquanto Russell tinha dezesseis, e que isso devia ser uma grande diferença de idade, mas na ocasião eu os achava igualmente glamorosos.

Naquela época, eu também estava desesperada para sair de casa. Eu havia tido um sonho em que ouvia alguém batendo na porta de nossos pais pelo lado de dentro. Começou com um ritmo alegre, como um sapateado, só que cada batida era mais alta do que a anterior, até que ficaram tão altas que eu achei que meus tímpanos iam estourar. Acordei apavorada. Os lençóis da minha cama estavam ensopados e eu tive que pedir a Lowell para trocar meu pijama e tirar os lençóis.

Russell mudou a estação de rádio de nossa mãe para a WIUS, a rádio dos estudantes, e uma canção que eu não conhecia começou a tocar. Entretanto, o fato de não conhecer a canção não me impedia de acompanhá-la do banco traseiro, até que Russell finalmente me disse que eu era um inferno em seus nervos.

Inferno. Repeti a palavra várias vezes, mas muito baixinho para não incomodar Russell. Eu gostava da maneira como eu tinha que rolar o "r".

Eu não conseguia ver nada pelo vidro da frente, apenas a parte de trás da cabeça de Russell batendo ritmadamente contra o encosto do banco. Eu imaginava como fazê-lo me amar. Algo dentro de mim sabia que palavras grandiosas não eram o caminho para o coração de Russell, mas não conseguia pensar em mais nada que eu pudesse oferecer.

Mais canções e o anúncio de uma peça de mistério para rádio, inédita, a ser transmitida no Halloween. Em seguida, um ouvinte ligou querendo falar sobre um professor que estava fazendo a turma inteira ler *Drácula*, mesmo os cristãos, que achavam que isso colocava suas almas em risco. (Façamos uma pausa aqui por um instante para imaginar como uma pessoa que se sentia coagida por vampiros em 1979 se sente atualmente. Agora, voltemos para a minha história.)

Mais chamadas. A maioria dos ouvintes gostava de *Drácula*, embora alguns não, mas ninguém gostava de professores que achavam que podiam lhes dizer o que deviam ler.

O carro começou a sacolejar e eu ouvi cascalhos sob os pneus. Paramos. Reconheci a copa clara de um tulipeiro ao lado do caminho de entrada de nossa antiga casa de fazenda, suas folhas douradas flutuando em um céu azul esbranquiçado. Lowell desceu para abrir o portão, entrou novamente no carro.

Eu não sabia que era para lá que estávamos indo. Meu bom humor se transformou em ansiedade. Embora ninguém tivesse dito isso, embora ninguém estivesse dizendo nada mesmo, eu havia presumido que Fern tivesse sido deixada para trás, na velha casa de fazenda, vivendo com os alunos da universidade. Eu havia imaginado sua vida continuando quase igual ao que era antes, talvez mesmo com menos distúrbios do que eu tivera – sentindo falta de mamãe, sem dúvida (e nós todos não estávamos sentindo?), mas com papai ainda sempre passando por lá para supervisionar os treinos, os jogos com fichas coloridas de pôquer e passas. Quando, dentro de alguns meses, ela faria seis anos, eu presumira que, como todo ano, ela fosse ter um bolo de aniversário com rosas de açúcar que ela e eu tanto amávamos. (Eu não sei com certeza que ela não teve.)

Assim, minha ideia era de que era triste que ela nunca visse nossa mãe, e eu não queria ser ela, mas não era assim *tão* triste. Os alunos da faculdade eram simpáticos e nunca gritavam, porque não podiam fazer isso e porque amavam Fern. Eles gostavam mais da Fern do que de mim. Às vezes, eu tinha que me enroscar nas pernas deles e me recusar a soltá-las, só para chamar a atenção deles.

Agora, estávamos sacolejando pelo caminho de entrada para carros. Fern sempre era a primeira a ouvir um carro se aproximando; ela já estaria na janela. Eu não sabia ao certo se queria vê-la, mas tinha certeza de que ela não iria querer me ver.

– Mary não quer ver Fern – eu disse a Lowell.

Lowell virou-se para trás, lançou-me um olhar penetrante, os olhos apertados.

— Ah, meu Deus! Você não estava achando que a Fern ainda estava aqui, estava? Que merda, Rosie.

Eu nunca tinha ouvido Lowell falar *merda* antes. Pensando nisso agora, acho que ele estava tentando impressionar Russell. *Merda* era outra palavra que caía bem em minha boca. *Merda, merda, merda.*

— Não seja tão criancinha — Lowell disse. — Não tem ninguém aqui. A casa está vazia.

— Não sou criancinha. — Isso foi um reflexo. Eu estava aliviada demais para me sentir insultada. Nada de um reencontro zangado, portanto. As árvores familiares estavam encimadas por nuvens douradas. No solo, o triturar familiar do cascalho sob os pneus. Lembrei-me de como eu costumava encontrar pedras de quartzo ali no cascalho do caminho de entrada, claras e cristalinas. Como trevos de quatro folhas, isso acontecia com a frequência apenas suficiente para me manter procurando. Não havia cascalhos na casa nova e, portanto, não fazia sentido continuar procurando.

O carro parou. Nós saímos e demos a volta pelo lado da casa, até a porta da cozinha, mas estava trancada, todas as portas estavam trancadas, Lowell disse a Russell, e nas janelas, até mesmo nas janelas de cima, haviam sido instaladas grades de ferro, a rota da macieira para os quartos interrompida antes mesmo que eu tivesse conseguido usá-la.

A única esperança remanescente era a portinhola para cachorro que dava acesso à cozinha. Não me lembro de ter tido um cachorro, mas, ao que parece, tivemos, uma terrier grande — seu nome era Tamara Press — e aparentemente Fern e eu a amávamos loucamente e dormíamos em cima dela, até que ela morreu de câncer pouco antes de eu completar dois anos. Ao contrário da maioria das portinholas para cachorro, o trinco desta ficava do lado de fora.

Lowell abriu-o. Disseram-me para eu entrar.

Eu não queria. Estava com medo. Eu achava que a casa devia estar magoada por não ser mais minha casa, que ela devia se sentir abandonada.

— É só uma casa vazia — Lowell disse, tentando me encorajar.

— E a Mary vai com você — como se até eu pudesse achar que Mary seria boa de briga.

Mary era inútil. Eu queria Fern. Quando é que Fern voltaria para casa?

— Ei — Russell disse. Falando comigo! — Contamos com você, nanica.

Então, eu o fiz por amor.

❊

Eu me espremi pela portinhola e entrei na cozinha, levantei-me dentro de um raio de sol, partículas de poeira virando cambalhota e brilhando à minha volta como purpurina. Eu nunca tinha visto a cozinha vazia. O linóleo desgastado estava mais brilhante e mais liso onde a mesa do café da manhã devia estar. Fern e eu um dia nos escondemos embaixo dessa mesa de modo que ninguém nos visse desenhando no assoalho com canetas hidrográficas. Os fantasmas da nossa obra de arte ainda eram visíveis se você soubesse procurá-los.

O aposento vazio fechou-se em torno de mim como um casulo, apertou-me com força até eu sentir dificuldade para respirar. Eu senti toda a cozinha carregada de ódio, eu só não sabia dizer se era a casa ou Fern que estava tão furiosa. Abri a porta apressadamente para Lowell e Russell, e, assim que entraram, a casa me libertou. Já não estava mais com raiva. Em vez disso, estava terrivelmente triste.

Os garotos foram em frente, falando em voz baixa para que eu não pudesse ouvir, o que me deixou desconfiada e eu resolvi segui-los. Havia muitas coisas ali das quais eu sentia falta. Eu sentia falta da escadaria larga. Nós costumávamos escorregar por ela em pufes. Eu sentia falta do porão. No inverno, nós sempre tínhamos cestos de maçãs e cenouras que podíamos comer sem ter que pedir, quantas quiséssemos, apesar de termos que descer ao porão escuro para pegá-las. Eu não iria descer ao escuro agora, a menos que os garotos descessem, e se eles o fizessem, eu não iria ficar para trás.

Senti falta do quanto sempre fora grande e movimentada. Senti falta de ter um quintal cujo limite eu não conseguia ver. Senti falta do celeiro, dos estábulos cheios de cadeiras quebradas, bicicletas, revistas, berços, carrinhos de bebê e cadeirinhas de carro. Senti falta do riacho e da fogueira, onde assávamos batatas ou estourávamos pipoca no verão. Senti falta dos vidros de girinos que mantínhamos na varanda dos fundos para observação científica, das constelações pintadas no teto, do mapa do mundo no chão da biblioteca, onde podíamos ir com nosso almoço e comer na Austrália ou no Equador ou na Finlândia. *As palmas de minhas mãos cobrem continentes*, escrito em letras vermelhas na borda esquerda do mapa. Minha palma não cobria nem Indiana, mas consegui encontrar o estado no mapa pelo formato. Logo, eu queria ser capaz de ler as palavras. Antes de nos mudarmos, minha mãe estava me ensinando pelos livros de matemática do meu pai. *O produto de dois números é um número.*

– Que lugar bizarro – Russell disse, o que logo tirou meu encanto. Que lixo. Meu quarto em nossa casa nova era maior do que meu quarto ali.

– O gramado ainda é eletrificado? – Russell perguntou. A frente da casa estava asfixiada de dentes-de-leão, botões-de-ouro e trevos, mas era possível ver que um dia fora um gramado.

– Do que você está falando? – Lowell perguntou.

— Ouvi dizer que se você pisasse na grama recebia um choque elétrico. Ouvi dizer que todo o terreno era eletrificado para manter as pessoas longe.

— Não — Lowell disse. — É apenas grama comum.

❈

Por fim, a novela de Melissa terminou e ela notou que eu não estava por perto. Ela procurou por toda parte na vizinhança, até que os Byard a fizeram ligar para o meu pai, que acabara de descobrir que Lowell não estava na escola. Papai teve que cancelar sua aula, um ponto que nos foi repetido muitas vezes nos dias seguintes — que não fora apenas a ele que tínhamos causado inconveniências, mas a toda uma turma de estudantes, como se o seu não comparecimento não tivesse sido a melhor parte da semana dos alunos. Ao chegar em casa, ele viu que o carro desaparecera.

Assim, quando, ao retornarmos, ele me levantou e tirou do banco traseiro, não perguntou como tinha sido o meu dia. Isso não me impediu de lhe contar.

Cinco

HÁ UMA COISA QUE VOCÊS AINDA NÃO SABEM A RESPEITO da Mary. A amiga imaginária da minha infância não era uma menina. Era um pequeno chimpanzé fêmea.

Assim também, é claro, era minha irmã Fern.

Alguns de vocês já devem ter deduzido isso. Outros devem achar que foi irritantemente evasivo de minha parte ter escondido o caráter simiesco essencial de Fern por tanto tempo.

Em minha defesa, eu tive meus motivos. Passei os primeiros dezoito anos de minha vida definida por esse único fato, o de que fui criada com um chimpanzé. Eu tive que me mudar para o outro lado do país, a fim de deixar esse fato para trás. Nunca vai ser a primeira informação sobre mim que eu vou compartilhar com alguém.

Porém muito, *muito* mais importante, eu queria que vocês vissem como realmente era. Eu lhes conto que Fern é um chimpanzé e imediatamente vocês deixam de pensar nela como minha irmã. Em vez disso, acham que a amávamos como se ela fosse uma espécie de animal de estimação. Depois que Fern foi embora, vovó Donna disse a Lowell e a mim que quando nossa cachorra, Tamara Press, morreu, nossa mãe ficara inconsolável – exatamente como estava agora, era a implicação. Lowell relatou isso ao nosso pai e ficamos todos tão ofendidos que vovó Donna teve que desistir imediatamente da ideia.

Fern não era o cachorro da família. Ela era a irmãzinha de Lowell, sua sombra, seu fiel aliado. Nossos pais haviam prometido amá-la como uma filha, e durante anos eu perguntei a mim mesma se eles tinham cumprido a promessa. Comecei a prestar mais atenção às histórias que liam para mim, histórias que logo eu estava lendo sozinha, procurando saber o quanto os pais amam suas filhas. Eu era filha e irmã. Não era apenas por Fern que eu precisava saber.

O que encontrei em livros foram filhas mimadas e filhas oprimidas, filhas que levantavam a voz e filhas silenciadas. Encontrei filhas aprisionadas em torres, espancadas e tratadas como criadas, filhas amadas enviadas para cuidar da casa de monstros hediondos. Na maior parte das vezes, quando as meninas eram enviadas para outro lugar, elas eram órfãs, como Jane Eyre e Anne Shirley, mas nem sempre. Maria foi levada para dentro da floresta com seu irmão e abandonados lá. Dicey Tillerman foi deixada com seus irmãos em um estacionamento de um shopping. Sara Crewe, cujo pai a adorava, ainda assim foi mandada para viver em um colégio sem ele. Em suma, havia um amplo leque de possibilidades e o tratamento dado a Fern encaixava-se facilmente nesse quadro.

Lembram-se daquele antigo conto de fadas que eu mencionei bem no começo — como as palavras de uma das irmãs se transformam em joias e flores e as da outra em cobras e sapos? Eis como esse conto termina. A irmã mais velha é conduzida para a floresta, onde morre, infeliz e sozinha. Sua própria mãe se voltou contra ela, segundo nos contam, algo tão perturbador que eu preferia não ter sabido e, muito antes de Fern ser levada embora, eu já dissera à minha mãe para jamais ler aquela história para nós outra vez.

Mas talvez eu tenha inventado essa última parte, estando eu tão transtornada, tão assustada. Talvez mais tarde, depois que Fern foi embora, eu tenha visto como devia ter me sentido e tivesse revisto minhas lembranças a essa nova luz. As pessoas fazem isso. As pessoas fazem isso o tempo todo.

Até à expulsão de Fern, eu quase nunca tivera nenhum momento sozinha. Ela era minha irmã gêmea, meu espelho de parque de diversões, a outra metade de um turbilhão. É importante ressaltar que eu também representava tudo isso para ela. Eu diria que, como Lowell, eu a amava como irmã, mas ela era a única irmã que eu já tivera, de modo que não posso ter certeza; é uma experiência sem nenhum recurso de avaliação. Ainda assim, quando li *Mulherzinhas* pela primeira vez, pareceu-me que eu amara Fern tanto quanto Jo amava Amy, se não tanto quanto Jo amava Beth.

❖

Nós não éramos a única família durante esse período tentando criar um bebê chimpanzé como se fosse humano. Os corredores dos supermercados em Norman, Oklahoma, onde o dr. William Lemmon estava prescrevendo chimpanzés liberalmente para seus alunos de pós-graduação e pacientes, estavam cheios de tais famílias. Não éramos nem sequer a única família a fazer isso enquanto ao mesmo tempo criavam uma verdadeira criança humana, embora ninguém, a não ser nós, houvesse transformado a criança e o chimpanzé em gêmeos desde que os Kellogg o fizeram na década de 1930. Nos anos 1970, na maior parte das casas que criavam chimpanzés, a criança humana era consideravelmente mais velha e não tomava parte na experiência.

Fern e eu fomos criadas praticamente do mesmo modo que era considerado racional. Tenho certeza de que eu era a única irmã de um chimpanzé no país que tinha que recusar todos os convites de festas de aniversário, embora isso tenha sido em grande parte para impedir que eu levasse gripes para casa; chimpanzés pequenos são terrivelmente suscetíveis a infecções respiratórias. Nós fomos a uma única festa em meus primeiros cinco anos e eu não me lembro dela, mas Lowell me disse que tinha havido um infeliz acidente envolvendo uma *piñata*, um taco de beisebol e um monte de balas e doces voando, que terminou com Fern mordendo Bertie Cubbins, a aniversariante, na perna. Morder alguém que não é da família – ao que parece, um caso realmente grave.

Só estou imaginando, é claro, que outras famílias com chimpanzés agissem de modo diferente. Certamente, Fern era superconsciente de qualquer favoritismo e reagia a isso com grande vigor e determinação. A injustiça incomoda muito os chimpanzés.

A lembrança mais antiga que eu tenho, mais tátil do que visual, é a de recostar-me em Fern. Sinto seus pelos na minha face. Ela tomou um banho de espuma e cheira a sabão de morango e toalhas molhadas. Algumas gotas de água ainda se agarram aos ralos pelos brancos de seu queixo. Eu vejo isso, erguendo os olhos do ombro sobre o qual estou apoiada.

Vejo sua mão, suas unhas pretas, seus dedos curvando-se e estendendo-se. Nós ainda devíamos ser muito pequenas, porque a palma de sua mão é macia, enrugada e rosada. Ela está me dando uma enorme passa branca.

Há uma tigela dessas passas no chão à nossa frente e acho que deviam ser de Fern e não minhas, ganhas de algum modo em um de nossos jogos, mas não importa, porque ela as compartilha comigo – uma para ela, uma para mim, uma para ela, uma para mim. Meu sentimento nessa lembrança é de grande contentamento.

Eis uma lembrança posterior. Estamos no escritório do meu pai, fazendo um jogo que chamamos Igual/Diferente. A versão de Fern envolve lhe mostrarem dois objetos – duas maçãs, por exemplo, ou uma maçã e uma bola de tênis. Ela segura duas fichas de pôquer, uma de cor vermelha e uma de cor azul. Se ela achar que os dois objetos são iguais, ela deve entregar a Sherry, a estudante deste dia, a ficha vermelha. Azul significa diferente. Ainda não está claro se ela entende o jogo.

Enquanto isso, esse jogo é simples demais para mim. Estou trabalhando com Amy, que me deu várias listas de quatro itens.

Estão me perguntando qual item não se encaixa. Algumas das listas são bastante capciosas. Porquinho, patinho, cavalo e ursinho se tornam porco, pato, cavalo e urso. Eu adoro este jogo, especialmente desde que papai explicou que não há respostas certas e erradas; tudo é somente para ver como eu penso. Assim, eu faço um jogo onde não perco e posso dizer a todo mundo o que estou pensando enquanto jogo.

Estou fazendo minhas escolhas e também dizendo a Amy o que sei sobre patos, cavalos e outros animais, qual tem sido a minha experiência com eles. Às vezes, quando você dá pão aos patos, os grandes pegam tudo e os pequenos não conseguem pegar nada, eu lhe digo. Isso não é justo, certo? Isso não é direito. Compartilhar é que é direito.

Eu conto a ela como certa vez eu fui perseguida por patos porque eu não tinha pão suficiente para todos. Eu digo que Fern não dá seu pão para os patos. Ela mesma o come, o que às vezes é verdade, mas às vezes não. Amy não me corrige, então eu digo isso de novo, com mais confiança. Fern não sabe compartilhar, eu digo, omitindo o bom registro de Fern de compartilhar *comigo*.

Eu digo a Amy que eu nunca andei a cavalo, mas que um dia andarei. Um dia, terei meu próprio cavalo, provavelmente chamado Star ou talvez Blaze. Fern não saberia andar a cavalo, não é?, pergunto. Estou sempre à procura de coisas que eu possa fazer e Fern não.

— Talvez você tenha razão — Amy diz, anotando tudo. A vida não podia ser melhor.

Mas Fern está ficando frustrada, porque ela não tem permissão de comer as maçãs. Ela para de brincar de Igual/Diferente. Ela vem até mim, encosta a pele áspera de sua testa contra a minha testa lisa, de modo que fico olhando diretamente dentro de seus olhos cor de âmbar. Está tão perto que seu hálito está em minha boca. Posso sentir o cheiro de que ela está infeliz, seu habitual tipo de cheiro de toalha molhada, mas com um laivo ligeiramente ácido, pungente.

— Para de me aborrecer, Fern — eu digo, dando-lhe um pequeno empurrão. Afinal, eu estou ali trabalhando.

Ela vagueia um pouco pela sala, fazendo sinais para maçãs, bananas, doces e outras guloseimas, mas desconsoladamente, já que nada disso está se materializando. Então, ela começa a pular de um lado para o outro, entre a escrivaninha de meu pai e a poltrona. Ela está usando sua saia preferida, amarela com desenhos de pássaros, e a saia voa até sua cintura quando ela pula, de modo que se pode ver a fralda por baixo. Seus lábios estendem-se para fora e se afunilam, o rosto pequeno pálido e vazio. Ouço os sons baixos *uu uu uu* que ela faz quando está ansiosa.

Ela não está se divertindo, mas ainda assim aquilo me parece divertido. Eu mesma subo na escrivaninha de meu pai e ninguém diz não, nem mesmo me dizem para tomar cuidado, talvez porque ninguém tenha dito isso a Fern e agora já não podem dizer. É mais alto do que eu imaginava e eu caio no chão, em cima do meu cotovelo. Quando caio, ouço Fern rindo. Isso acarreta certa comoção. De maneira típica, um chimpanzé ri somente quando há contato físico. Antes disso, Fern só tinha rido quando estava sendo perseguida ou quando lhe faziam cócegas. Riso zombeteiro é um traço nitidamente humano.

Nosso pai diz a Sherry e a Amy para ouvirem com atenção quando Fern ri. O som é restringido e determinado pela sua respiração, de modo que o riso vem em ritmo espasmódico. Talvez, papai sugere, Fern não possa sustentar um único som através de um ciclo de inspiração e expiração repetidas. O que isso significaria para o desenvolvimento da fala? Ninguém parece se importar que Fern esteja sendo malvada, embora para mim esse pareça ser o ponto crucial.

Mais tarde, porque ninguém prestou atenção quando eu disse que meu cotovelo doía, e verificou-se que estava quebrado, papai se desculpou me deixando ver os danos nos meus raios X. As finas rachaduras parecem o acabamento em craquelê em um prato de porcelana. Fico um pouco apaziguada pela gravidade de ter quebrado um osso.

Mas não completamente. As coisas que eu posso fazer e que Fern não pode são um montículo comparadas à montanha de coisas que ela pode fazer e eu não. Sou consideravelmente maior, o que deveria valer alguma coisa, mas ela é consideravelmente mais forte. A única coisa que eu faço melhor é falar, e não é muito claro para mim se isso é uma boa permuta, se eu não a trocaria por ser capaz de disparar pelo corrimão acima ou esticar-me como uma pantera ao longo do topo da porta da despensa.

Foi por isso que eu inventei Mary, para igualar o placar. Mary podia fazer tudo que Fern podia e até mais. E ela usava seus poderes para o bem, ao invés do mal, o que significa somente sob meu comando e em meu nome.

No entanto, minha principal razão para ter criado Mary foi ter uma colega a quem ninguém preferia em vez de mim. O melhor a respeito de Mary é que ela era uma pessoa chata.

❦

Alguns dias depois da viagem à casa de fazenda, Mary e eu podemos ser encontradas nos galhos de um bordo no quintal de Russell Tupman. Estamos olhando dentro da cozinha de Russell, onde sua mãe, parecendo um duende com seu colete de *patchwork*, cobriu a mesa com jornal e cortava uma abóbora com um cutelo.

Por que estamos na árvore de Russell? Porque é a única árvore do quarteirão onde consigo subir facilmente. A base do tronco é ramificada em três partes, uma delas quase paralela ao chão, de modo que eu podia começar simplesmente subindo como se fosse em um cavalete, segurando nos galhos acima para me apoiar. À medida que ia ficando mais alto, eu tinha que escalar, mas havia muitos galhos, cada qual um degrau fácil para o seguinte. O fato de podermos olhar desses galhos pelas janelas da casa de Russell era apenas um bônus. Estávamos ali definitivamente pela escalada e não para reconhecimento da área.

Mary subiu mais alto do que eu e disse que podia ver a rua inteira até o telhado dos Byard. Disse que podia ver dentro do quarto de Russell. Disse que Russell estava pulando em sua cama.

Mas ela estava mentindo, porque quando me dei conta Russell estava saindo pela porta da cozinha e vindo direto em minha direção. A árvore ainda tinha algumas folhas vermelhas, de modo que eu esperava estar escondida. Fiquei absolutamente imóvel até Russell parar bem abaixo de mim.

— O que você está fazendo aí em cima, nanica? — ele perguntou. — O que está vendo?

Eu respondi que sua mãe estava cortando uma abóbora. Só que eu usei a palavra *dissecando*. Lowell certa vez encontrou um sapo morto perto do riacho na fazenda e ele e meu pai passaram a tarde dissecando-o na mesa da sala de jantar, fatiando e abrindo as câmaras de seu coração úmido e pequeno como uma noz. Eu não me importei com aquilo, mas agora a visão da mãe de Russell mergulhando a faca na abóbora estava começando a embrulhar meu estômago, encher minha boca de saliva. Engoli com força e parei de olhar pela janela.

Eu estava em pé em um galho, segurando outro mais alto com uma das mãos, oscilando ligeiramente, descontraidamente, enquanto falava. Vocês jamais perceberiam que meu estômago estava se revirando. *Savoir-faire* de sobra.

— Macaquinha — Russell disse, um apelido que eu iria conhecer bem quando começasse na escola. — Que esquisita. — Mas seu tom de voz era bastante agradável e eu não me ofendi. — Diga ao seu irmão que eu já estou com o dinheiro dele.

Olhei para dentro da cozinha outra vez. A mãe de Russell começara a retirar os intestinos da abóbora, jogando-os aos punhados no jornal. Minha cabeça ficou zonza e minhas pernas fraquejaram, e por um instante eu pensei que iria cair ou, pior, vomitar.

Assim, montei em um galho para ter mais estabilidade, mas o galho era fino, tão flexível que se curvou inesperadamente sob meu peso e de repente eu estava escorregando para baixo, quebrando e arrancando raminhos e folhas conforme descia. Aterrissei no chão, os pés primeiros, o traseiro em seguida. Minhas mãos estavam cobertas de arranhões.

— Que diabos você está fazendo agora? — Russell perguntou e em seguida sacudiu um dedo na direção da forquilha das minhas calças compridas, onde as folhas haviam deixado uma mancha. Eu realmente não consigo descrever a humilhação que senti. Eu sabia que o espaço entre as minhas pernas não era algo para ser olhado nem comentado. E nem deveria estar com aquele vermelho das folhas de outono.

❖

Alguns dias depois, os policiais prenderam Russell. Vovó Donna disse-me que ele fizera uma festa de Halloween na casa de fazenda. Todas as vidraças do lugar tinham sido quebradas, ela disse, e uma garota menor de idade passara a noite no hospital. A linguagem é um veículo tão impreciso que eu às vezes me pergunto por que nos importamos com ela. Eis o que eu ouvi: que talvez Fern tivesse atravessado o tempo e o espaço, como um *poltergeist*, e destruído a casa onde tínhamos vivido. Algumas janelas quebradas teriam significado uma festa para mim. Certa vez, Fern e eu lançamos uma bola de *croquet* através de uma das janelas e nos divertimos muito com isso, apesar do que veio depois. Mas todas as janelas do lugar? Não parecia uma travessura. Isso tinha a persistência e a precisão de fúria.

Eis o que vovó Donna achou que estava me dizendo: que eu não era pequena demais para entender os perigos de misturar álcool e drogas. Que ela esperava jamais viver para ver o dia que eu tivesse que fazer uma lavagem estomacal. Que tal coisa partiria o coração já partido de mamãe.

Seis

Então, certa manhã, de repente, mamãe entrou em foco outra vez. Acordei ao som de "Maple Leaf Rag", de Scott Joplin, decantando alegremente nota por nota escada acima. Nossa mãe estava acordada, chamando-nos pelo piano para o café da manhã como costumava fazer, as mãos arqueadas, o pé pressionando o pedal. Ela havia tomado banho e cozinhado, logo voltaria às suas leituras e, finalmente, a falar.

Isso foi um alívio, porém menos do que vocês possam imaginar, já que não podia confiar neste estado, agora que vira o outro.

Passamos aquele Natal em Waikiki, onde Papai Noel usava bermudas e chinelos de dedo e nada se parecia com o Natal. Com Fern, nós nunca podíamos viajar. Agora, podíamos, e precisávamos dar uma escapada. No ano anterior, Fern havia insistido em ligar e desligar as luzes do Natal, não importava o quanto fosse advertida para não fazer isso. Era nossa tradição deixá-la colocar a estrela no topo da árvore.

Fern, escondendo um presente no closet de cima, guinchando de empolgação e entregando o jogo. Fern, na manhã de Natal, enchendo o ar de papel de presente picado, enfiando-os pelas nossas costas como neve.

Era a primeira vez que eu andava de avião, as nuvens brancas um colchão revolvendo-se sob nós. Eu adorei o cheiro do Havaí, mesmo no aeroporto, plumérias na brisa e nos xampus e sabonetes do hotel.

A praia em Waikiki era tão rasa que até mesmo eu podia caminhar uma boa distância dentro d'água. Passávamos horas na água, flutuando, descendo e subindo, de modo que quando me deitei à noite na cama do hotel que Lowell e eu compartilhávamos, meu sangue ainda chacoalhava em meus ouvidos. Foi nessa viagem que eu aprendi a nadar. Nossos pais ficavam depois de onde as ondas quebravam e me pegavam conforme eu batia os pés de um para o outro, e eu tinha absoluta certeza de que Fern não teria conseguido fazer isso, embora eu não tenha perguntado.

Eu tive uma revelação que compartilhei no café da manhã – sobre como o mundo estava dividido em duas partes: em cima e embaixo. Quando você mergulhava com snorkel, estava visitando a parte de baixo, e, quando você subia em uma árvore, estava visitando a parte de cima, e nenhuma era melhor do que a outra. Lembro-me de ter absoluta certeza de que isso era algo interessante para eu dizer, algo que alguém deveria anotar.

Quando você pensar em três coisas para dizer, escolha uma e só diga esta. Durante meses depois que Fern foi embora, as duas coisas que eu não dizia eram sempre sobre ela. No Havaí, eu pensei – mas não disse – que talvez Fern pudesse escalar, mas eu podia mergulhar. Quisera que ela estivesse lá para me ver fazer isso. Quisera que ela estivesse lá, guinchando em cima de uma pedra vulcânica, escalando os troncos das palmeiras como o Homem-Aranha.

Ela teria adorado o bufê do café da manhã.

Eu a via por toda parte, mas nunca dizia nada.

Em vez disso, eu observava nossa mãe obsessivamente, em busca de sinais de um colapso. Ela boiava de costas no oceano ou ficava deitada em uma espreguiçadeira junto à piscina tomando *mai tais* e, em noites de hula-hula, quando o *maître* pedia voluntários, ela logo se oferecia. Lembro-me de como era bonita, bronzeada de sol, flores em volta do pescoço, as mãos fluidas e fluentes – *atiramos nossa rede no mar e todos os ama-amas vieram nadando para mim.*

Ela era uma mulher bem-educada, nosso pai observou cautelosamente durante o jantar na noite anterior à nossa volta para casa. Uma mulher inteligente. Não seria bom ter um trabalho, para não ficar presa em casa o tempo todo, sobretudo agora que eu iria para o jardim de infância?

Eu não sabia que iria para o jardim de infância até o momento em que ele disse isso. Eu não estivera muito com outras crianças. Era tola o suficiente para ficar animada. O mar estava brilhando do lado de fora da janela do restaurante, transformando-se de prata em negro. Mamãe concordou daquela maneira genérica que significa que o assunto deve ser abandonado, e ele entendeu o recado. Todos nós estávamos sempre alertas para suas insinuações naquela época. Éramos cuidadosos uns com os outros. Sempre andávamos na ponta dos pés.

Isso durou muitos meses. Então, certa noite à mesa de jantar, Lowell disse repentinamente:

— Fern realmente adorava milho na espiga. Lembram-se da sujeira que ela fazia? — Eu tive uma rápida visão de grãos amarelos grudados nos pequenos dentes parecidos com pinos de Fern, como percevejos em uma porta de tela. Provavelmente estávamos comendo espigas de milho quando Lowell disse isso, o que significaria que era verão outra vez — temporais, trovoadas, vagalumes e quase um ano desde que Fern fora mandada embora. Mas isso é mera especulação.

— Lembram-se de como Fern nos adorava? — Lowell perguntou.

Papai pegou seu garfo, segurou com dedos trêmulos. Recolocou-o sobre a mesa, lançou um olhar rápido, de relance, para nossa mãe. Ela fitava seu prato, de modo que não podíamos olhar dentro de seus olhos.

— Não faça isso — ele disse a Lowell. — Ainda não.

Lowell não lhe deu atenção.

— Quero ir vê-la. Todos nós temos que ir vê-la. Ela deve estar se perguntando por que não fomos.

Nosso pai passou a mão pelo rosto. Ele costumava fazer um jogo comigo e Fern em que ele fazia isso. Uma passada da mão pelo rosto o revelava fazendo cara feia. Outra passada de volta o mostrava sorridente. Para baixo, expressão ameaçadora. Para cima, sorriso. Para baixo, Melpômene. Para cima, Thalia. Tragédia e comédia representadas como expressões faciais.

O desvendamento daquela noite mostrou-o triste e abatido.

— Nós todos queremos isso — ele disse. Seu tom de voz igualava-se ao de Lowell. Calmo, mas firme. — Nós todos sentimos a sua falta. Mas temos que pensar no que é melhor para *ela*. A verdade é que ela teve uma terrível transição, mas agora já está acomodada e feliz. Nos ver só iria perturbá-la. Sei que vocês não querem ser egoístas, mas a estariam fazendo se sentir pior para que vocês se sentissem melhor.

A essa altura, minha mãe chorava. Lowell levantou-se sem mais uma palavra, levou seu prato ainda cheio para o lixo, jogou a comida fora. Ele colocou seu prato e seu copo na máquina de lavar louça. Deixou a cozinha e deixou a casa. Ficou fora por duas noites e não estava com Marco. Nunca soubemos onde ele havia dormido.

❖

Essa não foi a primeira vez que eu ouvi papai levantar esse argumento. No dia em que eu fora à casa da fazenda com Russell e Lowell, no dia em que finalmente descobri que Fern não estava morando lá, perguntei ao meu pai onde ela estava.

Ele estava em cima, em seu novo escritório, e eu fui enviada para lembrar a ele que estava passando *Arquivo confidencial* na TV, porque Lowell não podia acreditar que "ficar em seu quarto refletindo sobre seu comportamento" pudesse significar "perder seus programas de TV favoritos". Pensei em subir na escrivaninha e pular em seu colo, mas eu já havia me comportado mal, saindo de casa sem dizer a Melissa, e eu sabia que papai não estava com disposição para brincadeiras. Ele me seguraria, se eu não lhe desse outra opção, mas não iria ficar nada satisfeito. Assim, em vez disso, eu lhe perguntei sobre Fern.

Ele me colocou no colo, cheirando como sempre a cigarros, cerveja, café, Old Spice.

— Ela tem outra família agora — ele disse — em uma fazenda. E há outros chimpanzés, portanto ela tem muitos amigos novos.

Fiquei instantaneamente com ciúmes de todos aqueles amigos novos que podiam brincar com Fern enquanto eu não podia. Eu me perguntei se ela gostava mais de alguém de lá do que de mim.

Era estranho estar sentada em uma das pernas de papai sem Fern para lastrear do outro lado. Seus braços ao meu redor se apertaram. Ele me disse na ocasião, como disse a Lowell depois (e talvez mais de uma vez), que não podíamos ir vê-la, porque isso a perturbaria, mas que ela estava tendo uma vida boa.

— Nós sempre, sempre vamos sentir a falta dela — ele disse. — Mas sabemos que ela está feliz e isso é o que importa.

— Fern não gosta de ser obrigada a experimentar novos alimentos — eu disse. Isso andava me preocupando. Fern e eu nos preocupávamos muito com o que comíamos. — Nós gostamos daquilo a que estamos acostumadas.

— O novo pode ser bom — papai disse. — Há uma tonelada de alimentos de que Fern nunca ouviu falar e provavelmente adoraria. Mangostões. Frutas-do-conde. Jacas. Butiás.

— Mas ela ainda pode comer seus preferidos?

— Guando. Maçãs silvestres. Goiabinhas.

— Mas ela ainda pode comer seus preferidos?

— Rocamboles. Barras de cereais. Cookies de semente de girassol.

— Mas ela ainda pode...

Ele desistiu. Cedeu.

— Sim — ele disse. — Sim. Claro. Ela ainda pode comer seus preferidos. — Lembro-me de ele ter dito isso.

Eu acreditei nessa fazenda por muitos anos. Lowell também.

❊

Quando eu tinha uns oito anos, recuperei o que parecia ser uma lembrança. Ela veio aos poucos, pedaço por pedaço, como um quebra-cabeça que eu precisava montar. Nessa lembrança, eu era uma menininha, andando de carro com meus pais. Estávamos em uma estrada rural estreita, as beiras da estrada apinhadas de ranúnculos amarelos, capim, flores de cenoura-brava, que ficavam roçando nas janelas do carro.

Meu pai parou para deixar passar um gato que atravessava à nossa frente. Eu não devia ser capaz de ver esse gato, já que estava presa com o cinto de segurança em minha cadeirinha no banco traseiro, no entanto nesta hora me lembrei dele claramente como sendo um gato preto com a cara e a barriga brancas. Ele ficou andando de modo incerto à nossa frente, de um lado para o outro, até que meu pai perdeu a paciência e passou por cima dele. Lembrei-me do choque que levei. Lembrei-me de ter protestado. Lembrei-me de minha mãe defendendo meu pai, dizendo que o gato simplesmente se recusara a sair do caminho, como se não houvesse realmente mais nada que eles pudessem ter feito.

Quando ficou completa, levei essa lembrança à única pessoa que eu achava que poderia acreditar nela, minha avó Donna. Ela estava sentada em uma poltrona, lendo uma revista, provavelmente a *People*. Acho que talvez Karen Carpenter tivesse acabado de morrer. Minhas duas avós sentiram muito a sua morte. Eu tremia quando lhe contei, tentando não chorar, mas sem conseguir.

– Oh, querida – disse vovó Donna. – Acho que deve ter sido um sonho. Você deve saber que seu pai jamais, jamais faria tal coisa.

Se alguém estava sempre ansioso para ver o pior em papai era minha avó Donna. Sua rejeição instantânea foi extremamente reconfortante. Devolveu-me o que eu sabia – que meu pai era um homem bom, que jamais faria algo tão terrível. Até hoje, posso sentir o sacolejo dos pneus sobre o corpo do gato. E até hoje tenho muito claro em minha mente que isso nunca aconteceu. Pensem nisso como meu próprio gato de Schrödinger pessoal.

Meu pai era bom para os animais? Eu pensava que sim quando criança, mas na época eu não sabia nada sobre a vida dos ratos de laboratórios. Digamos apenas que meu pai era bom para os animais, a menos que fosse do interesse da ciência não o ser. Ele jamais teria atropelado um gato se não houvesse nada a ser aprendido com isso.

Ele acreditava piamente em nossa natureza animal, muito menos em antropomorfizar Fern do que em me animalizar. Não apenas em relação a mim, mas a vocês também – a todos nós juntos, receio. Ele não achava que animais podiam pensar, não da maneira como ele definia o termo, mas tampouco estava muito impressionado com o pensamento humano. Ele se referia ao cérebro humano como um carro de palhaços estacionado entre nossas orelhas. Abra as portas e os palhaços sairão aos montes.

A ideia de nossa própria racionalidade, ele costumava dizer, era convincente para nós somente porque queríamos ser assim convencidos. Para qualquer observador imparcial, se tal coisa existisse, o blefe era óbvio. Emoção e instinto eram a base de todas as nossas decisões, nossas ações, tudo que valorizávamos, a maneira como víamos o mundo. Razão e racionalidade eram uma fina camada de tinta em uma superfície irregular.

A única maneira de dar qualquer sentido ao Congresso dos Estados Unidos, nosso pai me disse certa vez, era vê-lo como um estudo de primatas de duzentos anos de duração. Ele não viveu para ver a revolução em curso em nosso pensamento no que diz respeito à cognição animal não humana.

Mas ele não estava errado a respeito do Congresso.

Sete

MAIS LEMBRANÇAS DE FERN:
Nesta primeira lembrança, temos três anos de idade. Mamãe está sentada na grande namoradeira da biblioteca, de modo que Fern pode se espremer de um lado e eu do outro. Chove, vem chovendo há dias, e já estou entediada de ter que ficar dentro de casa, cansada de usar minha voz interior. Fern adora que leiam para ela. Ela está sonolenta e quieta, se pressionando contra minha mãe o máximo possível, as mãos brincando com os passadores do cinto das calças de veludo cotelê de mamãe, alisando o tecido felpudo nas coxas de mamãe. Eu, ao contrário, estou me remexendo, incapaz de me sentir confortável, chutando os pés de Fern por cima do colo de mamãe, tentando instigá-la a fazer alguma coisa que a coloque em maus lençóis. Mamãe me diz para ficar quieta, com uma voz acre.

O livro é *Mary Poppins* e o capítulo é aquele em que uma velha senhora arranca seus próprios dedos, que então se transformam em bastões de açúcar para as crianças comerem. Aquilo me dá uma sensação de enjoo, mas Fern ouve a palavra *açúcar* e sua boca começa a se mover de uma forma sonolenta, sonhadora. Eu não compreendo que Fern não compreende a questão dos dedos. Eu não compreendo que Fern não compreenda a história.

Interrompo constantemente porque quero entender tudo. O que é um andador? O que é reumatismo? Vou ter reumatismo um dia? O que são botas com laterais de elástico? Posso ter uma? Michael e Jane ficam zangados quando Mary Poppins toma as estrelas deles? E se não houvesse nenhuma estrela no céu? Isso poderia acontecer?

— Pelo amor de Deus — mamãe diz finalmente. — Será que você pode me deixar ler a maldita história?

E como mamãe usou as palavras Deus e *maldita,* o que ela raramente faz, Mary tem que ser sacrificada. É Mary quem quer saber, eu digo a ela.

— Mary está acabando com minha paciência — nossa mãe diz. — Mary deve ficar boazinha e quieta como nossa pequena Fern aqui.

Assim como eu sacrifiquei Mary, Fern me sacrificou. Ela também não sabia o que era reumatismo, mas como fui eu quem perguntou, agora ela sabe. Ela fica sabendo o que é reumatismo *e* é elogiada por não falar quando *ela nem sabe falar.* Acho que Fern foi elogiada por nada e que eu nunca sou elogiada por nada. É claro que mamãe gosta mais dela. Posso ver metade da cara de Fern. Ela está quase dormindo, uma pálpebra estremecendo levemente, uma orelha abrindo-se como uma papoula de seus pelos pretos, um grande dedo do pé enfiado na boca, de modo que posso ouvi-la sugando-o. Ela olha sonolenta para mim por cima de sua própria perna, pela curva do braço de mamãe. Ah, ela representou muito bem, essa bebê que ainda usa fraldas!

❦

Lembrança dois: Uma das alunas de pós-graduação obteve uma fita de gravação livremente compilada da estação de rádio local e a coloca no toca-fitas. Estamos todas dançando, todas as garotas — mamãe e vovó Donna, Fern e eu, as alunas de pós-graduação, Amy, Caroline e Courtney. Estamos dançando rock'n'roll à moda antiga, ao som de "Splish Splash I Was Taking a Bath", "Palisades Park" e "Love Potion nº 9".

I didn't know if it was day or night. I started kissin' everything in sight.

Fern está beijando seus pés agora, o mais alto possível, às vezes pulando no encosto das cadeiras e em seguida saltando para o chão. Ela faz Amy balançá-la e ri durante todo o tempo em que está no ar. Eu estou me sacudindo, saltando, agachando e contorcendo.

– Todos formando uma fila para dançar Conga – mamãe chama.

Ela nos conduz como uma grande cobra pelas escadas abaixo, Fern e eu dançando, dançando, dançando atrás dela.

❄

Lembrança três: Um dia de sol luminoso e neve fresca. Lowell está atirando bolas de neve contra a janela da cozinha. Elas se espatifam suavemente ao atingir o alvo, deixando trilhas brilhantes na vidraça. Fern e eu estamos empolgadas demais para ficarmos quietas e rodamos pela cozinha, arrastando e girando nossos cachecóis pelo chão. Estamos tão ansiosas para sair que é quase impossível nos vestir. Fern bate os pés e se balança de um lado para o outro. Ela dá uma cambalhota para trás, depois outra, em seguida estou olhando para o topo de sua cabeça quando nos damos as mãos para rodopiar.

Estou perguntando de onde vem a neve e por que ela só vem no inverno, e se neva na Austrália no verão, isso significa que tudo na Austrália é o oposto ao nosso mundo? É claro durante a noite e escuro durante o dia? Papai Noel só traz presentes se você for má? Mamãe não está respondendo minhas perguntas, mas em vez disso está se enervando, porque não há como fazer Fern usar luvas ou botas. Se você coloca alguma coisa nos pés de Fern, ela grita.

Toda a questão das roupas tem sido um ponto sensível. Exceto naquelas vezes em que Fern sentiria muito frio sem elas (uma segunda exceção foi feita para a fralda) mamãe preferia não vesti-la. Ela não quer que Fern pareça uma palhaça. Mas eu tenho que usar roupas, então Fern também tem. Além do mais, Fern as quer. Mamãe decide classificar a vestimenta de Fern como autoexpressão, um antropomorfismo de que papai não gosta.

Nesta ocasião, mamãe resolve prender suas próprias luvas grandes nos punhos da parca de Fern, enfiando as mãos de Fern dentro delas, mas deixando-a tirá-las novamente no mesmo instante. Mamãe me adverte para eu me manter ereta. E não galopando de quatro pela neve. Um cheiro se espalha pela cozinha. Posso ver que mamãe está pensando em mandar Fern para fora assim mesmo.

— Ela está fedendo — eu digo, e mamãe suspira, abre o zíper da parca de Fern, leva-a para cima para trocar suas roupas. É papai quem a traz para baixo outra vez, recoloca suas roupas de neve. Ouço o chuveiro aberto lá em cima. A essa altura, estou tão quente que já estou suando.

Lowell estava construindo uma formiga de neve. O abdômen, que ele chama de metassoma, não está tão grande quanto ele quer — ele quer uma formiga de neve gigante, mutante, da sua altura —, mas a neve está tão úmida que a formiga já grudou no chão em forma de gelo. Quando Fern e eu finalmente nos arremetemos para dentro do mundo de globo de neve do quintal, nós encontramos Lowell tentando desalojá-la, continua rolando-a. Nós saltitamos em volta dele, enquanto ele faz força para empurrá-la. Fern se balança e trepa na pequena amoreira, acima de nós. Há neve nos galhos. Um pouco da neve ela come. Um pouco ela sacode sobre nós, até Lowell dizer a ela para parar com aquilo.

Fern não é muito propensa a parar de fazer alguma coisa. Lowell coloca o capuz do casaco. Ela se deixa cair sobre as costas dele, o braço ao redor de seu pescoço. Eu a ouço rir — o som de um serrote arranhando para frente e para trás. Lowell estende os braços para trás por cima da cabeça, agarra os braços de Fern e a faz dar uma cambalhota para o chão. Ela ri ainda mais e escala a árvore de novo para repetir a brincadeira.

Mas Lowell já se afastou para encontrar outra área de neve virgem, começar uma nova formiga de neve.

– Meu erro foi parar e esperar vocês – ele nos diz. – Temos que manter a formiga sempre em movimento. – Ele ignora os gritos de decepção de Fern.

Eu fico para trás, cavando uma trincheira ao redor do metassoma inacabado com minhas mãos enluvadas. Fern desce da árvore, vai atrás de Lowell. Ela olha para trás para ver se eu estou indo e eu faço sinal para ela me dar uma ajuda. Normalmente, isso não surtiria efeito algum, mas ela ainda está zangada com Lowell. Ela gira em minha direção.

Nosso pai está parado na varanda dos fundos com seu café.

– "Nada resta" – papai diz, apontando com sua caneca o abdômen abandonado da formiga de neve – "junto à decadência das ruínas colossais."

Fern senta-se no chão ao meu lado, descansa o queixo no meu braço, os pés no metassoma. Ela enche a boca com outro punhado de neve, estala seus lábios protuberantes, acrobáticos, e vira-se para olhar para mim, os olhos brilhando. Os olhos de Fern parecem maiores do que os olhos humanos, porque as escleras não são brancas, mas de uma cor de âmbar apenas ligeiramente mais clara do que a íris. Quando eu desenho a cara de Fern, o lápis de cor que uso para seus olhos é siena queimado. Os próprios desenhos de Fern nunca são terminados, já que ela sempre come o lápis de cor.

Ela chuta a bola de neve com os pés. Não fica claro se com isso ela pretende ajudar, mas o fato é que ajuda. A seu lado, eu empurro com as mãos. Com menos esforço do que eu esperava, ela se balança um pouco e se liberta.

Posso rolar a bola agora, de modo que ela vai aumentando de diâmetro. Fern está se balançando atrás de mim como uma rolha de cortiça em uma onda, às vezes em cima da crosta de neve e às vezes afundando. Ela vai deixando um rastro de neve revolvida, a trilha do diabo da Tasmânia. As luvas presas aos punhos de sua parca vão batendo na neve como peixe de couro.

Lowell se vira, encobrindo os olhos contra a claridade, já que o sol no mundo branco de gelo e neve é ofuscante.

– Como você fez isso? – ele grita. Ele está rindo para mim pela portinhola do capuz de seu casaco.

– Eu tentei com todas as forças – eu lhe digo. – Fern ajudou.

– A força das meninas! – Lowell exclama sacudindo a cabeça. – Incrível.

– A força do amor – diz meu pai. – A força do amor.

Então, os estudantes universitários chegam. Vamos andar de trenó!

Ninguém me diz para me acalmar, porque Fern não vai se acalmar.

Meu estudante preferido chama-se Matt. Matt é de Birmingham, Inglaterra, e me chama de *amorzinho*, tanto a mim quanto a Fern. Eu envolvo suas pernas com meus braços, pulo para cima e para baixo na ponta de suas botas. Fern atira-se sobre Carolina, derrubando-a na neve. Quando Fern se levanta, está empoada da cabeça aos pés com uma fina camada de neve, parecendo uma rosquinha. Nós duas estamos exigindo, cada qual a seu próprio modo, que nos peguem e nos balancem. Estamos tão empolgadas que, em uma expressão estranhamente esclarecedora que minha mãe gosta de repetir, estamos completamente transtornadas.

❖

Eu costumava acreditar que sabia o que Fern estava pensando. Por mais bizarro que fosse seu comportamento, por mais que ela se agitasse e saltitasse pela casa como um balão de desfile da Macy's, podia-se contar comigo para traduzir aquilo em inglês comum. Fern quer ir lá para fora. Fern quer ver *Víla Sésamo*. Fern acha que você tem titica de galinha na cabeça. Parte disso era uma conveniente projeção, mas vocês nunca vão me convencer do resto. Por que eu não a compreenderia? Ninguém conhecia Fern melhor do que eu; eu conhecia cada trejeito. Eu estava em sintonia com ela.

— Por que ela tem que aprender nossa língua? — Lowell perguntou certa vez ao meu pai. — Por que não podemos aprender a dela? — A resposta de papai foi que nós ainda não sabíamos ao certo se Fern era sequer capaz de aprender uma língua, mas nós sabíamos com certeza que ela não possuía uma língua própria. Papai disse que Lowell estava confundindo língua com comunicação, quando eram duas coisas muito diferentes. A língua é mais do que apenas palavras, ele disse. A língua é também a ordem das palavras e a maneira como uma palavra modifica outra.

Só que ele disse isso com muito mais detalhes e por muito mais tempo do que Lowell e eu, e certamente Fern, gostaríamos de ficar sentados ouvindo. Tudo tinha algo a ver com *Umwelt*, uma palavra de cujo som eu gostava muito e repetia muitas vezes, como o toque de um tambor, até que alguém me mandava parar. Na época, eu não me importava muito com o que *Umwelt* queria dizer, mas na verdade se refere à maneira específica que cada organismo particular vivencia o mundo.

Sou filha de um psicólogo. Sei que aquilo que está ostensivamente sendo estudado raramente é o que está de fato sendo estudado.

Quando os Kellogg criaram pela primeira vez um filho junto com um chimpanzé, na década de 1930, a finalidade declarada era comparar e contrastar aptidões em desenvolvimento, linguísticas e outras. Esse também era o objetivo declarado de nosso estudo. Considere-me suspeita.

Os Kellogg acreditavam que sua experiência sensacionalista havia prejudicado sua reputação, que eles nunca mais foram levados a sério como cientistas. E se eu sei disso agora, nosso ambicioso pai certamente também sabia na época. Então, qual era o objetivo do estudo Fern/Rosemary Rosemary/Fern antes de chegar ao seu fim prematuro e calamitoso? Ainda não tenho certeza.

Mas parece que muitos dos dados interessantes eram meus. Conforme eu crescia, o desenvolvimento da minha linguagem não só contrastava com a de Fern, como também apresentava um fator x *perfeitamente previsível* que minava todas aquelas comparações.

Desde que Day e Davis publicaram suas descobertas nos anos 1930, tem havido um entendimento de que o gêmeo afeta a aquisição da linguagem. Novos e melhores estudos foram realizados na década de 1970, mas não sei se nossos pais já estavam atentos a eles. Nem tais estudos teriam sido completamente relevantes para uma situação como a nossa, onde os gêmeos tinham potenciais tão díspares.

Embora Fern e eu às vezes fôssemos separadas enquanto os estudantes de pós-graduação nos observavam, passávamos a maior parte do tempo juntas. Como eu desenvolvi o hábito de falar por ela, ela pareceu desenvolver a expectativa de que eu o faria. Quando fiz três anos, eu já atuava como tradutora de Fern de tal forma que sem dúvida retardava seu progresso.

Assim, acho que, em vez de estudar o quanto Fern podia se comunicar, nosso pai devia ter estudado o quanto Fern podia se comunicar comigo. De que havia um vice-versa aqui, um vice-versa perfeito para os tabloides, era inevitável, mas não reconhecido. Eis a pergunta que nosso pai alegava estar fazendo: Fern pode aprender a falar com os humanos? Eis a pergunta que nosso pai se recusava a admitir que estava fazendo: Rosemary pode aprender a falar com chimpanzés?

Um dos primeiros estudantes, Timothy, havia argumentado que em nosso período pré-verbal Fern e eu tínhamos um idioma próprio, uma linguagem secreta de grunhidos e gestos. Isso nunca foi oficialmente registrado, de modo que eu só soube recentemente. Papai considerara seus argumentos fracos, não científicos e, francamente, bizarros.

❈

Às vezes, Oofie, o chimpanzé astro dos comerciais de malas American Tourister, aparecia na TV. Fern não prestava nenhuma atenção a ele. Mas certa vez nós pegamos umas reprises de *Lancelot Link, o agente secreto*, com o bonito Tonga como Link. Esses chimpanzés falantes, de terno e gravata, eram mais interessantes para Fern. Ela assistia aos programas com muita atenção, enrugando e estendendo sua boca preênsil, fazendo seu sinal para chapéu.

— Fern quer um chapéu igual ao de Lancelot Link — eu disse à nossa mãe. Não havia necessidade de pedir um para mim mesma. Se Fern ganhasse um chapéu, eu ganhava um chapéu também.

Nenhuma de nós duas ganhou um chapéu.

Pouco tempo depois, nosso pai arranjou para um jovem chimpanzé chamado Boris visitar a casa de fazenda em uma tarde. O gesto que Fern fez para Boris foi o mesmo que ela usava para as aranhas marrons solitárias que às vezes encontrávamos no celeiro, que minha mãe traduzia como *cocô rastejante* e Lowell como *merda rastejante* (o que me pareceu mais sensato. Cocô era uma palavra boba. *Merda* era mais séria e Fern estava falando a sério). Boris, Fern disse, era merda rastejante nojenta. E depois, merda rastejante insuportável.

Cercada por seres humanos como vivia, Fern acreditava que era humana. Isso não era inesperado. A maioria dos chimpanzés criados em casa, quando solicitados a separar fotografias em duas pilhas, de chimpanzés e de seres humanos, cometem o único erro de colocar a própria fotografia na pilha humana. Foi exatamente o que Fern fez.

O que não parece ter sido previsto foi minha própria confusão. Papai não sabia na época o que achamos que sabemos agora, que o sistema nervoso de um cérebro jovem se desenvolve parcialmente espelhando os cérebros à sua volta. Como Fern e eu passávamos tanto tempo juntas, esse espelho funcionava nos dois sentidos.

Muitos anos depois, encontrei na internet um artigo científico que nosso pai escrevera sobre mim. Estudos subsequentes com tamanhos de amostragens maiores confirmaram o que papai foi um dos primeiros a sugerir: que, contrariamente às nossas metáforas, os seres humanos são muito mais imitadores do que os macacos.

Por exemplo: se os chimpanzés observam uma demonstração de como obter comida de uma caixa quebra-cabeça, eles, por sua vez, pulam quaisquer etapas desnecessárias, vão direto ao regalo. Crianças imitam com exagero, reproduzindo todos os passos independente de sua necessidade. Há uma determinada razão, agora que se trata do nosso comportamento, para que ser submissamente imitador seja superior a ser atento e eficiente, mas eu me esqueço qual é essa razão exata. Vocês terão que ler os artigos.

No inverno depois que Fern desapareceu, e com meio período letivo de atraso por causa do tumulto e da confusão em casa, eu comecei a frequentar o jardim de infância, onde meus coleguinhas me chamavam de menina-macaco ou simplesmente macaca. Havia alguma coisa diferente a meu respeito, talvez nos meus gestos, minhas expressões faciais ou movimento dos olhos, e sem dúvida nas coisas que eu dizia. Anos mais tarde, meu pai fez uma referência de passagem à "reação do vale da estranheza" – a aversão humana a tudo que pareça quase humano, mas não inteiramente. A reação do vale da estranheza é algo difícil de definir, mais ainda de testar. Mas, se for verdade, explica por que a cara de chimpanzés perturba tanto alguns de nós. Para as crianças na minha turma do jardim de infância, eu era o objeto perturbador. Aquelas crianças de cinco e seis anos não se deixavam enganar por um falso ser humano.

Discuti com elas por causa da escolha de palavras – elas eram tão idiotas, perguntei de forma triunfante, que não sabiam que há vários tipos de macacos? Elas não sabiam que os seres humanos descendem do tipo que *não* tem uma cauda longa com que se agarram nos galhos das árvores? Mas a implicação de que eu não me importaria de ser chamada de menina-chimpanzé era tudo que minhas colegas precisavam para se apegar à escolha original. E elas se recusaram a acreditar que descendiam de macacos. Seus pais lhes asseguraram que não descendiam. Disseram-me que uma aula inteira da escola dominical foi dedicada a me refutar.

Eis algumas coisas que minha mãe trabalhou comigo, antes de me mandar para a escola:

Ficar ereta.

Manter as mãos paradas quando estiver falando.

Não colocar meus dedos na boca, nem nos cabelos de ninguém.

Não morder ninguém, nunca. Por mais que a situação o exigisse.

Diminuir a minha empolgação por causa de guloscimas e não ficar olhando fixamente para o bolinho de outra pessoa.

Não pular em cima de mesas nem carteiras quando estiver brincando.

Eu me lembrava de tudo isso, na maioria das vezes. Mas o que você faz certo nunca é tão importante quanto o que você faz errado.

❖

Eis algumas coisas que aprendi somente depois que entrei para o jardim de infância.

Como ler os rostos de crianças, que são menos protegidos do que os dos adultos, embora não tão expressivos quanto os dos chimpanzés.

Que escola significava ficar quieta (e vocês devem achar que mamãe deveria ter acrescentado isso às coisas para as quais ela me alertou; a regra que haviam me ensinado – aquela regra em que você diz apenas uma de cada três coisas que quiser dizer – não era nem de longe suficiente para o lugar em questão).

Que palavras grandiosas não impressionam crianças. E que os adultos se importam muito com o que as palavras grandiosas realmente significam, portanto é melhor saber isso antes de usar uma.

Mas acima de tudo aprendi que diferente é diferente. Eu podia mudar o que fazia, podia mudar o que eu não fazia. Nada disso mudava quem eu era essencialmente, meu eu de menina-macaco de tabloide, meu eu não inteiramente humano.

Eu esperava que Fern estivesse se saindo melhor entre os de sua própria espécie do que eu entre os meus. Em 2009, um estudo mostrou o tipo de macaco chamado *macaca* aparentemente demonstrando eles próprios a reação do vale da estranheza, o que torna isso provável para chimpanzés.

Claro, nada disso estava em meu pensamento na época. Durante anos, eu imaginei a vida de Fern como uma reversão de Tarzan. Criada entre seres humanos e devolvida agora à sua própria espécie, eu gostava de pensar nela levando uma linguagem de sinais para outros macacos. Eu gostava de pensar que ela talvez estivesse solucionando crimes ou algo assim. Eu gostava de pensar que nós havíamos lhe dado superpoderes.

Parte Três

❈

*Não fazia cálculos tão humanos,
mas sob a influência do ambiente
comportei-me como se os tivesse feito.*

— Franz Kafka, "Um relatório para a Academia"

Um

Acho que é inquestionável que mamãe, papai e Lowell ficaram mais abalados com a partida de Fern do que eu fiquei. Eu me saí melhor simplesmente pela virtude de ser pequena demais para assimilar a questão por completo.

No entanto, há sentidos em que fui eu quem carregou os danos. Para mamãe, papai e Lowell, Fern chegara no meio da história. Eles se tornaram eles mesmos primeiro, portanto tinham um eu para o qual voltar. Para mim, Fern era o começo. Eu acabara de completar um mês de idade quando ela chegou em minha vida (e com pouco menos de três meses). Quem quer que eu tivesse sido antes não é ninguém que eu tenha chegado a conhecer.

Senti sua perda de uma maneira física muito forte. Eu sentia falta de seu cheiro e de seu hálito úmido e pegajoso em meu pescoço. Sentia falta de seus dedos ásperos pelo meio dos meus cabelos. Nós nos sentávamos uma ao lado da outra, deitávamos uma sobre a outra, empurrávamos, puxávamos, acariciávamos e batíamos uma na outra cem vezes ao dia, e eu sofri a privação disso. Era uma dor, uma ânsia à flor da minha pele.

Comecei a me balançar sem sair do lugar, sem perceber o que estava fazendo, e tiveram que me dizer para parar. Desenvolvi o hábito de arrancar os pelos das sobrancelhas. Eu mordia os dedos até sangrar e a vovó Donna comprou para mim um par de luvinhas brancas do tipo que se usa na Páscoa e me obrigou a usá-las, até para dormir, durante meses.

Fern costumava passar os braços rijos e finos ao redor de minha cintura por trás, pressionar o rosto e o corpo contra as minhas costas, me acompanhar passo a passo quando caminhávamos, como se fôssemos uma única pessoa. Isso fazia os estudantes rirem, de modo que nos sentíamos inteligentes e estimadas. Às vezes, era incômodo, um macaco em minhas costas, mas na maioria das vezes eu me sentia maior, como se o que importasse no final das contas não fosse o que Fern podia fazer, nem o que eu podia fazer, mas a soma de nós duas – Fern e eu juntas. E eu e Fern, juntas, podíamos fazer praticamente qualquer coisa. Essa, portanto, é a eu que conheço – a parte humana das fabulosas, fascinantes, fantasmagóricas irmãs Cooke.

Eu já li que nenhuma perda se compara à perda de um irmão gêmeo, que os sobreviventes se descrevem como se sentindo menos únicos e mais como o remanescente aleijado de algo que já fora um todo. Mesmo quando a perda se dá no útero, alguns sobreviventes reagem com uma sensação de sua própria incompletude por toda a vida. Gêmeos univitelinos sofrem mais ainda, seguidos pelos gêmeos fraternos. Estenda um pouco essa escala e finalmente chegará a mim e Fern.

Embora não tenha tido impacto imediato no cessar da minha tagarelice – na verdade, foram necessários vários anos para de fato desaparecer –, finalmente compreendi que toda a minha verbosidade só tinha valor no contexto da minha irmã. Quando ela saiu de cena, ninguém mais se interessou pelas minhas gramáticas criativas, meus vocábulos compostos, minhas conjugações ágeis e acrobáticas. Se algum dia eu tivesse imaginado que seria mais importante sem a presença dela constantemente chamando a atenção de todos, eu sinto o oposto. Os estudantes de pós-graduação desapareceram de minha vida no mesmo instante em que Fern desapareceu. Um dia, toda palavra que eu dizia constava como informação, dados de pesquisa, e era registrada com cuidado para posteriores estudos e discussões. No outro, eu era apenas uma garotinha, um pouco estranha, mas sem nenhum interesse científico para qualquer pessoa.

Dois

HÁ UMA VANTAGEM EM COMPARTILHAR UMA PAREDE DE quarto com seus pais. Você ouve coisas. Ouvir coisas também é uma desvantagem. Às vezes, mamãe e papai faziam sexo. Às vezes, conversavam. Às vezes, faziam sexo enquanto conversavam.

Os anos se passaram, mas as coisas sobre as quais nossos pais falam à noite não mudaram tanto quanto vocês possam pensar. Papai se preocupava com sua posição profissional. Até bem pouco tempo atrás, ele fora um jovem professor universitário em ascensão, reunindo financiamentos de pesquisa e estudantes de pós-graduação como ovos na Páscoa. Havia seis alunos em seu laboratório ao final dos anos com Fern, todos redigindo teses sobre o estudo na antiga casa de fazenda. Dois deles conseguiram terminar seu trabalho como planejado, mas quatro não conseguiram – na melhor das hipóteses, tiveram que estreitar seu foco, fazer malabarismos para extrair algo quase impalpável e de pouco interesse de dados já coletados. A reputação do laboratório inteiro, do departamento inteiro, sofreu um revés.

Nosso pai ficou paranoico. Embora ele próprio tivesse publicado um trabalho sólido e empolgante durante esse período de cinco anos, ele agora tinha certeza de que seus colegas não o respeitavam mais. As provas disso estavam por toda parte, em cada reunião de equipe, cada festa do trabalho. Isso o levou a beber sistematicamente.

Lowell continuou a ser um problema, sobretudo Lowell, mas eu também. Nossos pais ficavam deitados um ao lado do outro na cama e se afligiam. O que deveria ser feito a nosso respeito? Quando Lowell voltaria a ser o garoto sensível, meigo, que sabiam que ele era em seu íntimo? Quando eu conseguiria fazer uma amiga que não fosse inventada?

A orientadora psicológica de Lowell, sra. Dolly Delancy, disse que Lowell não acreditava mais que o amor deles por ele fosse incondicional. Como poderia? Disseram-lhe para cuidar de Fern como uma irmã. Ele fizera isso, apenas para vê-la afastada da família. Lowell estava confuso e revoltado. Que bom que temos um profissional para nos dizer isso, papai disse.

Mamãe gostava da sra. Delancy. Papai não. A sra. Delancy tinha um filho, Zachary, que estava no terceiro ano quando eu estava no jardim de infância. Zachary costumava deitar-se embaixo do trepa-trepa e sempre que uma menina se balançava acima dele ele gritava a cor de sua calcinha, ainda que ela estivesse usando calças compridas e ele não tivesse como saber. Sei que nossos pais tinham consciência disso, porque fui eu quem lhes contou. Papai achou que a informação era relevante. Mamãe não.

A sra. Delancy disse que as qualidades que tornavam difícil a convivência com Lowell eram todas qualidades boas, algumas das melhores qualidades dele, na realidade – sua lealdade, seu amor, seu senso de justiça. Nós queríamos que Lowell mudasse, mas não queríamos que ele mudasse aquilo que impedia essa mudança. Era uma situação delicada.

Eu não tinha um orientador psicológico próprio, de modo que a sra. Delancy também compartilhava suas ideias a meu respeito. Eu estava na mesma situação aflitiva de Lowell, mas enquanto Lowell reagia se revoltando, eu fazia todo o possível para ser boazinha. As duas reações faziam sentido. Ambas deveriam ser vistas como um pedido de socorro.

As crianças reagem melhor a expectativas claras e consequências previsíveis, disse a sra. Delancy, convenientemente ignorando o fato de que se alguém dissesse a Lowell este aqui é o limite, podia ter certeza de que ele iria ultrapassá-lo no mesmo instante.

Nossos pais decidiram que seria melhor deixar a linha do limite um pouco turva e concentrar-se em acalmar as inseguranças de Lowell. A casa se encheu de amor por Lowell, suas comidas, livros e jogos favoritos. Jogávamos Rummikub. Ouvíamos Warren Zevon. Fomos à maldita Disneylândia. Isso o deixava furioso.

※

Não acho que a avaliação da sra. Delancy estivesse errada, mas tenho certeza de que estava incompleta. A parte que faltava era nossa dor compartilhada e dilacerante. Fern fora embora. Seu desaparecimento representava muitas coisas – confusões, inseguranças, traições, um nó górdio de complicações interpessoais. Mas também era algo em si mesmo. Fern nos amara. Ela enchera a casa de cor e barulho, calor e energia. Ela merecia que sentíssemos sua falta e nós sentíamos sua falta terrivelmente. Ninguém fora de casa pareceu jamais ter compreendido isso de fato.

Como a escola não estava me fazendo sentir o que todos achavam que eu precisava estar sentindo – apreciada e indispensável –, fui transferida na primeira série para a escola hippie na Second Street. As crianças lá também não gostavam de mim, mas xingamentos não eram tolerados entre os hippies. Steven Claymore ensinava às crianças a coçar suas axilas em vez disso, o que as crianças às vezes realmente faziam, de modo que aquilo podia ser negado, e isso permitia que os adultos, inclusive nossos pais, se sentissem aliviados de que a minha situação havia melhorado. Eu tive uma professora maravilhosa na primeira série, sra. Radford, que genuinamente me amava. Fiquei com o papel da galinha em *A pequena galinha vermelha* – indiscutivelmente, eu era a protagonista, a rainha do espetáculo. Bastou isso para convencer mamãe de que eu estava prosperando. Sua catatonia fora substituída por um ânimo, uma alegria implausível. Lowell e eu estávamos bem. Éramos ótimas crianças, basicamente. Inteligentes. Ao menos, todos nós estávamos saudáveis! Qualquer prancha servia de tábua de salvação.

Existe algum personagem de ficção mais isolado do que a pequena galinha vermelha?

Creio que mamãe e papai devem ter instruído a escola para não dizer nada sobre Fern, porque a abordagem que costumavam adotar às diferenças e dificuldades sociais era atacar o problema com energia, mergulhados em empatia até à raiz dos cabelos.

"O motivo por que a Tammy não pode comer os bolinhos de aniversário de Shania é porque ela é alérgica a trigo. Hoje vamos aprender sobre o trigo, onde ele cresce e quais os alimentos que comemos o contêm. Amanhã, a mãe de Tammy vai trazer bolinhos feitos com farinha de arroz para nós provarmos. Mais alguém aí tem alergias?"

"Hoje é o primeiro dia do mês do Ramadã. Quando Imed for mais velho, ele vai cumprir o Ramadã jejuando todos os dias do nascer ao pôr do sol. Jejuar significa não comer, nem beber nada, a não ser água. As datas do Ramadã estão ligadas à Lua, de modo que podem mudar todo ano. Hoje faremos um calendário lunar. Vamos desenhar figuras de nós mesmos como astronautas andando na Lua."

"Dae-jung não fala inglês, porque sua família vem da Coreia. Hoje vamos encontrar a Coreia no mapa. Vamos aprender algumas palavras em coreano, de modo que Dae-jung não seja o único a aprender uma língua nova. Ouçam como se diz 'Bem-vindo, Dae-jung' em coreano."

Sem uma injunção específica, é difícil ver como a minha infância com Fern jamais se tornou um plano de aula.

Papai me deu algumas dicas destinadas a melhorar minha posição social. As pessoas, ele disse, gostavam de ver seus movimentos copiados. Quando alguém se inclinasse para a frente para falar comigo, eu deveria fazer o mesmo. Cruzar as pernas se elas o fizessem, sorrir quando sorrissem etc. Eu devia tentar isso (mas ser sutil. Não funcionaria se a pessoa visse que eu a estava copiando) com as crianças da escola. Conselho bem-intencionado, mas que deu errado, incorporado prontamente demais na narrativa da menina-macaco – macaco vê, macaco faz. O que também significava que eu havia estragado a parte da sutileza.

Mamãe tinha uma teoria que eu ouvi através da parede do quarto. Você não precisava de um monte de amigos na escola, ela disse a papai, bastava um. Por um breve período na terceira série, eu fingi que Dae-jung e eu éramos amigos. Ele não falava, mas eu estava bem-equipada para suprir os dois lados de uma conversa. Devolvi uma luva que ele havia deixado cair. Almoçamos juntos ou ao menos comemos na mesma mesa e na sala de aula ele ficou com a carteira ao lado da minha na hipótese de que quando eu falasse fora de hora isso pudesse ajudá-lo a aprender a língua. A ironia é que seu inglês melhorou em grande parte à minha constante tagarelice com ele, mas, assim que ele aprendeu a falar, fez outros amigos. Nossa ligação foi linda, mas breve.

Assim que se tornou genuinamente fluente, Dae-jung se transferiu para a escola pública. Seus pais tinham ambições para ele que incluíam as aulas de matemática na North. Em 1996, minha mãe me telefonou na faculdade em Davis para me dizer que Dae-jung estava bem ali perto, na Universidade de Berkeley. "Vocês dois podiam se encontrar!", ela disse. Minha curta crença em nossa amizade era inebriante a esse ponto para ela. Minha mãe nunca conseguiu desistir dela.

A palavra em coreano para "macaco" é *uon-suung-ii*. Isso é fonético. Eu não sei como se escreve em nosso alfabeto.

Três

Enquanto isso, Lowell conseguiu ir se arrastando até o ensino médio. O Lowell do ensino médio era mais fácil de convivência do que o Lowell do ginásio. Ele parou de exigir que fôssemos visitar Fern e se juntou ao resto de nós em raramente mencioná-la. Ele era frio, mas educado; a paz reinou sobre a casa como uma fina camada de neve. No Dia das Mães, ele deu a mamãe uma caixa de música que tocava o tema de *O lago dos cisnes*. Ela chorou durante dias por causa disso.

Marco continuou sendo o melhor amigo de Lowell, embora a mãe dele gostasse menos de Lowell do que antes de terem roubado Twizzlers do Sahara Mart, na Third Street, terem sido pegos e transformados em exemplos.

Ele tinha um relacionamento intermitente com uma garota. Seu nome era Katherine Chalmers, mas todos a chamavam de Kitch. Kitch era mórmon. Seus pais eram rígidos e sobrecarregados – tinham nove filhos –, então a tarefa de policiá-la recaíra em seus dois irmãos mais velhos. Cada qual encarou o desafio a seu próprio modo especial. Um deles aparecia à nossa porta e a arrastava para casa toda vez que ela ficava além da hora combinada. O outro comprava garrafas de vinho Boone's Farm para ela, para que ela não tivesse que dar um tapinha no ombro de estranhos. Essa mistura, como os estudos de nosso pai lhe diriam, era um modelo pobre para mudança de comportamento. Kitch era uma garota de boa reputação.

Na casa dos Chalmers, Lowell não tinha permissão nem de chegar perto do quarto de Kitch, mas nossos pais tinham o que mamãe chamava de Política de Portas Abertas, o que significava que Kitch podia ficar no quarto de Lowell, mas somente desde que a porta ficasse toda aberta. Às vezes, eu era enviada para verificar isso e a porta estava sempre como exigido. Mas, às vezes, Lowell e Kitch estavam juntos na cama, completamente vestidos, mas de qualquer modo tentando com vigor ocupar o mesmo espaço. Mamãe nunca perguntou sobre essa parte, então eu nunca disse nada. Em algum momento ao longo do caminho, eu aprendera a ficar de boca fechada.

Na verdade, em determinado momento, eu quase parei completamente de falar. Não sei dizer com precisão quando foi que isso aconteceu. Anos antes, eu havia descoberto que a vida na escola era melhor quando não chamava atenção sobre mim mesma, mas saber disso e conseguir agir assim eram duas coisas diferentes. Assim, isso aconteceu pouco a pouco, ao longo do tempo, por força de um esforço permanente. Primeiro, eliminei as palavras grandiosas. Não estavam me levando a lugar nenhum. Em seguida, parei de corrigir os outros quando usavam as palavras erradas. Elevei a proporção das coisas que eu pensava e das coisas que dizia de uma em cada três para uma em cada quatro, cada cinco, cada seis, cada sete.

Eu ainda pensava tanto quanto antes, e às vezes imaginava as respostas e reações que teria obtido se tivesse de fato proferido a ideia, e o que eu então teria retrucado, e assim por diante indefinidamente. Sem a liberação da fala, esses pensamentos lotavam meu cérebro. O interior de minha cabeça tornou-se clamoroso e estranho, como a cantina da estação espacial Mos Eisley em *Guerra nas estrelas*.

Os professores começaram a reclamar da minha desatenção. Nos velhos tempos, mesmo quando eu falava sem parar, ainda era capaz de prestar atenção. Eu me tornara distraída, mamãe disse.

Sem foco, disse meu pai.

Lowell não disse nada. Provavelmente, não notara.

Em seu último ano na escola, ele era o armador no time de basquete da South High School. Essa era uma posição de tal poder e prestígio que até a minha vida se tornou mais fácil em função disso. Eu comparecia a todos os jogos. Os ecos ressonantes de um ginásio esportivo, as campainhas, os cheiros, a batida da bola na madeira – são lembranças que ainda provocam em mim uma profunda sensação de bem-estar. Basquete em Indiana. Todos eram gentis comigo quando meu irmão estava na quadra.

Marion, Indiana, contava com um time excelente naquele ano e tínhamos um jogo marcado com eles. Eu estava tão empolgada que pirei. Fiz um cartaz de uma cobra enrolada em uma bola de basquete, de modo que se transformava no número de Lowell – 9 – e o coloquei na janela da sala. Então, certo dia, quando Lowell deveria estar no treino, conduzindo sua equipe pelos seus exercícios, eu o ouvi entrar. Eu reconhecia o barulho que a porta fazia quando era Lowell que a fechava.

Eu estava em cima, lendo alguma coisa – *Ponte para Terabítia* ou *Where the Red Fern Grows* –, um desses livros onde alguém morre, porque eu já estava banhada em lágrimas. Mamãe havia saído, não me lembro para onde, mas não acredito que ela pudesse ter mudado alguma coisa e fico satisfeita por ela não ter tentado e ter que se recriminar por esse fracasso mais tarde.

Desci para ver o que estava acontecendo. A porta do quarto de Lowell estava fechada. Eu a abri. Lowell estava deitado de bruços em sua cama, os pés no travesseiro, a cabeça nos pés da cama. Ele ergueu os olhos, mas não o suficiente para que eu pudesse ver seu rosto.

– Sai do meu quarto – ele disse. A voz cheia de fel. Eu não me mexi.

Ele lançou as pernas para o chão, levantou-se e virou-se para mim. Seu rosto estava vermelho, molhado e inchado como um balão. Ele me segurou pelos ombros, me empurrou para fora.

— Nunca mais entre aqui outra vez — ele disse. — Nunca mais. — Ele fechou a porta.

No jantar, ele parecia normal. Comeu e conversou com papai sobre o próximo jogo. Ele não contou que faltara ao treino e eu também não disse nada. Vimos um episódio de *The Cosby Show*. Lembro-me de ouvi-lo rir. Foi a última coisa que fizemos todos juntos.

Naquela noite, ele pegou todo o seu dinheiro — seu banco era um Groucho Marx de pano que vovó Donna fizera para ele quando ele teve catapora — e colocou-o em sua mochila de basquete junto com algumas roupas. Ele sempre tivera o dom de ganhar dinheiro e nunca gastava nem um centavo, assim creio que ele devia ter uma boa soma. Ele pegou as chaves de nosso pai, dirigiu-se ao laboratório e entrou. Ele reuniu os ratos em algumas poucas gaiolas grandes e em seguida levou-as para fora. Soltou os ratos. Em seguida, pegou um ônibus para Chicago e nunca mais voltou.

Mais uma vez os alunos de pós-graduação de meu pai perderam dados que haviam passado anos coletando. Não era nenhuma bondade para com os ratos, papai disse, não com as condições do tempo que estávamos tendo. Certamente, não era nenhuma bondade com nosso pai, que continuou na universidade, mas nunca mais teve um aluno de pós-graduação com quem qualquer outro professor quisesse trabalhar. Vou dizer apenas que mamãe recebeu muito mal o desaparecimento de Lowell, pior do que quando perdemos Fern, e vou deixar por isso mesmo. Não tenho palavras para o que isso lhe fez. Ela nunca mais conseguiu sequer fingir que se recuperara.

No começo, nós todos achamos que ele voltaria. O meu aniversário se aproximava; eu tinha certeza de que ele não iria perdê-

-lo. Ele muitas vezes desaparecera por alguns dias, até quatro dias em certa ocasião, e depois retornava sem que nós jamais ficássemos sabendo onde dormira. Assim, apesar da Grande Soltura dos Ratos, nossos pais levaram algum tempo para concluir que dessa vez seria diferente. Depois de duas semanas, eles decidiram que a polícia, que o via tanto como um fugitivo quanto também como um adulto, já que ele acabara de completar dezoito anos, não estava suficientemente empenhada. Contrataram seu próprio detetive, uma mulher prática chamada K. T. Payne, para encontrá-lo. No começo, Payne ligava regularmente para nossa casa. Não havia encontrado Lowell, mas estava em seu rastro. Ele tinha sido visto. Havia relatos. Tinha cometido alguma travessura, ou assim eu entendi exatamente pela maneira como ninguém estava me contando muita coisa.

— Oi, menina — ela me dizia, se eu atendesse ao telefone —, como vão as coisas?

Eu ficava rondando por ali para ouvir o que pudesse, mas o lado de nossos pais na conversa era sempre lacônico e pouco informativo.

Então, Lowell desapareceu por completo. A cada novo telefonema, mamãe quase sofria um colapso e, por fim, papai pediu a K. T. que usasse o telefone de seu escritório e não mais o de casa.

Um segundo detetive foi contratado.

Semanas se tornaram meses e ainda assim acreditávamos que ele voltaria. Eu nunca me mudei para o seu quarto, embora muitas vezes dormisse em sua cama, o que me fazia sentir mais próxima dele e me afastava da parede compartilhada e do choro de mamãe. Um dia, encontrei um bilhete que ele deixara para mim dentro de *A sociedade do anel*. Ele sabia que eu sempre relia essa trilogia; ele sabia que logo chegaria o dia em que eu precisaria do consolo do Condado, que era tão parecido com Bloomington, Indiana, quanto qualquer outro lugar do mundo. "Fern não está em uma maldita fazenda", dizia o bilhete.

Eu guardei este segredo para mim, já que mamãe não estava em condições de saber disso. Presumi que Fern tivesse estado na fazenda e depois tivesse sido levada embora de novo, provavelmente por mau comportamento. Além do mais, Lowell estava cuidando disso. Lowell tomaria conta de Fern, e então ele voltaria e tomaria conta de mim.

Nunca me ocorreu que nosso pai tivesse mentido o tempo todo.

❖

Quando eu tinha oito ou nove anos, costumava passar o tempo antes de ir dormir à noite imaginando que Fern e eu morávamos em sua fazenda juntas. Não havia nenhum adulto, nem qualquer outro ser humano, apenas chimpanzés jovens, chimpanzés com uma grande necessidade de alguém que lhes ensinasse canções, que lessem livros para eles. A história para a hora de dormir que eu costumava contar a mim mesma era a de que eu estava contando aos bebês chimpanzés uma história de ninar. Minha fantasia era em parte tirada de *Peter Pan*.

Uma segunda inspiração era *A cidadela dos Robinson*, versão Disney. Quando fomos à Disneylândia, a casa da árvore fora o que eu mais gostara em todo o parque. Se eu ao menos não tivesse pais observando todos os meus passos, se ao menos tivesse sido uma órfã feliz e despreocupada, eu teria me escondido embaixo da pianola até que tudo estivesse fechado e passado a morar ali.

Eu transplantei tudo, raízes, tronco e galhos para a fazenda de Fern, onde minhas ruminações da noite se concentravam nas polias e arames, como conseguiríamos água corrente e plantaríamos uma horta – em minha vida fantasiosa, eu gostava de verduras e legumes –, tudo sem sair da árvore. Eu adormecia com visões de parafernálias e desafios logísticos dançando em minha cabeça.

É irônico, portanto, que muitos anos depois *A cidadela dos Robinson* tenha sido forçada a sair da casa da árvore na Disneylândia para que Tarzan e sua virtuosa mãe gorila, Kala, pudessem se mudar para lá.

❊

O Marion esmagou o Bloomington South e seguiu em frente, vencendo o campeonato estadual – o primeiro ano em uma série de três conhecida como o Reinado Púrpura. Não creio que Lowell pudesse ter alterado esse resultado. Ainda assim, seu desaparecimento não ajudou minha posição social. Na manhã seguinte ao jogo, havia papel higiênico dependurado como guirlandas decorativas de nossa amoreira e três sacolas de fezes, provavelmente de cachorro, mas quem poderia saber realmente, diante da porta da frente de nossa casa. Nesse dia, brincamos de queimado na escola e eu voltei para casa como uma grande mancha roxa ambulante. Ninguém tentou impedir. Desconfio que alguns dos professores teriam gostado de se juntar à brincadeira.

Os meses se tornaram anos.

No meu primeiro dia na sétima série, alguém colou uma página da *National Geographic* nas costas do meu casaco. Era uma visão lustrosa do traseiro de um fértil chimpanzé-fêmea, cor-de-rosa, inchada, parecendo um alvo. Pelas duas horas seguintes, sempre que eu estava no corredor, os garotos cutucavam minhas costas quando eu passava, simulando movimentos sexuais, até que finalmente, na aula de francês, meu professor notou a gravura e retirou-a.

Imaginei que o resto do meu tempo de ginásio seria do mesmo jeito. Acrescentem cola, tinta e água da privada. Agitem vigorosamente. Quando voltei para casa naquele primeiro dia, me tranquei no banheiro, tomei um banho para encobrir o barulho, e chorei sem parar por Lowell, que eu ainda achava que um dia voltaria. Quando voltasse para casa, Lowell os faria parar. Lowell iria fazê-los se arrepender. Eu só precisava aguentar até lá, continuar assistindo àquelas aulas e caminhando por aqueles corredores.

Eu nunca contei aos meus pais. Minha mãe não era forte o suficiente para tomar conhecimento disso; ela jamais sairia de seu quarto outra vez se eu contasse. A única coisa que eu podia fazer por ela agora era ficar bem. Trabalhei nisso como se fosse uma tarefa minha. Nenhuma queixa à direção quanto às condições do trabalhador.

De nada adiantaria contar ao meu pai. Ele jamais me deixaria abandonar a escola depois de apenas um dia. Ele não podia me ajudar e iria meter os pés pelas mãos se tentasse. Os pais são inocentes demais para os cenários de Bosch do ginásio.

Assim, fiquei de boca fechada. Nessa época, eu sempre ficava de boca fechada.

Felizmente para mim, aquele primeiro dia acabou sendo o pior de todo o resto. Havia outros alunos mais ofensivamente estranhos do que eu, que aguentaram todo o peso da agressividade do ginásio em meu lugar. De vez em quando, alguém perguntava, em tom de grande preocupação, se eu estava no ciclo estral, o que era minha própria culpa. Ninguém jamais sequer conheceria a expressão se eu não a tivesse usado uma vez, de forma memorável ao que parece, lá atrás na quarta série. Mas, na maior parte do tempo, ninguém falava absolutamente nada comigo.

Em seu quarto, no escuro, mamãe e papai preocupavam-se com o fato de eu ter ficado tão silenciosa e quieta. Era de esperar que acontecesse, asseguravam um ao outro. Típica atitude de adolescentes, eles mesmos haviam sido assim. Eu cresceria e superaria essa fase. Alcançaria um equilíbrio razoável entre a constante tagarelice de antes e meu atual silêncio.

De vez em quando, tínhamos notícia de Lowell. Recebíamos um cartão-postal, às vezes com um bilhete, às vezes sem, sempre sem assinatura. Lembro-me de um com uma foto do Nashville Parthenon e um carimbo de correio de St. Louis. "Espero que estejam felizes", ele escrevera no verso, o que é algo difícil de analisar, e você tem que se esforçar para aceitar ao pé da letra, mas pode ser que quisesse dizer apenas isso mesmo. Lowell podia estar desejando que estivéssemos felizes.

❧

Paramos de procurar por ele em um dia de 1987, no começo de junho. Lowell já se fora havia mais de um ano. Eu estava no caminho de entrada, lançando uma bola de tênis contra a porta da garagem e pegando-a, que é como se joga bola sozinho. Eu tinha treze anos e um verão quente e inteiro à frente até voltar à escola. O sol brilhava e o ar estava úmido e sem brisa. Eu estivera na biblioteca naquela manhã e tinha sete livros me aguardando no meu quarto, três dos quais eu nunca lera antes. Do outro lado da rua, a sra. Byard acenou para mim. Ela estava cortando a grama e o motor do cortador fazia um zumbido sonolento e distante, como o de abelhas. Eu não estava feliz, exatamente, mas isso me lembrou de como era ser feliz.

Dois homens pararam um carro preto em frente à casa e começaram a subir o caminho de entrada.

— Precisamos conversar com seu irmão — um dos homens me disse. Ele tinha a pele escura, mas não era negro. Tinha o cabelo cortado tão curto que quase parecia careca e suava no calor. Ele tirou um lenço do bolso e enxugou o topo da cabeça. Eu gostaria de fazer isso também, passar a mão em sua cabeça. Eu provavelmente teria gostado da sensação daqueles pelos curtos e eriçados na palma de minha mão.

— Pode chamá-lo para nós? — o outro homem perguntou.

— Meu irmão está com a Fern — eu disse. Esfreguei as mãos nas pernas da minha calça para acabar com a comichão. — Ele foi morar com a Fern.

Mamãe saiu de dentro de casa e gesticulou, chamando-me para ir me unir a ela na varanda. Segurou-me pelo braço, colocou-me atrás dela, de modo a ficar entre mim e os homens.

— FBI, senhora — o homem quase careca lhe disse. Mostrou-lhe um distintivo. Disse que meu irmão era uma pessoa de interesse em um incêndio que causara 4,6 milhões de dólares de prejuízo ao John E. Thurman Veterinary Diagnostic Laboratory, na UC Davis. — Seria melhor que ele viesse conversar conosco por vontade própria — um dos homens disse. — Devia lhe dizer isso.

— Quem é Fern? — perguntou o outro.

❦

A maioria dos ratos que Lowell havia libertado foi recapturada, mas não todos. Apesar das terríveis previsões de nosso pai, alguns sobreviveram àquele inverno e ao seguinte também. Eles continuaram com suas vidas — sexo, viagem e aventura. Muitos anos depois, havia relatos da presença daqueles ratos de laboratório em Bloomington. Um desses ratos foi encontrado dentro de um sapato em um armário de um quarto do dormitório, outro em um café no centro da cidade. Sob um banco da capela do campus. No cemitério Dunn, comendo as flores em uma sepultura datada da Guerra da Independência.

Quatro

Então, eu tinha quinze anos e pedalava sozinha pelo belo campus da Universidade de Indiana no outono. Alguém gritou meu nome quando passei pedalando.

— Rosemary! Espere! — essa pessoa gritou. — Espere!

Assim, eu parei e era Kitch Chalmers, agora estudante da universidade e parecendo genuinamente contente em me ver.

— Rosemary Cooke! — ela disse. — Minha colega dos velhos tempos!

Kitch levou-me à sede do diretório acadêmico, comprou uma Coca para mim. Ela jogou conversa fora por um tempo e eu fiquei ouvindo. Ela me disse que se arrependia das loucuras de sua juventude e esperava que eu não estivesse cometendo os mesmos erros. Advertiu-me que certas coisas, uma vez feitas, não podiam ser desfeitas. Mas estava em um caminho melhor agora. Pertencia a uma sociedade feminina de estudantes e suas notas eram boas. Ela estava se formando em Educação, o que era algo em que eu também deveria pensar. Eu provavelmente daria uma excelente professora, ela disse, e até hoje eu não faço a menor ideia por que alguém teria essa impressão, embora seja o que eu por fim tenha escolhido.

Kitch tinha um ótimo namorado, que estava em sua missão no Peru, disse-me, e ele não deixava uma semana passar sem telefonar. Finalmente, ela perguntou se algum dia tivemos notícia de Lowell. Ela nunca teve. Nem uma única palavra desde o dia em que partiu. Ela achava que merecia um tratamento melhor. Todos nós merecíamos um tratamento melhor, ela disse, éramos uma boa família.

E então ela me contou algo que eu não sabia sobre a última vez em que vira Lowell. Eles estavam caminhando juntos para o treino dele de basquete, ela disse, quando se encontraram com Matt. Matt, meu estudante de pós-graduação preferido, Matt de Birmingham. Matt que, depois que Fern partiu, eu nunca mais vira de novo.

Matt que sabia que eu o amava, mas que nem sequer dissera adeus.

Como se soube mais tarde, Kitch disse, Matt deixara Bloomington com Fern. Ele parecera surpreso ao ver que Lowell ainda não sabia disso. Outros chimpanzés, separados de repente de suas famílias, muitas vezes simplesmente morriam sem nenhuma causa aparente, a não ser tristeza. Assim, Matt fora enviado junto com ela, ele se oferecera, na realidade, para ajudar com a transição. Ele levara Fern para um laboratório de psicologia em Vermillion, Dakota do Sul. Esse laboratório abrigava mais de vinte chimpanzés e era administrado por um dr. Uljevik, sobre quem Matt não tinha nada de bom a dizer.

Apesar de Fern estar obviamente sofrendo com o choque e o terror da mudança, o dr. Uljevik insistiu em limitar o tempo de Matt com ela a algumas poucas horas por semana. Ele havia imediatamente colocado Fern em uma jaula com quatro chimpanzés maiores e mais velhos, e quando Matt lhe disse que ela nunca havia estado com chimpanzés antes e pediu para acostumá-la aos poucos, o dr. Uljevik disse não. Disse que ela devia aprender qual era o seu lugar. Tinha que saber o que ela era. O dr. Uljevik disse: "Se ela não puder aprender qual é o seu lugar, não poderemos mantê-la aqui."

Ele nem uma só vez, em todo o tempo que Matt passou lá, chamou Fern pelo nome.

— Então — Kitch disse —, Lowell simplesmente pirou.

Ela tentou fazê-lo ir ao treino de basquete. Tinha medo de que ele fosse para o banco no jogo com o Marion. Ela lhe dissera que ele tinha uma responsabilidade com seus colegas de time, com toda a escola, droga, com toda a cidade.

— Não me venha com essa merda de responsabilidade — ele dissera (o que eu duvidei. Lowell nunca falou nesse tom em toda a sua vida). — É a minha irmã que está naquela gaiola.

Tiveram uma briga e Kitch rompera o namoro com ele.

Kitch não chegara a conhecer Fern e assim, como todos na cidade, ela nunca entendera realmente. A reação de Lowell ainda lhe parecia exagerada e inexplicável.

— Eu disse a ele que não queria ser a namorada do sujeito que perdeu o jogo para o Marion — ela me disse. — Eu não devia ter dito isso, mas estávamos sempre dizendo coisas horríveis um ao outro. Pensei que faríamos as pazes depois, como sempre acontecia. Ele sem dúvida costumava dizer coisas terríveis. Não era apenas eu.

Mas eu mal ouvi essa parte, porque ainda estava ouvindo o que ela havia dito antes.

— Lá na Dakota do Sul, Matt disse que tratavam Fern como um tipo de animal.

❖

Já é bastante difícil aqui me perdoar pelo que fiz e senti quando tinha cinco anos, impossível pela maneira como me comportei aos quinze. Lowell soube que Fern estava em uma gaiola na Dakota do Sul e partiu naquela mesma noite. Eu soube do mesmo fato e minha reação foi fingir que não tinha ouvido. Meu coração subiu para a garganta, onde permaneceu durante toda a horrível história de Kitch. Não consegui terminar minha Coca nem falar com aquele horrível bolo pulsante na garganta.

No entanto, enquanto voltava para casa em minha bicicleta, minha cabeça desanuviou. Levei cinco quarteirões para decidir que não era uma história ruim, afinal. O bom e velho Matt. Vinte outros chimpanzés como amigos, uma nova família de chimpanzés. A gaiola, obviamente, apenas uma medida intermediária antes de Fern ser transferida para a fazenda de papai. Lowell nunca fora bom em esperança e fé. Lowell, pensei, Lowell era capaz de tirar terríveis conclusões precipitadas.

Além do mais, se realmente houvesse um problema com Fern, Lowell já teria cuidado disso a essa altura. Ele fora para a Dakota do Sul e fizera o que quer que tenha sido necessário. E depois ele se mudara para Davis, Califórnia. O FBI nos disse isso. Meu próprio governo. Eles mentiriam?

No jantar, adotei minha costumeira estratégia de não dizer nada. A palavra emitida converte o conhecimento individual em conhecimento mútuo, e não há caminho de volta depois que você salta desse penhasco. Não dizer nada era menos definitivo, e com o tempo eu veria que geralmente essa era a melhor forma de agir. Eu chegara à conclusão de que era melhor silenciar, mas aos quinze anos eu era verdadeiramente crédula.

Cinco

E ENTÃO EU TENTEI NUNCA MAIS PENSAR EM FERN. Quando saí de casa para a faculdade, chegara, surpreendentemente, muito perto disso. Tudo acontecera há tanto tempo. Eu era tão pequena. Passara muito mais anos sem ela do que com ela, e a maior parte dos anos que tinha passado com ela eram anos dos quais eu não me lembrava.

Saí de casa, o último filho a fazê-lo. Embora mamãe tivesse concordado com essa tolice de sair do estado, sua voz ao telefone naquele primeiro ano era sempre embargada. Eu não podia voltar para casa no verão e ainda me habilitar a uma anuidade na universidade destinada a residentes do estado durante meu segundo ano, então não voltei. Minha mãe e meu pai foram me visitar em julho.

– Ao menos é um calor seco – repetiam-me, embora depois que o termômetro ultrapassa os quarenta graus acho que essa conversa não faz sentido. Passeamos de carro pelo campus; demos a volta, sem fazer nenhuma observação, pelo velho local do incêndio criminoso, o laboratório agora completamente funcional.

Então, eles voltaram para Bloomington, onde, em agosto, se mudaram de casa. Foi uma sensação estranha, saber que mais uma vez eu vivia em um lugar que nunca vira antes.

Sem nenhuma decisão consciente em relação à questão, eu me vi evitando aulas que lidavam com primatas. Nada de genética, de antropologia física e certamente nada de psicologia. Vocês podem ficar surpresos em ver como pode ser difícil evitar os primatas. Façam o curso Introdução ao Chinês Clássico e se verão dedicando uma semana a Sun Wukong, o Rei Macaco, e ao caos que ele acarreta no Céu. Façam uma aula de literatura europeia e encontrem no plano de estudos "Um Relatório para a Academia", de Kafka, com seu narrador macaco, Red Peter, que seu professor lhes dirá que é uma metáfora para sua condição de judeu e vocês verão como pode funcionar desse modo, mas não é a leitura mais óbvia. Façam astronomia e talvez haja uma seção dedicada à exploração, àqueles cachorros e chimpanzés pioneiros, em seus capacetes, rindo de orelha a orelha, e talvez sintam uma ânsia de dizer ao resto da turma que os chimpanzés só riem assim quando estão com medo, que por mais tempo que passem entre os humanos, nada mudará isso. Aqueles chimpanzés do espaço com ar feliz nas fotos estão francamente aterrorizados, e talvez vocês mal consigam se conter para não dizer isso.

Portanto, não é verdade que eu nunca pensasse em Fern. O fato era que eu nunca pensava nela, a não ser que algum fator a trouxesse à minha mente, e mesmo assim eu não me demorava no pensamento.

Eu fui para a UC Davis tanto para encontrar meu passado (meu irmão) quanto para deixá-lo (a menina-macaco) para trás. Ao me referir à menina-macaco, estou falando de mim, é claro, não de Fern, que não é agora e nunca foi uma macaca. Em alguma recôndita parte do meu cérebro, em algum lugar naquele pensamento que está abaixo da linguagem, eu ainda devia acreditar que era possível consertar minha família e eu mesma, viver nossas vidas como se Fern nunca tivesse sido parte de nós. Eu devo ter acreditado que isso seria uma boa coisa a fazer.

Quando fui morar no dormitório dos calouros, tomei a decisão de nunca falar sobre minha família. Eu não era mais uma tagarela, e não via muita dificuldade nisso. Mas fiquei surpresa de ver que as famílias que todos nós havíamos deixado para trás eram, com muita frequência, o principal tópico das conversas e mais difícil de evitar do que eu esperava.

Minha primeira colega de quarto era uma fã obcecada por *Arquivo X*, de Los Gatos. Seu nome era Larkin Rhodes, uma loura natural que pintava os cabelos de ruivo e nos fazia chamá-la de Scully. Em estados de grande emoção, as faces de Scully iam de um rosa intenso para branco e para rosa de novo, tão depressa que era como fotografias com lapso de tempo. Ela começou a falar de sua família praticamente no instante em que nos conhecemos.

Scully chegara primeiro, escolhera uma cama e atirara suas roupas em um monte (ficaram assim durante meses; era como um ninho onde ela dormia) e estava pregando pôsteres quando abri a porta. Um dos pôsteres era, é claro, o famoso "Eu quero acreditar" de *Arquivo X*. O outro era de *Edward Mãos de Tesoura*, que ela disse ser seu filme favorito de Johnny Depp.

— Qual é o seu? — ela perguntou, e eu teria dado uma primeira impressão melhor se tivesse um preferido.

Felizmente, Scully era a mais velha de três irmãs e estava acostumada a dar um desconto a mentes inferiores. Ela me contou que seu pai era um empreiteiro que trabalhava em casas de primeira linha — casas com escadas deslizantes na biblioteca, carpas vermelhas nas fontes, armários do tamanho de banheiros, banheiros do tamanho de quartos de dormir. Ele passava os fins de semana nas feiras renascentistas, usando chapéus de veludo e cumprimentando as raparigas com saudações arcaicas.

Sua mãe criava kits de pontos de cruz e os comercializava por uma empresa chamada X-Rhodes (pronuncia-se *Crossroads*). Ela fazia oficinas de artesanato por todo o país, mas era particularmente popular no Sul. Scully tinha um travesseiro na cama com uma vista aérea da Grande Muralha da China bordada em ponto de cruz, uma exibição de extraordinário *chiaroscuro* — realmente, era como se você estivesse lá.

Sua mãe certa vez fizera Scully perder um baile no colégio a fim de limpar os rejuntes do banheiro com uma escova de dentes e água sanitária.

— Isso diz tudo que você precisa saber sobre mamãe. Ela tem a Martha Stewart na discagem rápida — Scully disse. E acrescentou: — Não, não de verdade. Só de forma psicológica. — Ela fixou seus tristes olhos azuis em mim. — Sabe como tudo parece normal quando você é pequena — ela perguntou queixosamente — e de repente chega aquele momento em que você percebe que sua família toda é maluca? — Quando eu já tinha ouvido tudo isso, eu a conhecia por talvez uns vinte minutos.

Scully era espantosamente gregária — tão extrovertida que chegava a incomodar. Tudo parecia acontecer em nosso quarto. Eu voltava da aula ou do jantar, ou acordava no meio da noite, e me deparava com meia dúzia de calouros, sentados com as costas contra as paredes, falando sobre a dinâmica "esconde-ou-leva--pancada" típica do jogo eletrônico dos lares que haviam acabado de deixar. Seus pais eram tão esquisitos! Como Scully, eles tinham acabado de descobrir isso. Cada um deles tinha pais esquisitos.

A mãe de uma certa vez a colocara de castigo o verão inteiro porque ela havia tirado B+ em biologia. Sua mãe havia crescido em uma parte de Delhi onde não se aceitava B+.

O pai de um deles fazia a família inteira parar diante da geladeira e tomar um copo de suco de laranja antes de sair para o café da manhã, porque o suco de laranja dos restaurantes era caro demais para pedir, mas não se podia chamar de café da manhã sem ele.

Uma noite, a garota do outro lado do corredor, Abbie de tal, nos contou que tinha uma irmã mais velha que, aos dezesseis, disse que, quando tinha três anos, seu pai costumava fazê-la tocar seu pênis. Abbie estava deitada no pé da minha cama quando disse isso, a cabeça apoiada em uma das mãos, os cabelos negros caindo como um chafariz em torno de seu braço dobrado. Ela provavelmente estava usando uma regata e calças de pijama de flanela xadrez. Ela dormia assim, mas também usava essas roupas para as aulas. Dizia que todo mundo em Los Angeles ia para a escola de pijama.

— Então, depois que todos foram fazer terapia e tomaram partido, e ninguém falava com mais ninguém — Abbie disse —, de repente ela disse que ele não tinha feito aquilo. Ela provavelmente apenas sonhara. E ela *ainda* está furiosa com todo mundo que não acreditou nela, porque e se tivesse sido verdade? Ela é maluca — Abbie disse. — Às vezes, eu realmente a odeio. Quer dizer, o resto da família é legal, sabe? E então vem essa irmã maluca e estraga tudo.

Isso era tão sério que ninguém soube como reagir. Permanecemos sentados, vendo Scully pintar as unhas dos pés com purpurina dourada, e ninguém disse nada. O silêncio se prolongou por um tempo longo demais, tornou-se embaraçoso.

— Tanto faz — Abbie disse, o que em 1992 significava que você não se importava realmente, por mais que tivesse parecido que sim. Ela não disse isso simplesmente; usou um sinal da mão também: indicadores para cima, mãos ligadas pelos polegares, formando um W, de *whatever* (tanto faz). O fato de a termos forçado a fazer o sinal para nós tornou o nosso silêncio ainda mais constrangedor.

Esse foi o primeiro sinal das mãos que aprendi na faculdade, mas havia vários populares na época. Havia o L feito com o polegar e o indicador, colocado diante da testa, que significava *loser* (perdedor). O W de *whatever* podia ser virado para cima e para baixo, de W para M para W para M, em cujo caso significava *Whatever, sua mãe trabalha no McDonald's*. Porque era assim que "rolava" nos idos de 1992.

Doris Levy manifestou-se.

— Meu pai canta no mercado — disse. Ela estava sentada no chão, com os braços ao redor dos joelhos, junto às unhas douradas de Scully. — A plenos pulmões. — *Rock and roll old school* era transmitido pelos autofalantes internos e seu pai na delicatéssen, pegando todos os queijos e cheirando-os, soltando a voz. "*Mama told me not to come. Wake me up before you go-go.*"

— Talvez ele seja gay — Scully sugeriu. — Ele me parece um pouco gay.

— Certa noite, durante o jantar, assim do nada, ele me pergunta se eu o respeito — Doris disse. — Que diabos devo responder a isso? — Ela virou-se para mim. — Seus pais provavelmente também são bastante estranhos, não? — ela perguntou. Senti o bafo do conluio. Entendi que estávamos preenchendo o silêncio como uma equipe, para que Abbie não se arrependesse de ter nos contado o que nos contara. Entendi que agora era a minha vez.

Mas eu estraguei a passagem da bola. Eu ainda estava ouvindo a voz de Abbie — *E então vem essa irmã maluca e estraga tudo* — e todo o mais era alguém gritando para mim de uma praia distante e tempestuosa.

— Na verdade, não — eu disse, e parei para não ter que falar dos meus pais. Que, afinal, não passavam de um casal comum que tentara criar um chimpanzé como uma criança humana.

— Você tem sorte de ser tão normal — Scully me disse e todos concordaram.

Que farsa eu tinha representado! Que triunfo. Aparentemente, eu havia por fim eliminado todas aquelas pequenas pistas, aquelas questões de espaço pessoal, distância focal, expressão facial, vocabulário. Aparentemente, tudo que era necessário para ser considerado normal não era prova do contrário. Esse plano de me mudar para o outro lado do país e nunca mais falar com ninguém outra vez estava funcionando às maravilhas.

Só que, agora que eu alcançara esse objetivo, o normal de repente não parecia tão desejável. Estranho era o novo normal e, é claro, eu não havia recebido as instruções. Eu continuava a não me encaixar. Continuava a não ter amigos. Talvez eu simplesmente não soubesse como agir. Sem dúvida, eu não tinha nenhuma prática.

Talvez o fato de diligentemente assegurar que ninguém de fato me conhecesse fosse um impedimento à amizade. Talvez todas aquelas pessoas entrando e saindo do meu quarto *fossem* amigos e eu apenas não tivesse percebido isso, porque eu esperava mais. Talvez amizade não fosse grande coisa, não como eu esperava, e na verdade eu tivesse montes de amigos.

Dados conclusivos sugerem o contrário. Eu não fui convidada quando Scully e um bando de outros calouros foram para Tahoe para um fim de semana de esqui. Eu só soube disso depois, os planos cuidadosamente não apresentados no meu quarto, não discutidos em minha presença. Na viagem, Scully ficara com um sujeito mais velho, da Cal Poly, que dormiu com ela em uma noite e depois se recusou a falar com ela na manhã seguinte. Isso tinha que ser tão minuciosamente discutido que eu não pude deixar de ouvir, e Scully percebeu que eu estava ouvindo.

— Não achamos que você iria gostar — Scully disse —, sendo de Indiana e tudo o mais. Como se você quisesse ver neve. — Um riso embaraçado, os olhos saltando de um lado para o outro como em um jogo de fliperama, as faces afogueadas. Ela estava tão constrangida que eu me senti mal por ela.

❖

Se você já foi um estudante universitário no curso Filosofia 101, provavelmente se deparou com o conceito de solipsismo filosófico. Segundo o solipsismo, a realidade só existe dentro de sua própria mente. Por conseguinte, só se pode ter certeza do seu próprio status como um ser consciente. Todos os demais devem ser uma espécie de marionetes maquinais cuja mente é operada por soberanos alienígenas ou parasitas de gatos, ou talvez devam estar andando por aí sem absolutamente nenhuma motivação. Nunca será possível provar o contrário.

Os cientistas resolveram o problema de solipsismo com uma estratégia denominada *inferência à melhor explicação*. É uma acomodação simples e ninguém está feliz com isso, com a possível exceção daqueles senhores alienígenas.

Portanto, eu não posso provar que sou diferente de vocês, mas essa é a minha melhor explicação. Eu deduzo essa diferença pelas reações das outras pessoas. Eu presumo que minha criação seja a causa. Inferência e suposição, cortina de fumaça, nada sobre o qual se pode construir uma casa. Basicamente, eu só estou lhes dizendo que me sinto diferente das outras pessoas.

Mas talvez vocês também se sintam diferentes.

A amizade de um chimpanzé dura em média sete anos. Scully e eu dividimos um quarto por nove meses. Nós nunca tivemos uma discussão séria, nem brigamos. Então, fizemos as malas, seguimos nossas vidas diferentes e desde então nunca mais nos falamos. Digam adeus a Scully. Não a veremos outra vez até 2010, quando ela se tornou minha amiga no Facebook por nenhuma razão discernível e sem muita coisa a dizer.

❧

Para o meu segundo ano, respondi a um anúncio para dividir apartamento que encontrei no quadro de avisos da Cooperativa de Alimentos. Todd Donnelly, no penúltimo ano de História da Arte, mostrou-se um rapaz amável, sossegado, um rapaz que acreditava nas pessoas, o que é um jeito perigoso, mas generoso de se viver neste mundo. Ouvi muito mais sobre seu pai irlandês, de quem ele herdou as sardas, e de sua mãe japonesa, de quem herdou os cabelos, depois ele ouviu a respeito de meus pais, mas ele ouviu mais do que a maioria das pessoas. A essa altura, eu já descobrira como falar de minha família. Nada mais simples, na verdade. Comece pelo meio.

Certa noite, Todd conseguiu obter, através de seus próprios métodos misteriosos, uma versão animada de *O homem da máscara de ferro,* produzida pela Burbank Films Australia. Alice Hartsook, sua namorada na época (Todd foi um idiota em deixá-la escapar), foi ao apartamento. Eles tomaram o sofá, cada qual com a cabeça em uma das extremidades, os pés embolados no meio, os dedos dos pés se entrelaçando. Eu me estendi no tapete com algumas almofadas. Comemos pipoca de micro-ondas e Todd discursou sobre animação de um modo geral e sobre a Burbank em particular.

Vocês conhecem a história. Um dos gêmeos é o rei da França. O outro é atirado na Bastilha e forçado a usar uma máscara de ferro para que ninguém nunca veja seu rosto. O gêmeo na prisão tem todas as qualidades de um rei. O verdadeiro rei é um perfeito imbecil. Mais ou menos no meio desse desenho animado, há um lindo balé sob um céu de fogos de artifício. Estranhamente, foi nesse momento que descobri que não conseguia respirar. Na TV, piruetas, arabescos e uma chuva de estrelas coloridas. No chão, eu, suando, o coração descompassado, arquejante, tentando respirar, mas sem conseguir abrir a garganta. Sentei-me e o quarto ficou escuro, girando lentamente à minha volta.

Alice atirou-me o saco descartado das pipocas, com instruções para respirar dentro dele. Todd deslizou para o chão atrás de mim, suas pernas de cada lado das minhas pernas. Ele esfregou meus ombros. Isso era gentil, já que Todd não costumava tocar nas pessoas. E eu gosto de ser tocada; é uma coisa de menina-macaco.

A massagem nos ombros me relaxou o suficiente para eu começar a chorar. Eu ainda respirava dentro do saco de pipocas e meus soluços vieram como todos os tipos de encantadores sons do oceano, às vezes ondas e às vezes foca.

– Você está bem? – Todd me perguntou, o que eu obviamente não estava, mas as pessoas sempre perguntam isso. – O que aconteceu? – Os dedos de Todd pressionaram a minha nuca.

– Você está bem? – Alice perguntou. – Devemos chamar alguém? O que aconteceu?

Eu sinceramente não sabia. Eu não queria saber. Algo estava se levantando da cripta, e o que eu realmente sabia é que eu não queria saber o que era. Nem queria ver o resto de *O homem da máscara de ferro*. Eu disse que estava bem, bem melhor agora, e que não tinha a menor ideia do que havia deflagrado aquela reação. Dei uma desculpa e saí para me deitar, onde continuei a chorar, só que mais silenciosamente, para não perturbar ainda mais Todd e Alice.

Quando há um elefante invisível no aposento, de vez em quando você tropeça em um tronco. Eu peguei minha antiga rota de fuga, e ainda conhecia o caminho. Adormeci o mais rápido possível.

Seis

ALGUNS ANOS SE PASSARAM.
 Entra Harlow.
 Agora que vocês já me conhecem melhor, vamos dar uma nova olhada naquele primeiro encontro. Estou sentada na lanchonete com meu sanduíche de queijo quente e meu leite. Harlow irrompe pela porta como um furacão, se os furacões fossem garotas sexy, altas, de camisetas azuis e colares de peixe-anjo.
 Assim, talvez eu esteja menos assustada do que vocês imaginaram na primeira vez que ouviram essa história. Talvez eu possa ter visto que Harlow não estava tão zangada quanto fingia estar. A quebra de pratos, o lançamento de casacos – tudo fazia parte de uma encenação. Talvez eu possa ter visto o quanto ela estava se divertindo.
 Foi uma boa performance e ela estava gostando do papel também, a satisfação de um trabalho bem-feito, mas não foi uma performance extraordinária ou eu não teria percebido. Ainda assim, como uma colega impostora, eu apreciei seu vigor. Admirei suas escolhas, embora eu não as tivesse feito. Aberração ou fraude, eu vinha me perguntando desde que cheguei à faculdade, e de repente ali estava alguém com coragem suficiente para ser ambas.
 Mas eu ainda estava no escuro a respeito das minhas próprias reações tanto quanto vocês na primeira vez que ouviram isso. Ocupada demais em me esquivar, em não irritar a pele com o atrito das algemas, em telefonar para meu pai, em preencher a papelada. Avançar rapidamente agora para eu retornando a Davis após

o feriado de Ação de Graças e descobrindo Harlow em meu apartamento. Ninguém teria gostado disso. Talvez eu menos ainda. Lá vamos nós outra vez, eu disse a mim mesma. Eu disse isso tão distintamente em minha cabeça que cheguei a ouvir, além de dizer. Como se eu estivesse perfeitamente acostumada a encontrar alguém sem nenhuma noção de limites em meu espaço, mexendo em meus pertences e quebrando a maioria. Lá vamos nós outra vez.

E este, finalmente, era o momento em que o hipnotizador estalava os dedos. Minha tranquilidade com os ataques de raiva e imposições de Harlow nada tinha a ver com nossas mútuas fraudes. Eu aceitava bem seus fingimentos porque já os tinha visto antes. Harlow podia ter feito xixi no canto e não seria nada que eu já não tivesse visto antes. Como não fez, pelo critério da família, seu comportamento mal podia ser encarado como uma encenação.

Fiquei menos espantada com a familiaridade de tudo aquilo do que pelo tempo que levei para reconhecer essa familiaridade. Uma coisa era esconder minha condição essencial de menina-macaco dos outros. Outra completamente diferente era eu mesma me esquecer por inteiro dela. (No entanto, não era exatamente isso o que eu vinha procurando? Mas constatei que eu não gostava daquilo. Não gostava nem um pouco.)

Meu pai não se deixara enganar.

– Acho que alguém a colocou nessa situação – papai dissera ao telefone, mas eu não tinha notado. Eu detestava quando papai me compreendia melhor do que eu mesma, e em geral eu preferia não ouvir quando ele falava, em vez de correr esse risco.

Quando a revelação finalmente ocorreu, ela complicou meus sentimentos em relação a Harlow mais do que os iluminou. Por um lado, eu podia ver que ela significava encrenca. Na sessão de comentários do meu boletim do jardim de infância, eu fora descrita como impulsiva, possessiva e exigente. Essas são características clássicas dos chimpanzés e eu me esforcei muito ao longo dos anos para erradicá-las. Eu achei que Harlow talvez estivesse demonstrando as mesmas tendências sem o mesmo compromisso de se reformular. Em sua companhia, eu poderia recair nos antigos maus hábitos.

No entanto, eu me sentia à vontade com ela de uma forma que nunca me senti confortável com nenhuma outra pessoa. Não é preciso repetir o quanto eu era solitária. Deixem-me apenas dizer que certa vez eu fui, em questão de alguns dias, de uma infância onde nunca estava sozinha a esta solidão prolongada e silenciosa. Quando eu perdi Fern, também perdi Lowell – ao menos, eu o perdi no modo como ele era antes – e eu perdera meu pai e minha mãe desse mesmo modo, e perdi de verdade todos os estudantes de pós-graduação, inclusive meu amado Matt de Birmingham, que, quando chegou a hora, escolheu Fern ao invés de mim.

Assim, eu podia ver que Harlow era fundamentalmente pouco confiável. Ao mesmo tempo, ela parecia alguém com a qual eu podia ser eu mesma. Eu não tinha nenhuma intenção de fazer isso e, com uma intensidade igual, uma grande vontade de fazer exatamente isso. Seria muito interessante ver quem era meu verdadeiro eu, eu pensava com a parte do meu cérebro que vinha do meu pai. E com a parte que vinha da minha mãe – será que a pequena Rosemary por fim fez uma amizade?

※

E aqui estamos nós, finalmente de volta ao meio, onde nós me deixamos, uma estudante universitária alerta e ansiosa, sobrecarregada com o registro de sua própria detenção e a mala azul-clara de outra pessoa. As estrelas proféticas estão saltando de um lado para o outro no céu como pulgas.

Um: O aparecimento e imediato desaparecimento dos diários de minha mãe.

Dois: Uma mensagem embotada de Lowell, a batida na parede da masmorra de uma cela adjacente.

Três: Harlow.

Quando um presságio se repete três vezes, como algo saído de *Júlio César*, até mesmo Caliban, depois de algumas encenações, é capaz de notar.

❦

Eu estava concentrada principalmente no retorno do meu irmão. Estava doente de ansiedade, doente com o tipo de expectativa de manhã de Natal que se tem quando, em sua família, às vezes o Natal se torna mais parecido com *A hora do pesadelo*.

Meu recesso de Natal verdadeiro estava a menos de duas semanas. Se Lowell viesse me visitar durante os exames finais, eu teria muito tempo livre para ele. Poderíamos jogar pôquer e Rummikub. Talvez ir a San Francisco, andar de bicicleta em Muir Woods. Há um lugar perto do lago Berryessa onde, em um dia claro, se você dirigir por uma estrada assinalada PARTICULAR, NÃO ENTRE e pular uma cerca com uma placa INVASORES SERÃO PROCESSADOS, pode ver por toda a extensão do estado – a Sierra Nevada a leste, o Pacífico a oeste. Muito, muito louco. Lowell iria adorar.

Se ele viesse me visitar depois, eu estaria em Indiana.

Assim, eu esperava que Ezra estivesse dizendo a verdade quando disse que Lowell voltaria dentro de uns dias, e eu esperava que fosse uns dois dias. Esperava que Lowell imaginasse que eu iria passar o Natal com mamãe e papai. Esperava que ele soubesse que eu *tinha* que fazer isso, ao menos porque ele nunca o fazia. Esperava que ele se importasse.

Algumas semanas depois da primeira vez que cheguei a Davis, descobri o caminho para os arquivos de jornais no subsolo da Shields Library e passei a maior parte de um fim de semana enfurnada lá, lendo a cobertura local do dia 15 de abril de 1987, quando se deu o incêndio criminoso do John E. Thurman Veterinary Diagnostic Laboratory, com uma bomba incendiária. Isso não teve muita atenção em Indiana, onde não ligaram o incidente ao mais odiado armador de basquete do colégio de Bloomington. Mesmo em Davis, os detalhes sobre o assunto eram parcos.

O laboratório estava em construção na época em que foi destruído. Os prejuízos foram orçados em 4,6 milhões de dólares. As letras ALF haviam sido pintadas dentro da carcaça queimada e alguns veículos da universidade que estavam nas proximidades também foram grafitados com as iniciais da Animal Liberation Front, ou Frente de Libertação Animal. "A pesquisa com animais beneficia animais, pessoas e o meio ambiente", dissera o porta-voz da universidade.

A ALF alegava que o laboratório de diagnósticos destinava-se a prestar serviços à indústria de alimentos de origem animal, mas eu só soube disso através da seção de cartas dos leitores; não havia nenhuma menção sobre isso nas matérias em si. Segundo *The Davis Enterprise*, a polícia não tinha nenhum suspeito, mas o ato fora classificado como terrorismo doméstico e entregue ao FBI.

Ampliei minha busca para a série de ataques com bombas incendiárias por todo o norte da Califórnia que se seguiu a este. O depósito da San Jose Veal Company, a Ferrara Meat Company e um armazém de estocagem de aves seguiram-se em rápida sucessão. Uma loja de casacos de pele em Santa Rosa foi incendiada. Nenhuma prisão para esses incêndios criminosos jamais tinha sido feita.

Subi ao andar térreo para pedir à bibliotecária para me ajudar a encontrar material sobre a ALF, para ver se eles se pareciam com o tipo de gente de Lowell. A tática da ALF incluía resgate e soltura de animais, bem como o roubo de notebooks e registros de laboratório. Eles tiravam fotografias de vivissecções para enviar à imprensa. Destruíam os equipamentos dos laboratórios, inclusive um equipamento denominado dispositivo estereotáxico de primatas — eu não soube na época, nem quero saber agora o que é isso. Eles atormentavam pesquisadores, vendedores de peles, criadores de gado com correspondência agressiva, injuriosa e repleta de ameaças, deixando ameaças de morte em suas secretárias eletrônicas, às vezes cometendo atos de vandalismo contra suas casas ou pregando fotos chocantes de abusos contra animais nos parques onde seus filhos frequentavam a escola.

Uma parte da cobertura da imprensa parecia simpática à causa. A maioria, não. A Reuters havia descrito os ataques da ALF como a história da arca, apenas com Rambo ao invés de Noé ao leme. Mas todos concordavam que era apenas uma questão de tempo até alguém ser morto. Alguém que importava. Alguém humano. Já tinha havido várias ocasiões em que por pouco isso não acontecera.

Encontrei um relatório sobre uma invasão na UC Riverside em 1985. Entre os muitos animais roubados estava um bebê macaco chamado Britches. Os olhinhos de Britches tinham sido costurados fechados no dia em que ele nasceu, a fim de testarem algum equipamento sônico projetado para bebês cegos. O plano era mantê-lo vivo por cerca de três anos em um estado de privação sensorial e depois matá-lo para ver o que isso fizera às partes das habilidades motoras, auditivas e visuais de seu cérebro.

Eu não queria um mundo em que eu tivesse que escolher entre bebês humanos cegos e bebês macacos torturados. Para ser franca, essa é a espécie de escolha da qual espero que a ciência me proteja, e não me proporcione. Lidei com a situação parando de ler o relato.

Em 1985, Lowell acabara de sair de casa. Ele fora aceito na Brown University e nós sabíamos que teria que nos deixar dentro de pouco tempo, mas achávamos que ainda nos restavam alguns meses. Alguns meses com ele indo de um lado para o outro com Marco e Kitch, nos fazendo acreditar que ele era nosso, que, ainda que nos deixasse, nós o teríamos.

O FBI dissera a meus pais que a ALF da Costa Oeste era uma operação refinada de células independentes, esconderijos e uma eficiente via férrea subterrânea para a movimentação de animais. Não quiseram dizer o que os levara a Lowell ou sequer confirmar que ele era um suspeito. O que de fato disseram é que a maioria dos ativistas militantes dos direitos dos animais era de jovens, brancos, do sexo masculino e provenientes da classe média.

O laboratório de diagnósticos de Davis já fora reconstruído há muito tempo e estava empenhado em fazer o que quer que a ALF não queria que fizessem. Eu podia ir lá de bicicleta quando quisesse. Eu podia ir, mas não podia entrar. Como acontece com todos os outros laboratórios de animais atualmente, a segurança do local era rígida.

❖

Eu estava prestes a telefonar para a companhia aérea outra vez, exigir que apresentassem minha verdadeira mala e levassem a falsa embora, quando Harlow apareceu com uma ideia diferente. A ideia diferente de Harlow era destravar a fechadura da mala que tínhamos, abri-la e ver o que havia dentro. Não tiraríamos nada de lá. Isso nem precisava ser dito. Mas era inconcebível para ela que fôssemos devolver a mala sem sequer olhar o que continha. Quem saberia o que uma mala estranha de Indiana (supondo que tivesse vindo de Indiana) poderia conter? Dobrões de ouro. Uma boneca recheada de heroína. Polaroides da câmara municipal de alguma cidade do Meio-Oeste em flagrante. Purê concentrado de maçã.

Eu não estava curiosa? Onde estava minha noção de aventura?

Fiquei impressionada por Harlow conhecer purê concentrado de maçã. Isso não é nenhuma desculpa pela maneira como eu a deixei prosseguir. Eu contava com a combinação do cadeado para impedi-la. Ferramentas seriam necessárias. Provavelmente um especialista em demolição. Em estudos de chimpanzés, esse tipo de desafio é denominado um quebra-cabeça de alimentos. Os chimpanzés são classificados segundo eficácia e rapidez, com pontos de bônus por originalidade. Além disso, podem comer o que quer que haja dentro. Chimpanzés viam isso como uma grande injustiça, abrir a mala e não tirar nada dali.

Fiz algumas vagas objeções, confiando na probabilidade aritmética de adivinhar a combinação certa (1 em 10 mil) e deixei-me ser enviada à cooperativa sob a chuva para comprar café para nós.

Aparentemente, pode-se abrir um cadeado de segredo em questão de minutos olhando pela fresta para as endentações enquanto gira o mostrador. Ezra demonstrou isso para mim quando voltei. Ezra havia aproveitado seus delírios paranoicos em um conjunto muito real de habilidades do tipo Comando da Selva. Era assustador pensar nas coisas que ele podia fazer.

Harlow o encontrara na sacada do terceiro andar, praticando tai chi sob o beiral e repassando suas falas de matança: "Tire esse sorrisinho do rosto, sua vagabunda. Vou acabar com você, seu franguinho desgraçado." Ezra me disse certa vez que ele está sempre passando mentalmente a versão em filme de sua vida, mas acho que muita gente faz isso. Embora talvez em um gênero diferente do de Ezra.

Assim, na versão cinematográfica, esta é uma cena romântica. Harlow entra, encontra-o todo disciplinado, enlevado e gracioso. Ela torce os cabelos e nós cortamos para a sala de estar, duas cabeças curvadas sobre o cadeado. Na versão em filme, há uma bomba na mala. Eu volto com o café bem a tempo de impedi-los.

Só que eu não os impeço. Em vez disso, deixei Ezra explicar o cadeado, observei enquanto ele dava o último giro triunfal, observei-o abrir a mala – tudo sem dizer nem uma palavra. Ele começou a desfazê-la com gestos repletos de suspense, item por item, todos banais. A maior parte do que saiu da mala era de roupas – um conjunto esportivo, meias, uma camiseta amarela com A RAÇA HUMANA escrita em uma curva vermelha sobre o peito. Harlow segurou essa camiseta no alto. Sob o texto, estava o globo terrestre, girado para o lado das Américas. Pessoas de todas as cores corriam ao redor, todos na mesma direção, o que não parecia em nada com a raça humana que eu conhecia.

– Grande demais – Harlow disse, com uma admirável falta de decepção.

Ezra procurou mais fundo.

– Ok! – ele disse. – Ok! – E em seguida: – Fechem os olhos. – O que ninguém fez, porque você seria um idiota em fechar os olhos só porque Ezra assim havia dito.

Ezra retirou algo de dentro da mala. Aquilo se ergueu como um fantasma de um corpo, como um vampiro de um caixão azul-celeste. Desdobrando seus membros de inseto, ele saltou na mão de Ezra, os olhos parados, a boca batendo.

– Que diabos temos aqui? – Ezra perguntou.

Ele estava segurando um boneco de ventríloquo – antigo, ao que parecia. Ele dançou acima da tampa da mala aberta como uma aranha. Havia agulhas de tricô em uma de suas pequenas mãos e uma touca vermelha em sua pequena cabeça.

Harlow estava esfuziante de felicidade. Estávamos na posse temporária de uma mala pertencente a um ventríloquo/corredor. Um boneco antigo de Madame Defarge era exatamente, é óbvio, o que ela esperava que encontrássemos. Isso fez suas faces ficarem coradas.

Ezra enfiou a mão pelas costas do vestido de Madame Defarge. Ela saltou para o pescoço de Harlow, ficou tentando pegá-lo. Ezra colocou palavras em sua boca. Devia estar agradecendo a Deus pelas garotinhas. Ela podia estar balbuciando a letra da "La Marseillaise". Ou "Frère Jacques". Tão ruim assim era o sotaque francês de Ezra; podia até mesmo ser francês.

Eu nunca vi uma demonstração mais inadequada de teatro de fantoche. Nunca vi nada mais horripilante.

Eu me tornei muito pedante.

– Não deveríamos brincar com isto – eu disse. – Parece antigo. Provavelmente é insubstituível. – Mas Harlow disse que só um idiota colocaria algo insubstituível em uma mala de viagem despachada.

De qualquer forma, eles estavam sendo bastante cuidadosos. Ela pegou o boneco das mãos de Ezra, o fez sacudir os pequenos punhos para mim. Pela expressão do rosto de Madame Defarge, pude ver que tudo estava indo exatamente conforme ela havia planejado. "Não estrague minha diversão", dizia o rosto de Madame Defarge.

Eu não tinha tempo para essa tolice. Tinha uma aula agora. Fui para a cozinha, telefonei para o aeroporto, onde meu telefonema era muito importante para eles, e deixei um recado. Então, Harlow entrou na cozinha, atrás de mim. Ela prometeu colocar Madame Defarge de volta na mala e eu prometi encontrar-me com ela mais tarde para uma noitada de bar em bar, porque, pelo amor de Deus, Rosemary, nenhum mal fora feito e eu deveria tomar um calmante.

E também porque eu queria que Harlow gostasse de mim.

Sete

SE VOCÊS ME PERGUNTASSEM SOBRE NOVENTA E NOVE POR cento das aulas que assisti na universidade, eu não saberia dizer nada. Aquela tarde em particular, naquela aula em particular, recai no um por cento que sobra.

Ainda chovia. Não uma chuva forte, mas uma chuva fria e úmida, e eu absorvendo-a por completo como uma esponja em uma bicicleta. Um bando de gaivotas ciscava nos campos de futebol quando passei por elas pedalando. Eu já tinha visto essa cena muitas vezes durante tempestades, o ajuntamento de gaivotas, mas isso sempre me espantava. Davis, Califórnia, fica bem para o interior.

Quando finalmente cheguei ao auditório da aula, a água havia escorrido pelas pernas da minha calça jeans e se empoçado dentro dos meus sapatos. Química 100, onde todas as turmas numerosas tinham aula, era um auditório grande, em acentuado declive até o tablado onde ficava o professor. Você entrava pela parte mais alta, ao fundo. Normalmente, em um dia chuvoso, a presença seria baixa. Os alunos pareciam pensar que as aulas eram canceladas como jogos de futebol por causa da chuva. Mas esta era a última aula do período letivo, a última aula antes da prova final. Eu estava atrasada, de modo que tive que descer as escadas e sentar-me à frente. Levantei a prancheta do braço da cadeira e me preparei para tomar notas.

A aula intitulava-se Religião e violência. O professor, dr. Sosa, era um homem de meia-idade, com uma calvície e uma barriga crescentes. Era um professor popular entre os alunos, que usava gravatas de *Jornada nas estrelas* e meias de pares diferentes, mas tudo ironicamente.

— Quando eu estava na Academia da Frota Estelar — ele dizia enquanto apresentava dados de algum fato antigo ou começava alguma anedota histórica. As aulas do dr. Sosa eram entusiásticas e de largo alcance. Eu o incluía entre a porção dos meus professores que considerava fácil de ouvir.

Meu pai sugerira certa vez, como uma experiência, que eu deveria balançar a cabeça toda vez que um professor olhasse em minha direção. Eu veria que os professores olhariam cada vez mais em minha direção, inevitavelmente, como os cachorros de Pavlov. Papai devia ter suas intenções. A única forma de sua ausência ter a possibilidade de ser percebida em uma turma de cem ou mais alunos era se o professor tivesse sido cuidadosamente condicionado a procurar por você. O dr. Sosa e eu tínhamos um entendimento silencioso. Meu pai era esperto.

A aula naquele dia começou com uma discussão sobre mulheres violentas. Sem reconhecer abertamente, isso enfatizava o fato de que o resto da aula tinha sido todo sobre homens. Mas essa primeira parte não é do que eu me lembro. Eu acho que o dr. Sosa falou sobre WKKK, de mulheres do Ku Klux Klan, sobre o Temperance Movement — de moderação de bebidas alcoólicas — e sobre todo tipo de organização religiosa e de brigas de mulheres. Creio que fomos da Irlanda ao Paquistão e ao Peru. Mas o dr. Sosa obviamente considerava tudo isso menos como movimentos independentes e mais como adjuntos do que quer que os homens estivessem fazendo. Seu coração simplesmente não estava em mulheres violentas.

Logo ele retornou ao tópico da violência contra as mulheres motivada por religião, um fio condutor padrão de toda a aula. Então, repentinamente, sem nenhum aviso prévio, ele começou a falar de chimpanzés. Chimpanzés, ele disse, compartilhavam nossa propensão para a violência sobre os de fora e os de dentro. Ele descreveu o que os chimpanzés machos que patrulham os limites do espaço do seu grupo costumam fazer e seus grupos de patrulhamento assassinos. Ele nos perguntou retoricamente se diferenças doutrinais simplesmente serviam para encobrir nosso eu primata e violentamente tribal, o que era tão parecido com algo que meu pai teria dito que senti um impulso irracional de contestar só por esse motivo. O dr. Sosa olhou para mim e eu não balancei a cabeça. Ele disse que, entre chimpanzés, o macho de status mais baixo era mais importante do que a fêmea de mais alto status, e ele ficou olhando diretamente para mim durante todo o tempo em que disse isso.

Havia uma mosca na sala. Eu podia ouvi-la. Meus pés estavam congelando e eu podia sentir o cheiro dos meus tênis, essência de borracha e meias. O dr. Sosa desistiu e desviou o olhar.

Ele repetiu algo que havia dito muitas vezes antes – que a maioria das religiões era obcecada em policiar o comportamento sexual feminino, que para muitas era sua inteira razão de ser. Ele descreveu a reunião do rebanho sexual feita pelos chimpanzés machos.

– A única diferença – ele disse – é que nenhum chimpanzé jamais alegou que estava seguindo as ordens de Deus.

O dr. Sosa havia se afastado de sua tribuna. Retornou para ela, consultou suas notas. Ele disse que o estupro, como a violência doméstica, era um comportamento de chimpanzé e compartilhava uma observação recente da equipe de Goodall em Gombe de uma fêmea no cio forçada a ter relações sexuais com vários machos 170 vezes em um único período de três dias.

Tive que largar a minha caneta. Minhas mãos tremiam tanto que minha caneta vibrava no papel, marcando-o com um frenético código Morse de traços e pontos. Eu perdi alguns dos comentários seguintes do dr. Sosa, por causa da maneira como meu sangue corria loucamente pelo meu cérebro e, quando os alunos à minha volta se viraram para olhar, percebi que eu vinha respirando alto demais, ofegando ou assobiando ou algo assim. Fechei a boca e os estudantes voltaram-se para a frente outra vez.

❧

Espero que vocês não tenham presumido que só pelo fato de não ter amigos eu não fazia sexo; a barreira para parceiros sexuais é muito, muito mais baixa. Embora seja surpreendentemente difícil fazer sexo sem ter amigos; eu sempre quis ter alguém que me desse dicas e confiança. Em vez disso, tive que descobrir tudo por conta própria, perguntando-me por que nunca experimentava aquele sexo glamoroso do cinema. O que é uma vida sexual normal? O que é sexo normal? E se apenas o fato de fazer essa pergunta já signifique que você não é normal? Parecia que eu não conseguia acertar nem mesmo as partes instintivas, mamíferas de minha vida.

"Você é muito quieta", disse-me o meu primeiro. Nós nos conhecemos certa noite em uma festa da fraternidade, depois de eu ter descoberto os *Jell-O shots*. Nós nos trancamos no banheiro e o sexo foi bem barulhento do meu ponto de vista, com constantes batidas na porta e pessoas nos xingando quando não conseguiam entrar. Fiquei com as costas contra a pia, a borda pressionando minha espinha dorsal, e depois, aquele ângulo tendo se mostrado difícil demais para iniciantes, nós acabamos no chão, em um imundo tapete de banheiro, mas eu não me queixei. Achei que estava demonstrando ter espírito esportivo.

Mais cedo naquela noite, ele havia dito que eu era tímida, como se fosse um elogio, como se achasse meu silêncio estranhamente irresistível ou misterioso, ou no mínimo engraçadinho. Eu me lembrava dos ruídos que frequentemente ouvia no lado dos meus pais da parede do quarto e eu mesma poderia tê-los reproduzido se tivesse entendido que eram desejáveis. Eu só pensava neles como algo assustador, coisa de pais.

Eu sabia que a primeira vez iria doer. Eu fora preparada para isso pelas colunas de aconselhamento de diversas revistas, de modo que não fiquei assustada com essa parte. E de fato doeu muito. Mas eu também estava preparada para sangue, e não houve nenhum. E depois doeu na segunda vez e na terceira também, embora tenha sido com outro rapaz e um pênis menor. Nenhuma revista havia sugerido que ainda estaria doendo a essa altura.

Finalmente, fui me consultar com uma médica no serviço de saúde dos estudantes. Ela olhou lá dentro e disse que o problema era meu hímen, que era tão pequeno que havia se esgarçado, mas não se rompido. Assim, a ação foi executada em seu consultório com instrumentos especiais de destruição de hímen.

– Isso deve desobstruir o caminho – ela disse animada, juntamente com muitos conselhos de advertência sobre não me deixar pressionar a fazer coisas que me deixassem desconfortável e a importância dos preservativos. Vários folhetos foram enfiados em minhas mãos. Eu sentia uma dor terrível lá embaixo, como se uma cólica tivesse dado um nó e em seguida o apertado. Mas, principalmente, foi humilhante.

O que quero dizer é o seguinte: não sou nenhuma desconhecedora de sexo ruim.

Mas eu sou uma das que têm tido sorte. Nunca em minha vida fui forçada a fazer sexo contra a minha vontade.

❖

Quando voltei a ouvir, o dr. Sosa havia passado de chimpanzés comuns aos seus (e nossos) parentes mais próximos, os bonobos.

– A sociedade bonobo – ele disse – é pacífica e igualitária. Essas louváveis qualidades são alcançadas através do encontro sexual fortuito e contínuo, muitos com o mesmo sexo. A atividade sexual entre os bonobos é apenas uma forma de aliciamento. Mera "cola" social – disse o dr. Sosa. E acrescentou: – *Lisístrata* entendeu errado. A estrada para a paz é através de mais sexo e não menos.

Isso caiu bem entre os estudantes do sexo masculino. Aceitaram surpreendentemente bem o fato de lhes dizerem, por inferência, que eram criaturas broncas, inteiramente controladas por seus pênis. Itifálicos, somos tentados a dizer.

Aceitaram o fato de lhes dizerem, por inferência, que a relutância, em sua maior parte feminina, era a raiz de todo o mal. Essa reação era menos surpreendente.

Uma jovem a algumas fileiras à minha direita ergueu a mão e não esperou para ser chamada. Levantou-se. Seus cabelos louros eram trançados e enfeitados com contas em um penteado bem complicado. A única orelha que eu podia ver era orlada de pequenos brincos de prata.

– Como você sabe o que veio primeiro? – ela perguntou ao dr. Sosa. – Talvez as fêmeas bonobos achem seus machos mais atraentes do que as mulheres acham os homens. Talvez seja sexy ser pacífico e igualitário e não tão preocupado em policiar a sexualidade feminina. Talvez vocês, rapazes, devessem experimentar.

Alguém nos fundos do auditório fez um som muito semelhante ao grito por comida dos chimpanzés.

– Os bonobos são matriarcais – a jovem disse. – Como você sabe que é o sexo e não o matriarcado que torna uma sociedade pacífica? Solidariedade feminina. Fêmeas protegendo outras fêmeas. Os bonobos são assim. Os chimpanzés e os seres humanos não.

– Ok – o dr. Sosa disse. – Argumento justo. Você me deu algo sobre o que pensar. – Ele olhou em minha direção.

O dr. Sosa terminou a última aula do período dizendo-nos que nossa preferência pelos da nossa mesma espécie começa no nascimento. Nós a encontramos em bebês de três meses que preferem rostos da mesma categoria racial que vêm com mais frequência a qualquer outro. Nós a encontramos entre crianças pequenas que, quando divididas em grupos pelos critérios mais arbitrários – cor dos cadarços dos sapatos, por exemplo – veementemente preferem as pessoas dentro do seu próprio grupo às de fora.

– "Faça aos outros o que gostaria que fizessem a você" é nossa mais alta, mais desenvolvida moralidade – disse o dr. Sosa. – E na verdade a única necessária. Todas as outras fluem dela. Você não precisa dos Dez Mandamentos. Mas, se você acredita, como eu, que a moralidade começa com Deus, então tem que se perguntar por que Ele simultaneamente nos programou contra ela.

"'Faça aos outros' é um comportamento anormal e inumano. Pode-se compreender por que tantas igrejas e tantos fiéis dizem isso, mas tão poucos conseguem realizá-lo. Ele vai de encontro a algo fundamental em nossa natureza. E essa, portanto, é a tragédia humana – que a humanidade comum que compartilhamos seja fundamentalmente baseada na negação de uma humanidade compartilhada por todos."

Fim da aula. Bateram palmas, ou por terem gostado da aula ou porque ela havia terminado. O dr. Sosa disse mais algumas palavras sobre o exame final. Não seria uma simples regurgitação de datas e fatos. Ele queria ver a qualidade de nosso pensamento. Ele olhou novamente para mim. Eu poderia ter lhe dado um último e tranquilizador aceno de cabeça, mas ainda estava transtornada. Extremamente transtornada. Profundamente, perturbadoramente transtornada.

Eu jamais sequer havia ouvido falar em bonobos. De repente, todo mundo parecia saber muito mais sobre chimpanzés do que eu. Isso foi uma surpresa para mim e surpreendentemente desagradável. Mas essa era a menor das minhas preocupações.

Parte Quatro

❦

Vou dizer novamente: imitar os seres humanos não era algo que me agradasse. Eu os imitava porque procurava uma saída, por nenhuma outra razão.

— Franz Kafka, "Um relatório para a Academia"

Um

Hoje, em 2012, com toda a internet exposta diante de mim como um tabuleiro do Candyland (ou talvez Chutes and Ladders seja uma metáfora melhor – ou talvez Sorry! – de qualquer modo, um desses jogos que nunca termina porque você nunca ganha), tenho tentado descobrir o que aconteceu a outros famosos chimpanzés criados por seres humanos. É fácil encontrar informações sobre as experiências, mas não tão fácil ficar sabendo o destino das cobaias. Quando há informação, em geral é contestada.

Um dos primeiros chimpanzés, a pequena, doce e inteligente Gua, parece ter morrido em 1933 de uma infecção respiratória pouco tempo depois de a família Kellogg a ter devolvido ao laboratório de pesquisa Yerkes, onde ela havia nascido. Ela viveu no lar dos Kellogg por cerca de nove meses, na companhia de seu filho bebê, Donald, chamando muito mais atenção do que ele, sem nenhum esforço, ao usar um garfo e beber de uma caneca. Gua tinha dois anos quando morreu.

❦

Viki Hayes nasceu em 1947 e morreu em sua casa de meningite viral quando tinha seis anos e meio ou sete, dependendo do site que você escolher. Após sua morte, seus pais se divorciaram; ao menos um amigo disse que Viki tinha sido a única coisa a manter aquele casamento. Ela era filha única.

❦

Maybelle (nascida em 1965) e Salomé (1971) morreram ambas de um grave episódio de diarreia que se deu poucos dias depois de suas famílias terem partido em férias e as deixado para trás. Não foi encontrada nenhuma condição física subjacente para a diarreia em nenhum dos dois casos.

❊

Após seu retorno de um estabelecimento de pesquisa, Alyy (nascido em 1969) também desenvolveu uma grave diarreia. Ele arrancava seus próprios pelos e perdeu o movimento de um braço, mas nada disso o matou. Há rumores, não comprovados, de que ele morreu na década de 1980 em laboratórios médicos, vítima de uma dose experimental, mas fatal, de inseticida.

❊

Aos doze anos de idade, Lucy Temerlin (nascida em 1964) foi enviada de sua casa para viver com os chimpanzés em Gâmbia. Ela havia sido criada em Oklahoma pela família Temerlin. Lucy gostava da revista *Playgirl*, de chá, que ela própria preparava, e de gim puro. Era uma chimpanzé que auferia prazer sexual de um aspirador de pó doméstico. Era uma garota fogosa.

Mas não sabia nada sobre a vida na selva. Ela nascera na Fazenda de Chimpanzés Arca de Noé, fora tomada de sua mãe e levada para uma família humana dois dias depois. Em Gâmbia, Janis Carter, uma aluna de pós-graduação em Psicologia, fez um grande esforço durante muitos anos tentando habituá-la gentilmente. Durante esse tempo, Lucy sofreu de depressão profunda, perdeu peso, arrancava os pelos. Foi vista viva pela última vez na companhia de outros chimpanzés e aparentemente resignada em 1987.

Algumas semanas depois, seus ossos, espalhados, foram encontrados e recolhidos. A suspeita de que fora morta por caçadores ilegais, para cujos braços ela correu ansiosamente, foi amplamente disseminada. Foi também veementemente negada.

❊

Nim Chimpsky (1973-2000), astro de livros e filmes, morreu à tenra idade de vinte e seis. À época de sua morte, ele estava morando no rancho Black Beauty, para cavalos, no Texas, mas tivera muitos lares e muitas famílias adotivas. Ele aprendeu vinte e cinco ou cento e vinte e cinco sinais – os registros diferem –, mas sua capacidade linguística foi uma decepção para o dr. Herb Terrace, o psicólogo que o escolhera para estudo. Quando Nim tinha quatro anos de idade, Terrace anunciou que a experiência havia terminado. Nim, então, foi enviado para viver no Instituto de Estudos de Primatas, em Oklahoma.

Os supostos fracassos de Nim tiveram consequências para muitos dos chimpanzés. Como consequência direta, o dinheiro para essas experiências secou completamente.

Por fim, ele foi vendido para um laboratório médico, onde viveu em uma pequena jaula, até que um dos antigos estudantes de pós-graduação que cuidou dele ameaçou instaurar uma ação judicial e lançou um fundo público que finalmente o resgatou.

❊

Washoe (1965-2007), o mais famoso dos chimpanzés adotados por famílias humanas, também passou algum tempo no Instituto de Estudos de Primatas, em Oklahoma. O primeiro ser não humano a aprender a Linguagem Americana de Sinais possuía um vocabulário de 350 palavras e morreu de causas naturais em 2007, aos quarenta e dois anos. Roger Fouts, que começara a trabalhar com ela quando era estudante de pós-graduação, por fim dedicou sua vida a sua proteção e bem-estar. Morreu no santuário que ele criou para ela no campus da Central Washington University, em

Ellensburg, cercada de seres humanos e chimpanzés que a conheciam e amavam.

Sobre Washoe, disse Roger Fouts, ela lhe ensinou que na expressão *ser humano* a palavra *ser* é muito mais importante do que a palavra *humano*.

❈

O impulso para escrever um livro parece ocorrer como uma febre entre aqueles de nós que conviveram com macacos. Todos nós temos nossas razões. *The Ape and the Child* [*O macaco e a criança*] é sobre os Kellogg. *Next of Kin* [*O parente mais próximo*] é sobre Washoe. Viki é *The Ape in Our House* [*O macaco em nossa casa*]. *The Chimp who Would be Human* [*O chimpanzé que seria humano*] é Nim.

Lucy: Growing Up Human [*Crescendo como ser humano*], de Maurice Temerlin, termina em 1975, quando Lucy tinha onze anos. Os Temerlin a adotaram acreditando, como muitas das famílias adotivas, como meus pais, que estavam assumindo um compromisso para toda a vida. Mas, ao final de seu livro, Temerlin expressa uma nostalgia por uma vida normal. Ele e sua mulher não compartilharam a mesma cama por muitos anos, porque Lucy não admitia. Não podiam tirar férias, nem convidar amigos para jantar. Não havia nenhum aspecto de suas vidas que Lucy não afetasse.

Lucy tinha um irmão mais velho, humano, cujo nome era Steve. Após 1975, não consigo encontrar nenhuma menção a ele. Na verdade, encontrei um site que diz que Donald Kellogg, a criança criada por um ano e meio com a pequena Gua – um período de tempo do qual ele, naturalmente, não teria nenhuma lembrança, embora esteja bem documentado em artigos acadêmicos, livros e filmes domésticos –, matou-se por volta dos quarenta e três anos. Outro site alega que Donald tinha um modo de andar distintamente símio, mas esse era um site notoriamente da supremacia branca – não há razão para se dar a isso qualquer crédito.

Dois

Algumas horas após a aula do dr. Sosa, encontrei-me com Harlow em um bar de cerveja e hambúrguer, no centro de Davis, chamado The Graduate. As ruas estavam escuras, frias e molhadas, apesar de a chuva já ter parado. Em outra ocasião, eu poderia ter apreciado melhor a magia negra à minha volta, cada poste de iluminação envolto em sua própria bolha de neblina, o farol da minha bicicleta acendendo rapidamente as poças nas ruas escuras conforme eu passava. Mas eu ainda estava oscilando à beira do penhasco escarpado da aula do dr. Sosa. Meu plano para a noite era beber. Em Davis, conduzir uma bicicleta bêbado resulta na multa igual à de dirigir bêbado um carro, mas isso era tão obviamente ridículo que eu me recusava a aceitar.

Quando terminei de trancar o cadeado da minha bicicleta, eu tremia vigorosamente. Lembrei-me da cena do filme *A felicidade não se compra*, em que Clarence Odbody pede um ponche flamejante de rum. Um ponche flamejante de rum teria sido exatamente o que eu gostaria naquele momento. Eu teria me banhado nele.

Abri a pesada porta do The Graduate e deslizei para dentro da penumbra. Eu estivera pensando em contar a Harlow o que acabara de ficar sabendo a respeito do sexo entre chimpanzés. Tudo iria depender do quanto eu ficasse bêbada. Mas eu estava completamente inclinada à solidariedade feminina nessa noite e achei que falar com franqueza com outra mulher sobre o caráter horrível dos chimpanzés-machos iria me fazer sentir melhor. Assim, não fiquei feliz ao ver que Reg estava conosco. Reg não parecia alguém com que se pode discutir o sexo dos chimpanzés de uma maneira eficaz.

Fiquei ainda menos feliz ao ver Madame Defarge. Ela estava sentada no colo de Harlow, virando a cabeça de um lado para o outro e abrindo a mandíbula como uma cobra. Harlow usava um jeans surrado, remendado com retalhos bordados na forma de montanhas, arco-íris e folhas de maconha, de modo que seu colo era um lugar interessante.

— Eu estou tomando cuidado com ela — Harlow me disse, aparentemente irritada por alguma coisa que eu ainda nem tivera tempo de dizer. Ela estava fazendo suposições sobre a minha falta de humor. Eram boas suposições. Nosso relacionamento começara de forma muito promissora, com nós duas quebrando coisas no melhor estilo menina-macaco e partindo juntas para a prisão. Mas eu podia ver que ela estava me reavaliando agora. Eu não era tão divertida quanto ela pensara. Eu estava começando a decepcionar.

Ela graciosamente deixou tudo isso de lado por enquanto. Harlow acabara de saber que o departamento de teatro iria encenar uma versão de Macbeth com os gêneros trocados, na primavera. Claro, ela não disse Macbeth, ela disse "*a peça escocesa*", naquele jeito irritante que fazem os alunos de teatro. Os papéis masculinos seriam todos representados por mulheres, os femininos por homens. Harlow fora escolhida para ajudar com os cenários e figurinos, e eu raramente a vira tão empolgada. Todos estavam presumindo, ela disse, que eles vestiriam os atores com roupas do sexo oposto, mas ela esperava convencer o diretor a não fazer isso.

Reg inclinou-se para dizer que não havia nada que agradasse mais a uma plateia do que um homem de vestido. Harlow abanou a mão, descartando-o como o pequeno contratempo que ele era.

— Não seria muito mais desafiador — ela disse —, mais impressionante, se os figurinos não mudassem? Isso iria sugerir um lugar em que o paradigma dominante seria feminino; tudo que era codificado em nosso mundo como feminino representaria poder e política. Feminino seria a norma.

Harlow disse que já estava fazendo esboços do castelo em Inverness, tentando imaginar um espaço fantástico, feminino. Isso poderia passar a uma conversa sobre estupro de chimpanzés, mas não sem azedar os ânimos. Harlow estava incandescente de planos e esperanças.

Os homens estavam comprando drinques para Madame Defarge.

Reg ofereceu-me um deles, uma cerveja escura com um forte cheiro de lúpulo. O caneco gelado de vidro estava mais quente do que minhas mãos e meus polegares já haviam perdido toda a sensibilidade. Reg ergueu sua própria cerveja em um brinde.

— Aos superpoderes — ele disse, para que eu não tivesse a impressão de que estávamos deixando o passado de lado. Que a balbúrdia desenfreada começasse.

Logo eu estava suando. The Graduate estava lotado. Havia um DJ e alguns poucos desavisados dançando. O salão cheirava a cerveja e corpos. Madame Defarge saltava sobre as mesas e nas costas das cadeiras. "Basket Case", do Green Day, ribombava dos alto-falantes.

Harlow e Reg trocaram algumas palavras, gritando acima da música. Eu ouvi a maioria. A essência era que Reg achava que ela estava flertando com todos os rapazes do bar e Harlow achava que era Madame Defarge quem estava flertando. A própria Harlow estava apenas empenhada em arte performática e todos os rapazes no bar sabiam disso.

— Ah, sim! — Reg exclamou. — Um bando realmente sofisticado. Verdadeiros amantes das artes. — Reg disse que os homens associavam arte performática com mulheres que pintavam o rosto com sangue menstrual e não gostavam disso. Já de vadias eles gostavam.

Harlow achava que havia uma importante distinção a ser feita entre uma vadia e uma mulher dando vida a uma boneca de marionete vadia. Reg achava que não havia nenhuma diferença ou que talvez as mulheres achassem que havia uma diferença, mas que os homens não estavam nem aí.

– Está me chamando de piranha? – Madame Defarge retrucou. – Como se você pudesse falar!

A música diminuiu sem silenciar. Harlow e Reg ficaram mexendo em seus drinques. Um sujeito branco com um boné de beisebol virado para trás – "maldito frango leitoso", Reg me disse, alto o suficiente para o sujeito ouvir, o que significa muito alto – aproximou-se e pediu uma dança. Harlow entregou-lhe Madame Defarge.

– Viu? – ela disse a Reg. – Ela está dançando com ele e eu estou dançando com você. – Ela estendeu a mão e Reg tomou-a, puxou-a para si. Eles se afastaram do balcão, abraçadinhos, as mãos de Harlow nos ombros dele, as dele nos esfarrapados bolsos traseiros de seu jeans. O sujeito de boné virado para trás fitava Madame Defarge confuso e espantado, até que eu a tomei dele.

– Ela não é para dançar com você – eu disse. – É muito valiosa.

O DJ acionou as luzes estroboscópicas. The Graduate transformou-se numa espécie de salão de baile do inferno. Reg retornou e conversou longamente comigo, as luzes lançando um show de slides em seu rosto. Balancei a cabeça, até que me senti tonta, então focalizei o olhar na ponte de seu nariz afilado para me reorientar. Ele não estava gritando, de modo que não ouvi nada.

Balancei a cabeça mais algumas vezes e durante todo o tempo em que fazia esse gesto de concordância eu lhe dizia que sua posição a respeito dos superpoderes era besteira e não tinha nenhum fundamento no mundo real.

– Tolice. Bobagem. Asneira. Blá-blá-blá.

Meu olhar havia resvalado para o seu peito. Uma berrante placa de trânsito amarela estava impressa em sua camiseta, com a silhueta de uma família atravessando-a. O pai ia à frente, puxando a mulher pela mão atrás dele. A mulher puxava a filha e a menina tinha uma boneca, também segura pela mão. Eu sou de Indiana e Davis não é San Diego. Eu não sabia que aquele não era um verdadeiro sinal de trânsito, um encorajamento para não atropelar imigrantes com seu carro. Tanto a criança quanto a boneca estavam no ar – tal era a velocidade a que a família corria. Eu podia ver suas pernas se movimentando, as tranças da menina sacudindo-se atrás dela. Talvez devesse dizer aqui que eu havia ingerido algumas pílulas que Harlow me dera. Ainda bem que eu nunca havia enfrentado pressão de grupo antes. Como se viu, eu era péssima nisso.

– Besteira – eu disse. – Conversa fiada. Lorotas.

Reg disse que não conseguia me ouvir, de modo que fomos para fora, onde eu lhe falei do teste do espelho. Não me recordo como isso veio à minha mente, mas eu lhe dei uma aula completa. Eu lhe disse que algumas espécies, como chimpanzés, elefantes e golfinhos, se reconhecem no espelho e que outras, como cachorros e pombos, gorilas e bebês humanos não se reconhecem. O próprio Darwin começara a pensar sobre isso um dia quando colocou um espelho no chão no Jardim Zoológico e observou dois jovens orangotangos olharem para si mesmos ali. Cem anos depois, um psicólogo chamado Gordon Gallup refinou o teste. Ele observou alguns chimpanzés usando o espelho para olhar dentro da própria boca, ver aquelas partes do corpo que somente o espelho lhes poderia mostrar. Eu disse a Reg que vínhamos usando o teste do espelho para determinar autopercepção desde o *maldito Darwin* e eu não conseguia acreditar que um sujeito como ele, um sujeito com nível universitário que achava que sabia tudo, não estivesse familiarizado com algo tão fundamental.

Em seguida, acrescentei que um *psycomanteum* era uma sala espelhada em que as pessoas tentavam se comunicar com espíritos, por nenhuma razão em particular, exceto o fato de que eu sabia.

Perguntei-me de repente qual seria o impacto que gêmeos idênticos teriam no teste do espelho, mas não disse nada, já que eu não sabia a resposta e ele poderia fingir que sabia.

Provavelmente, eu estava tentando restabelecer meu destroçado senso de autoridade nessas questões após as revelações da aula de Sosa. Definitivamente, eu estava sendo uma imbecil. Lembro-me de Reg dizer que eu sem dúvida falava um bocado e lembro-me de tapar a boca com a mão, como se eu tivesse sido pega em flagrante. Então, Reg disse que devíamos voltar para dentro, porque eu estava tremendo de novo. E como ele agora achava que sabia tudo, precisava saber sobre o teste do espelho.

Três

O RESTO DA NOITE PERMANECE EM MEU CÉREBRO COMO aquela montagem desconexa que os filmes nos ensinaram a fazer. A volta da menina-macaco, uma Iditarod louca, imprevisível, pela cidade.

❖

Aqui estou eu, tentando conseguir uma tigela de arroz no Jack in the Box. Reg fora embora mais cedo, em um acesso de mau humor. Harlow está em minha bicicleta, equilibrando-me no guidom. Fizemos um extenso pedido pelo interfone, mudando de ideia muitas vezes e tentando nos certificar de que a mulher do outro lado da linha havia entendido o pedido direito, e depois ela se recusou a nos servir porque não estávamos de carro. Disse que tínhamos que comer lá dentro. Segue-se uma discussão, que termina com a mulher indo buscar outra mulher, alguém de mais autoridade, que nos diz para ir para o inferno. As palavras *vão para o inferno* explodem na estática da enorme cabeça redonda de Jack. Harlow arranca o interfone armada apenas com sua chave de casa.

❖

Aqui estou eu no G Street Pub, ouvindo a tagarelice de um cara negro com uma jaqueta de time de colégio, o que provavelmente significava que ele estava no ensino médio, mas nós nos beijamos intensamente e por um bom tempo, de modo que eu espero que isso não seja verdade.

❖

Aqui estou eu encolhida e sozinha em um banco úmido da estação de trem, o rosto nos joelhos. Estou soluçando sem parar, porque eu me deixei levar e imaginar algo que nunca me deixei imaginar antes. Deixei-me imaginar o dia em que Fern foi levada embora. Eu nunca saberei ao certo o que aconteu. Eu não estava lá; Lowell não estava lá. Aposto que mamãe não estava lá e talvez nem mesmo papai.

Fern deve ter sido drogada. Fern deve ter acordado em um lugar estranho exatamente como eu na primeira tarde em meu novo quarto. Só que quando eu chorei, nosso pai foi me acudir. Quem fora acudir Fern? Talvez Matt. Eu me permito esse pequeno consolo, imaginar Matt ao lado dela assim que ela acordou.

Eu a imagino como a vi pela última vez, na exuberância dos seus cinco anos. Mas agora ela não está mais na casa da árvore de *A cidadela dos Robinson*. Em vez disso, está em uma jaula com chimpanzés mais velhos e maiores, nenhum dos quais ela conhece. *Cocô rastejante*, ela diz, mas depois tem que aprender qual é o seu lugar, não só que ela é um chimpanzé. Mas também uma fêmea de status inferior a qualquer macho. Eu sei que Fern jamais teria aceitado isso sem lutar.

O que fizeram a ela naquela jaula? O que quer que tenha sido, aconteceu porque nenhuma mulher impediu. As mulheres que deviam ter defendido Fern – minha mãe, as alunas de pós-graduação, eu – nenhuma de nós a ajudou. Em vez disso, nós a banimos para um lugar completamente desprovido de solidariedade feminina.

❖

Ainda estou chorando, mas parece que me mudei para um compartimento em algum lugar que não sei identificar – não um bar, porque posso ouvir tudo que todos dizem. Estou com Harlow e dois sujeitos mais ou menos da nossa idade. O mais bonito está sentado ao lado dela, o braço estendido sobre o encosto do banco, por trás dos ombros dela. Ele tem cabelos um pouco longos e sacode a cabeça frequentemente para afastá-los dos olhos. O outro cara é obviamente destinado a mim. É bastante baixo. Não me importo com isso. Eu mesma sou bastante baixa. Eu prefiro homens betas a alfas. O problema é que ele não para de me dizer para sorrir.

— Nada é tão ruim assim — ele diz.

Se eu tivesse cinco anos de idade, já teria lhe dado uma mordida a essa altura.

Também estou ofendida porque é tão óbvio que eu sou o prêmio de consolação. Ninguém nem sequer está fazendo um esforço para fingir que não é assim. É como se estivéssemos em um musical e Harlow e seu acompanhante formassem o par romântico e ganhassem todas as melhores canções e as melhores falas. Tudo que diga respeito a eles é importante. Meu acompanhante e eu somos o alívio cômico.

— Eu nem sequer sei seu nome — eu disse a ele como explicação por não lhe dever um sorriso. Embora, para ser justa, nós provavelmente tenhamos sido apresentados em algum momento quando eu não estava ouvindo.

Talvez eu não tenha dito isso em voz alta, porque ninguém respondeu. Ele está piscando rápido, como se tivesse um cisco nos olhos. Eu mesma estou usando lentes de contato e esse fato somado a todo o choro me faz sentir como se tivesse esfregado o deserto de Mojave nos meus globos oculares. De repente, isso é tudo em que consigo pensar — meus globos oculares ardendo, doendo, aguilhoando.

Harlow se inclina sobre a mesa, segura meu pulso, sacode-o.

— Escuta — ela diz com firmeza. — Está me ouvindo? Prestando atenção? Seja o que for que a está perturbando, não passa de pura imaginação. Não é real.

Posso ver como o sujeito ao lado de Harlow está farto de mim.

— Pelo amor de Deus. Controle-se — ele diz.

Eu me recuso a ser de status inferior àquele insuportável imbecil. Recuso-me a sorrir. Preferia morrer.

❊

Ainda estamos no mesmo compartimento, mas agora Reg está ali. Ele está sentado ao lado de Harlow, o sujeito de cabelos compridos está ao meu lado e o sujeito baixo pegou uma cadeira e está sentado à ponta livre da mesa. Não consigo me lembrar de como tudo isso aconteceu e estou com mais raiva do que nunca com a nova versão. Eu gosto mais do sujeito baixo do que do sujeito de cabelos compridos, mas quem se deu ao trabalho de perguntar?

Todos os homens parecem tensos. A qualquer momento, estarão acionando seus sabres de luz. Reg não para de brincar com o saleiro, fazendo-o girar e dizendo que a pessoa onde ele parar é um babaca, e o cara com cabelos compridos diz que *ele* não precisa de um saleiro — *ele* sabe quem é babaca só de olhar.

— Fica frio, cara — o baixo diz a Reg. — Você não pode ficar com as duas. — E Reg eleva a temperatura fazendo o sinal de *Loser* com a mão contra a testa. Não apenas o *L* simples com os dois dedos, mas também com o dedo médio, apontando diretamente para o sujeito, o qual retém o significado clássico, mas também transforma o sinal de perdedor simples em "Perdedor seja qual for o jeito que você olhe". O sujeito de cabelos compridos prende a respiração audivelmente. Estamos muito perto de chegar às vias de fato.

Eu me pergunto: se eu fizesse sexo com todos os três, eles se acalmariam? Porque realmente não parece.

Ao que parece, isso eu digo em voz alta. Tento explicar que eu estava aventando uma hipótese. Tento falar sobre a aula de Sosa, mas não vou muito longe, porque *bonobo* é uma palavra muito engraçada e porque todos eles têm uma expressão engraçada no rosto. Eu começo a rir. No começo, todos riem também, mas logo eles param e eu não. Ninguém gostava do meu choro e, agora que estou rindo, posso ver que ainda estou irritando todo mundo.

❦

Agora estou em uma cabine de banheiro, vomitando pizza fatia por fatia. Quando termino, saio para lavar o rosto na pia e me deparo com três homens no mictório. Banheiro errado.

Um dos homens é Reg. Aponto para seu rosto no espelho do banheiro.

— Quem é aquele? — pergunto a ele. E em seguida, prestativamente: — É um teste de inteligência.

Tiro minhas lentes de contato e jogo-as pelo ralo, porque é isso que se faz com descartáveis — você se livra deles. Além do mais, o que há para ver? Meu próprio reflexo no espelho é uma daquelas terríveis fotografias de rosto que se tira na delegacia de polícia, lívida e de olhar fixo. Eu o rejeito inteiramente. Eu não sou assim de jeito nenhum. Deve ser outra pessoa.

Reg me dá uma pastilha Altoid para o hálito, o que talvez seja a coisa mais atenciosa que qualquer homem já fez por mim. De súbito, eu o acho muito atraente.

— Você está um pouco perto demais — ele diz. — Alguém já lhe disse que você meio que sufoca as pessoas? Invade seu espaço pessoal? — E de repente, sem mais nem menos, perco o interesse nele.

Lembro-me de uma coisa.

— Você precisa de muito espaço — eu digo. Então, antes que ele tenha a ideia de que eu me importo com suas necessidades, eu mudo de assunto. — É realmente fácil persuadir as pessoas a serem hostis — eu lhe digo, em parte como uma tática de digressão e em parte simplesmente porque é verdade, e nunca é demais repetir. — Você pode treinar qualquer animal a qualquer comportamento em determinado momento, se for um comportamento natural, para começar. Racismo, sexismo, especismo: todos comportamentos humanos naturais. Eles podem ser desencadeados a qualquer momento por qualquer grosseirão inescrupuloso com uma tribuna. Uma criança pode fazer isso. A postura gregária agressiva é um comportamento humano natural — eu digo com tristeza. Começo a chorar novamente. — *Bullying*.

A empatia também é um comportamento humano natural, e natural para os chimpanzés também. Quando vemos alguém magoado, nosso cérebro reage até certo ponto como se nós mesmos tivéssemos sido magoados. Essa reação não é indicada apenas na amídala, onde as lembranças emocionais são estocadas, mas também naquelas regiões do córtex responsáveis por analisar o comportamento de outros. Nós acessamos nossas próprias experiências com sofrimento e as estendemos ao verdadeiro sofredor. Somos gentis dessa forma.

Mas eu não sabia disso na época. Nem, aparentemente, o dr. Sosa.

— É hora de você ir para casa — Reg diz, mas eu não sinto assim. Eu absolutamente não acho que esteja nessa hora.

※

Harlow e eu estamos atravessando o túnel do posto lava-jato Shell. O túnel possui um cheiro muito distinto, sabão e pneus, e estamos tropeçando um pouco, porque estamos pisando em escovas móveis e esteiras transportadoras e outras coisas que não conseguimos ver. Estamos concordando que quando éramos crianças adorávamos ficar sentadas no carro conforme ele passava pelo lava-jato. Era o máximo. Era como estar em uma nave espacial ou em um submarino, o modo como os gigantescos esfregões de pano batiam nas janelas. Passo a mão nos gigantescos esfregões enquanto digo isso. São úmidos e flexíveis como era de esperar.

O modo como a água escorre sem parar, cobrindo as janelas, enquanto você permanece seca e confortável. O que poderia ser melhor? Fern também adorava isso, mas eu expulso esse pensamento de minha cabeça. Ele volta na mesma hora, as mãos inteligentes de Fern abrindo os vários fechos de sua cadeirinha para carro, de modo que ela possa ricochetear de um lado do carro para o outro, sem perder nada.

Harlow diz que às vezes parecia que o carro estava se movendo, mas era a ilusão de ótica das escovas passando por você, e eu digo que tive exatamente a mesma experiência. *Exatamente a mesma.* Expulso Fern do meu pensamento outra vez e estou no auge de concordância com Harlow, inalando sua aprovação. Somos tão parecidas!

— Quando eu me casar — digo — quero que a cerimônia seja em um carro em um lava-jato. — Harlow acha que essa é uma grande ideia, ela também quer o mesmo.

❈

Estou de volta ao G Street Pub. Harlow e eu estamos jogando sinuca e estou tendo dificuldade em manter as bolas na mesa, que dirá jogá-las dentro das caçapas.

— Você é uma vergonha na sinuca — Harlow diz e, então, eu a perco de vista, não consigo vê-la em lugar algum.

Estou olhando para um magricela com cabelos tão oxigenados que parecem brancos. Eu caio em seus braços, sem pensar, eu o chamo pelo seu verdadeiro nome. Pressiono-me contra seu peito com todas as minhas forças, querendo sentir o cheiro do meu irmão, sabão de roupa, folhas de louro e Corn Chex. Ele oxigenou os cabelos e perdeu peso, já não é mais atlético, mas eu o reconheceria em qualquer lugar, a qualquer hora.

Desato a chorar.

— Como você está crescida — ele diz no meu ouvido. — Eu não a reconheci até você subir na mesa.

Fico agarrada à sua camisa; não pretendo jamais deixá-lo partir. Mas, então, o policial Arnie Haddick surge diante de mim.

— Vou levá-la para a delegacia — ele diz, sacudindo sua cabeça grande e redonda de tira. — Você pode curar a bebedeira por lá e talvez possa usar o tempo para pensar sobre as decisões que anda tomando. As suas companhias. — O policial Haddick diz que deve a Vince (meu pai, caso tenham esquecido seu nome) me manter a salvo longe das ruas. Ele diz que uma mulher bêbada é uma mulher que está pedindo para ter problemas.

Ele me conduz para fora, me ajuda galantemente a entrar na traseira do veículo policial, sem algemas desta vez. Harlow já está lá antes de mim. Logo estaremos compartilhando uma cela, muito embora, como o policial Haddick deixará claro na manhã seguinte, Harlow é a companhia com quem eu não deveria andar.

— Temos que parar de nos encontrar deste modo — Harlow diz.

Quero perguntar ao policial Haddick se ele viu um sujeito com cabelos platinados, mas obviamente não posso. Meu irmão desapareceu tão completamente que eu tenho medo de tê-lo imaginado.

Quatro

SEM DÚVIDA EU TERIA ESCAPADO DO MEU SEGUNDO ENCARceramento caindo rapidamente no sono se tivesse podido. Mas as pequenas pílulas brancas de Harlow ainda estavam pinoteando como cavalos não domados nas sinapses do meu cérebro. Pior do que isso, Fern continuava cavalgando-os para a minha consciência. Após todos esses anos mantendo-a fora do meu pensamento, de repente ela estava por toda parte. Eu *não* podia deixar de ver como fora colocada, drogada, em uma jaula, exatamente como Fern fora um dia colocada, drogada, em uma jaula. Eu tinha certeza da minha soltura pela manhã e me perguntei se ela também tivera essa certeza. Era muito pior do que imaginá-la assustada, pensar nela certa de que tudo não passava de um grande erro e que nós estávamos a caminho para resgatá-la, que logo ela estaria em casa, em seu próprio quarto e em sua própria cama.

Assim como Fern, eu não estava sozinha na cela. Além de Harlow, havia uma mulher idosa que adotou um interesse maternal em nos acomodar. Ela usava um roupão felpudo desgastado de um cor-de-rosa desbotado e com uma mancha de sujeira na testa, como se fosse Quarta-feira de Cinzas. Seus cabelos grisalhos saltavam de sua cabeça como um dente-de-leão soprado, só que amassado de um lado. Ela me disse que eu era a imagem escarrada de Charlotte.

– Que Charlotte? – perguntei.

Ela não respondeu, de modo que só me restou tentar adivinhar. Charlotte Brontë? Charlotte de *A teia de Charlotte*? Charlotte,

Carolina do Norte? Eu me vi relembrando como mamãe chorara ao chegar ao fim de *A teia de Charlotte*. Ela parara de ler com um soluço repentino e eu levantara os olhos, surpresa com seus olhos vermelhos, o rosto banhado em lágrimas. Tive uma terrível premonição na época do que isso poderia significar, com Charlotte sentindo-se tão infeliz, mas de uma maneira um pouco irreal, já que nunca antes haviam lido um livro para mim em que alguém morria, de modo que isso não estava na minha faixa de possibilidades. Nisso eu era tão inocente quanto Fern. No colo de minha mãe, Fern, preguiçosamente repetindo seu sinal para aranha. *Cocô rastejante. Merda rastejante.*

Fern gostara em particular de *A teia de Charlotte*, provavelmente porque ela ouvira seu próprio nome tantas vezes quando mamãe o lia. Teria sido dali que mamãe tirara seu nome? Isso nunca me ocorrera antes. E o que ela quis dizer com isso na época, dando à nossa Fern o nome do único ser humano no livro que podia conversar com não humanos?

Percebi que minhas próprias mãos agora estavam fazendo o mesmo sinal de *cocô rastejante*. Eu não conseguia impedi-las. Eu as ergui e fiquei olhando a maneira como meus dedos se moviam.

– Vamos conversar pela manhã – a mulher sugeriu, sem perceber que eu *estava* falando. – Quando estaremos mais dispostas. – Ela disse a cada uma de nós para escolher um catre, dos quatro que havia, nenhum deles muito convidativo. Deitei-me, forçando meus olhos a se fecharem, mas eles voltavam a se arregalar imediatamente. Meus dedos tamborilavam. Minhas pernas se remexiam. Meus pensamentos saltavam de *A teia de Charlotte* para as famosas experiências em que aranhas inocentes, insuspeitas, eram drogadas à força com vários agentes. E em seguida para as famosas fotografias tiradas das teias construídas sob a influência das drogas.

Eu mesma estava tecendo uma teia muito louca, um prolongado estado hipnagógico em que lutava para dar sentido às imagens e associações que vinham em minha direção como destroços em uma inundação. Aqui um chimpanzé. Ali um chimpanzé. Chimpanzés por toda parte.

Pensei que, como Reg não parava de insistir, se os superpoderes eram fixos e não relativos, então o Homem-Aranha não é mais bem-dotado do que Charlotte. Na realidade, comparado a Charlotte, Peter Parker é um pulha. Repeti isso algumas vezes mentalmente. Peter Parker é um pulha. Peter Parker é um pulha.

— Agora chega disso — a mulher idosa me disse e fiquei em dúvida se tinha falado em voz alta ou se ela estava lendo a minha mente. Ambas as possibilidades pareciam igualmente possíveis.

— Harlow. Harlow! — sussurrei. Não houve resposta. Achei que Harlow devia estar dormindo e como isso significaria que ela não havia tomado as pílulas que me dera. Talvez não houvesse pílulas suficientes e ela tenha querido ser simpática, deixando que eu ficasse com elas e corajosamente ficando sem nenhuma. Ou talvez ela soubesse que era melhor não tomar as pílulas e era simplesmente mais fácil entregá-las a mim do que jogá-las na privada. Talvez eu simplesmente estivesse mais perto do que o banheiro.

Ou talvez ela estivesse acordada.

— Eu ainda acho que superpoderes são relativos — eu lhe disse, só para garantir. — Charlotte não é uma super-heroína só porque é uma aranha e pode pular de parede em parede em sua teia. Seu superpoder é que ela sabe ler e escrever. O contexto é importante. O contexto é tudo. *Umwelt*.

— Será que você pode calar a boca? — Harlow perguntou, de forma cansada. — Você sabe que está falando a merda da noite toda? E sem fazer o menor sentido?

Respondi a isso com uma estranha mistura de espanto e nostalgia de menina-macaco. E resistência. Eu não andei falando tanto assim. Se Harlow me obrigasse a isso, eu poderia mostrar-lhe o que falar a noite toda realmente significava. Imaginei como, se

Fern estivesse ali, ela teria se balançado sem nenhum esforço parede acima e caído como um raio em cima de Harlow. Desejei tanto que Fern estivesse ali que parei de respirar.

– Chega de conversa! – a idosa disse rispidamente. – Olhos fechados e nada mais de conversa. Estou falando a sério, garota.

Minha mãe sempre me disse que é falta de educação que pessoas que não conseguem dormir acordem pessoas que podem. Meu pai tinha uma perspectiva diferente.

"Você não imagina", ele lhe dissera certa vez durante um confuso café da manhã, quando serviu seu suco de laranja dentro do café e depois ainda por cima colocou sal. "Você não imagina a fúria insana que alguém que não consegue dormir sente em relação ao belo sonhador ao seu lado."

Assim, eu tentei ficar quieta. Comecei a ver um caleidoscópio de teias. Uma grande coreografia de aranhas dançando cancã pelos meus globos oculares abertos, sacudindo uma perna depois da outra em ritmo de valsa. Eu podia aumentar o zoom em seus olhos de favo de mel, suas mandíbulas horripilantes. Diminuir o zoom, vê-las de cima, transformar as pernas ondulantes em padrões fractais.

Ninguém apagou as luzes. A música do coro de aranhas mudou de salão de baile para cabaré. Alguém começou a roncar. Eu tinha a impressão de que esse ronco é que estava me mantendo acordada. Meus pensamentos se tornaram rítmicos de uma forma de tortura chinesa com água. *Umwelt. Umwelt. Umwelt.*

O resto da noite foi uma infindável sequência de sonhos dirigidos por David Lynch. Periodicamente, Fern entrava em cena. Às vezes, Fern tinha cinco anos de idade, virando-se para trás em seus saltos acrobáticos, balançando-se de um pé para o outro, arrastando seus cachecóis ou mordendo meus dedos com delicadeza, apenas como uma advertência. Às vezes, tinha o corpo atarracado, pesado, de um macaco mais velho, e me fitava tão apática que parecia quase sem vida e tinha que ser movida pela cena como uma boneca.

Pela manhã, eu tinha conseguido organizar meus pensamentos em uma bem arrumada, ainda que cansativa, grade. Eixo X: coisas que estavam faltando. Eixo Y: vistas pela última vez.

Um: Onde estava minha bicicleta? Eu não conseguia me lembrar de onde a vira pela última vez. Talvez no Jack in the Box. Lembrei-me do interfone destruído com um sobressalto. Provavelmente, era melhor evitar o Jack in the Box por algum tempo.

Dois: Onde estava Madame Defarge? Eu não a via desde que deixáramos The Graduate. Eu queria perguntar a Harlow, mas estava cansada demais para imaginar como. Era uma pergunta que certamente iria aborrecê-la, mesmo na melhor das situações, e esta sem dúvida não era uma delas.

Três: Onde estavam os diários de mamãe? Ela realmente jamais me perguntaria sobre eles outra vez ou eu teria que confessar em algum momento que os tinha perdido? O que seria muito injusto, já que era raro eu perder coisas e, nas palavras imortais de Han Solo, não era culpa minha.

Quatro: Onde estava meu irmão? Meu alívio de que ele parecera feliz em me ver agora era transpassado de preocupação. O que ele teria entendido da minha proximidade com a polícia local? E se ele simplesmente nunca tivesse estado lá?

O filho da mulher idosa chegou e levou-a de volta para o asilo com muitos pedidos de desculpas pelas coisas que ela aparentemente dissera e pelas coisas que aparentemente quebrara. O ronco foi embora com ela.

Quando a porta da cela por fim se abriu para mim, eu estava tão cansada que tive que apoiar os braços para conseguir me levantar. O policial Haddick e eu tivemos uma conversa na qual eu estava exausta demais para participar, embora isso não pareça tê-la abreviado.

Reg veio buscar Harlow e me deu uma carona para casa também, onde eu tomei um banho, zonza e cambaleante sob a água quente. Fui para a cama, mas ainda assim não conseguia fechar os olhos. Era uma sensação horrível, estar tão completamente exausta e ainda assim continuar com a mente tão ativa.

Levantei-me, fui à cozinha, tirei os queimadores das bocas do fogão e limpei-os exaustivamente. Abri a geladeira e fiquei olhando dentro dela, apesar de não ter nenhuma vontade de comer. Pensei que ao menos Harlow não havia me dado uma droga que era uma porta de entrada para outras. Era mais uma droga de porta fechada. Eu jamais a tomaria outra vez.

Todd levantou-se e queimou umas torradas, de modo que o alarme de fumaça disparou e teve que ser silenciado com um cabo de vassoura.

❦

Ninguém atendia ao telefone na Casa Harlow e Reg. Liguei duas vezes e deixei duas mensagens. Eu sabia que devia me dirigir diretamente para o The Graduate, ver se alguém havia devolvido uma boneca. Eu estava em pânico, achando que a havia perdido, ela sendo tão valiosa e tal. Minha bicicleta era uma coisa, mas Madame Defarge nem sequer me pertencia. Como pude ser tão descuidada? Então, eu acho, a droga finalmente se exauriu, porque quando dei por mim estava acordando em minha cama e era noite outra vez.

O apartamento tinha uma espécie de silêncio de que não há ninguém em casa. Apesar de ter dormido durante horas, eu continuava exausta. Cochilei outra vez, tive um sonho que deslizou de mim como água hipnopômpica conforme eu subia à superfície com uma lembrança. Certa vez, Lowell entrara no meu quarto à noite e me sacudira até eu acordar. Acho que eu tinha seis anos, o que lhe daria doze anos.

Eu sempre suspeitara que Lowell vagava depois que a noite caía. Seu quarto ficava isolado no primeiro andar, de modo que ele podia sair pela porta ou pela janela sem que ninguém ouvisse. Eu não sei aonde ele ia. Nem sei se de fato ele saía à noite. Mas eu sabia que ele sentia falta do terreno que tínhamos com a casa de fazenda. Sentia falta de explorar a mata. Ele encontrara uma ponta de flecha certa vez e algumas rochas marcadas com as espinhas de um pequeno peixe. Isso nunca teria acontecido em nosso atual e apertado quintal.

Nessa ocasião, ele me disse para me vestir em silêncio e eu estava cheia de perguntas, mas consegui manter a boca fechada até chegarmos lá fora. Alguns dias antes, eu havia pisado na grama e senti uma dor aguda subir pela minha perna. Quando levantei o pé, gritando, havia um ferrão no arco do pé, a abelha ainda presa, debatendo-se na ponta de seu fio e zumbindo enquanto morria. Mamãe retirou o ferrão, eu ainda gritando, e carregou-me para dentro, onde ela lavou meu pé e envolveu-o em um curativo de bicarbonato de sódio. Passei a ser a abelha rainha da casa desde então, carregada de cadeira em cadeira, livros trazidos, suco servido. Aparentemente, Lowell ficara farto da minha invalidez. Saímos para a rua e começamos a subir a colina Ballantine. Meu pé não doeu.

Era uma noite de verão, quente e sem brisa. Raios estalavam no horizonte, a lua estava no alto e o céu negro salpicado de estrelas. Por duas vezes, vimos os faróis de um carro vindo em nossa direção e nos agachamos atrás de árvores ou arbustos para não sermos vistos.

— Vamos sair da rua — Lowell disse. Atravessamos um gramado e entramos em um quintal estranho. Dentro da casa, um cachorro pequeno começou a latir. Uma luz se acendeu em uma janela no andar de cima.

Naturalmente, eu falava o tempo inteiro. Aonde estávamos indo? Por que estávamos acordados? Era uma surpresa? Era um segredo? Já se passara muito tempo da minha hora de dormir, certo? Lowell colocou a mão sobre minha boca e eu senti o cheiro de pasta de dentes em seus dedos.

— Faça de conta que somos índios — Lowell disse. Ele sussurrava. — Os índios nunca falam quando estão se movendo pela floresta. Eles andam tão silenciosamente que você não pode nem sequer ouvir seus passos.

Ele retirou a mão.

— Como eles fazem isso? — perguntei. — É mágica? Só índios conseguem fazer isso? Até que ponto você tem que ser índio para fazer isso? Talvez seja preciso usar mocassins.

— Shhhh — Lowell disse.

Atravessamos mais alguns quintais. Não era tão difícil de ver no escuro como eu imaginara. A noite não era tão silenciosa. Ouvi o pio de uma coruja, suave e aveludado como o som que se obtém quando se sopra pela boca de uma garrafa. O som baixo e grave de uma rã. A fricção de pernas de insetos. Os passos de Lowell, notei, não eram mais silenciosos do que os meus.

Chegamos a uma cerca viva com uma falha pela qual nos arrastamos de quatro. Como era grande o suficiente para Lowell, devia ser suficientemente grande para mim. Mesmo assim, eu me arranhei nas folhas farpadas. Não disse nada; achei que Lowell poderia me mandar para casa se eu me queixasse. Assim, em vez disso, salientei como eu não estava me queixando, apesar de ter um arranhão em uma perna, que estava ardendo.

— Eu não quero ir para casa ainda — eu disse a ele, preventivamente.

— Então, pare de falar por um momento — Lowell disse. — Olhe e ouça.

A rã coaxou mais forte, um som retumbante, mas eu me lembrava do córrego no terreno da antiga casa de fazenda de que uma voz sonora frequentemente podia ser rastreada a uma rã pequenina. Levantei-me do outro lado da cerca viva. Estávamos em um quintal redondo e fundo como uma tigela, um jardim secreto como aquele do livro. As rampas eram plantadas de árvores e a grama era mais macia do que a que tínhamos em casa. Ao fundo do declive havia um laguinho perfeito demais para ser natural. Plantas aquáticas erguiam-se das bordas. Ao luar, a água era uma moeda de prata, com manchas negras de nenúfares.

– Há tartarugas no lago – Lowell me disse. – E peixes. – Ele tinha alguns farelos de bolachas no bolso. Ele me deixou atirá-los na água e a superfície ficou marcada como se estivesse chovendo, só que para cima, a chuva caindo de baixo para cima. Eu fiquei observando os anéis pequenos, feitos pela boca dos peixes, expandindo-se.

Na rampa do outro lado do lago havia um caminho, guardado dos dois lados por um par de estátuas – dois dálmatas, só que maiores. Fui acariciá-los, seus dorsos de pedra muito lisos, frios e maravilhosos ao toque. Depois dos cachorros, o caminho torcia-se como uma cobra, terminando em uma varanda de fundos, protegida por tela, de uma casa grande. A cada curva do caminho havia uma moita modelada de alguma forma diferente – um elefante, uma girafa, um coelho. Senti uma grande vontade de que aquela fosse a minha casa. Eu queria abrir a porta de tela, entrar e encontrar a minha família, toda a minha família esperando lá por mim.

Mais tarde, fiquei sabendo de algumas coisas sobre as pessoas a quem aquela casa pertencia. Elas tinham uma fábrica que fazia aparelhos de TV e eram muito ricas. As estátuas dos cachorros haviam sido esculpidas a partir de fotografias de seus verdadeiros cachorros e assinalavam as reais sepulturas dos animais. Eles promoviam uma festa em todo Quatro de Julho com lagostas trazidas de avião do Maine, uma festa à qual o prefeito, o chefe de polícia e o reitor sempre compareciam. Eles não tinham filhos, mas tinham uma atitude benévola em relação a crianças impertinentes que invadiam a propriedade. Às vezes, eles lhes ofereciam uma limonada. Tinham um forte sotaque de Indiana.

    Lowell estava estendido no gramado inclinado, as mãos atrás da cabeça. Fui deitar-me ao seu lado e a grama não era tão espessa e macia quanto me parecera, embora ainda parecesse espessa e macia. Cheirava a verão. Coloquei a cabeça sobre a barriga do meu irmão e fiquei ouvindo seus movimentos mais íntimos.

    Eu me senti feliz naquela ocasião e feliz agora, deitada em minha cama, lembrando-me de tudo isso. De como certa noite eu fora para o mundo mágico das fadas com meu irmão, e a melhor parte era que ele não tinha nenhuma razão particular para me chamar para acompanhá-lo, nada que precisasse que eu fizesse. Ele me levara consigo só porque queria.

    Eu me estendera na grama ao seu lado, a cabeça em sua barriga, e tentei manter os olhos abertos, com medo de que se eu adormecesse ele voltaria para casa sem mim. O mundo mágico das fadas era muito bom e tudo o mais, mas eu não queria ficar sozinha ali. Até mesmo essa parte me deixava feliz de recordar. Meu irmão poderia ter me deixado para trás naquela noite, mas ele não fez isso.

    Mentalmente, terminei a grade que eu começara na cela, a grade do que estava faltando e há quanto tempo. Um, minha bicicleta; dois, Madame Defarge; três: os diários; quatro: meu irmão; cinco: Fern. Onde estava Fern? Provavelmente, meu irmão sabia. Eu deveria querer saber também, mas tinha medo demais da resposta. Se desejos fossem ordens, eu logo veria meu irmão outra vez e nada do que ele tivesse a dizer sobre Fern iria me magoar.

    Mas eu sabia que, tanto no mundo das fadas quanto no mundo real, os desejos são esquivos.

Cinco

Telefonei para Harlow outra vez e novamente a ligação entrou na secretária eletrônica. Mais uma vez perguntei sem ressentimento, sem drama, nada além da dignidade calma até onde era possível perceber, onde Madame Defarge estava. A menina-macaco fizera uma nova aparição não programada e isso a levara à prisão outra vez. Quando ela iria aprender a se comportar com moderação e decoro?

Ainda estava chovendo — grandes pelotas de gelo — e eu não tinha minha bicicleta, de modo que em seguida telefonei para o The Graduate, para saber se um boneco de ventríloquo, Madame Defarge, havia sido deixado no bar há umas duas noites. Não creio que o homem que atendeu ao telefone entendeu a pergunta. Não creio que sequer tenha tentado. Tudo indicava que eu teria que ir lá e ver por mim mesma, quaisquer que fossem as condições do tempo.

Passei as duas horas seguintes perambulando pela cidade em busca de várias coisas que não conseguia encontrar. Estava encharcada, gelada até os ossos, os olhos começando a arder outra vez porque eu havia enfiado novas lentes de contato neles. Uma poça de autopiedade ambulante. Obviamente, alguém levara Madame Defarge. Eu jamais seria capaz de pagar o resgate. Eu jamais conseguiria recuperá-la.

Davis era um infame foco de roubo de bicicletas. As bicicletas eram levadas sem mais nem menos. As pessoas eram capazes de roubar uma só para não chegarem atrasadas à aula. A polícia recolhia as bicicletas abandonadas e as vendia em leilão uma vez ao ano, o dinheiro sendo revertido para o abrigo de mulheres. Eu veria minha bicicleta outra vez, mas alguém ofereceria um lance maior e eu nem iria poder reclamar, já que tudo era por uma boa causa. Eu queria que as mulheres tivessem um abrigo ou não? Eu amava aquela bicicleta.

Encarei a possibilidade muito real de que a presença do policial Haddick conversando comigo com tanta familiaridade deva ter assustado meu irmão. Ele devia saber que eu jamais o entregaria deliberadamente. Mas quantas vezes Lowell me dissera "Você não consegue manter a maldita boca fechada?" Quando eu tinha cinco, seis, oito, dez anos, umas cem mil vezes. Eu *tinha* aprendido a manter a boca fechada, mas Lowell nunca notara.

Retornei ao meu apartamento, de mãos vazias, os olhos lacrimejantes e inteiramente congelada.

– Meus pés jamais ficarão aquecidos outra vez – eu disse a Todd e Kimmy. – Vou perder os dedos. – Eles estavam sentados à mesa da cozinha, em um jogo vigoroso de cartas. A maioria das cartas estava no chão.

Eles pararam o tempo suficiente para estalar a língua em solidariedade e depois desfiaram as suas próprias queixas – uma lista indignada de todos que haviam passado por ali enquanto eu estava fora.

Primeiro, Ezra, com uma desculpa esfarrapada, mas obviamente à procura de Harlow. Em consequência, ele tinha visto o alarme de fumaça escangalhado. Seguiu-se uma verdadeira aula. Todd e eu estávamos colocando em risco não só nossas próprias vidas, mas a vida de cada pessoa do prédio. E quem era responsável pela segurança dessas pessoas? De quem eles dependiam? Não de mim ou de Todd, isso era óbvio. Não, era no próprio Ezra que depositavam sua fé. Talvez nós não nos importássemos se Ezra os decepcionasse, mas isso não iria acontecer. Podiam ter certeza.

Em seguida, um babaca, um otário branco com um boné de beisebol virado para trás, procurando por Harlow, dera a Todd aquele boneco que ele disse que Harlow lhe pedira para devolver.

— Feio de doer — disse Todd, provavelmente referindo-se ao fantoche. E sobre Harlow: — Isso aqui virou o escritório dela agora? Seu endereço de negócios?

"Porque então a própria chega. Vai à cozinha e pega uma cerveja sem sequer pedir, leva a boneca para o seu quarto e fala para dizermos a você que ela está de volta na mala como prometido."

— Sem nenhum dano — disse Kimmy. — Como prometido.

Então, outra batida na porta! Um sujeito magricela, louro oxigenado, com uns trinta anos? Chamado Travers. Procurando por mim, mas como eu não estava, ele e Harlow saíram juntos.

— Caidinho por ela — Todd disse. — Pobre coitado.

O fato de Harlow mal ter tocado em sua cerveja indevidamente obtida parecia incomodar Todd mais do que qualquer outra coisa. Ela nem sequer pedira e agora a preciosa cerveja tinha que ser jogada no ralo da pia como se fosse uma Bud Light ou alguma outra, em vez da última cerveja especial de trigo que Todd tinha, uma Hefeweizen, da microcervejaria Sudwerk. Ele não iria terminá-la, porque quem sabia por onde andara a boca de Harlow?

— Isso aqui se transformou na Grand Central Station para aquela vadia a noite toda — Todd disse. Ele voltou ao seu jogo de cartas, batendo o valete de paus com força sobre a mesa.

— Filho da mãe — Kimmy disse a Todd ou a seu cruel valete, embora, apenas por um minuto, eu tenha pensado que ela estava se dirigindo a mim.

Kimmy era uma dessas pessoas que eu deixava pouco à vontade por motivos que elas próprias não conseguiam entender. Ela nunca me encarava, mas talvez fosse assim com todo mundo, talvez ela tenha sido educada para achar que isso era falta de educação.

Todd dizia que sua avó, a mãe de sua mãe, jamais olharia uma pessoa diretamente nos olhos ou mostraria seus pés a alguém, embora também tenha dito que ela era a pessoa mais rude com empregados e garçonetes que ele já conhecera.

— Estamos nos Estados Unidos — ela o fazia lembrar em voz bem alta, se ele parecesse constrangido. — Todo cliente é o rei.

Kimmy limpou a garganta.

— Disseram para dizer a você que se voltasse dali a uma hora, o que você praticamente fez, deveria ir se juntar a eles no restaurante de crepes. Estão jantando lá.

Assim, eu só precisaria sair pela porta, fazer uma nova caminhada até o centro da cidade na chuva inclemente e fria, e lá Lowell estaria. Senti-me instigada, um pouco nervosa, o estômago um pouco enjoado, uma espécie de xarope de ipecacuanha de felicidade. Lowell estaria lá.

Com Harlow.

Como poderíamos conversar sobre qualquer coisa se Harlow estaria lá?

Mas eu realmente queria falar sobre alguma coisa? Eu sentia todo tipo de ansiedade. Também não me sentia totalmente pronta. Assim, fui para o meu quarto, enxuguei os cabelos e vesti roupas secas, depois abri a mala azul-celeste onde Madame Defarge estava esparramada sobre as roupas dobradas, o traseiro para cima. Eu a retirei da mala. Ela cheirava a cigarro e tinha uma mancha no vestido. Ela obviamente tivera uma noite agitada. Ainda assim, estava bem, nem um fio de cabelo fora do lugar. Ela poderia voltar direto para casa assim que a companhia aérea viesse buscá-la, e sem nenhum dano, como prometido.

De repente, estranhamente, senti uma pontada de dor à ideia de perdê-la. A vida consiste de chegadas e partidas.

— Eu mal a conheci — eu disse. — E agora você vai me deixar.

— Seus olhos inquietantes olhavam fixamente para cima. Ela bateu sua mandíbula de réptil. Eu a fiz passar os braços ao redor do meu pescoço como se ela também estivesse pedindo desculpas. Suas agulhas de tricô cutucavam minha orelha, até que eu tive que mudá-la de posição.

— Por favor, não vá embora — ela disse. Ou talvez *eu* tenha dito isso. Definitivamente, fora uma de nós duas.

❖

O outro lado do solipsismo é chamado teoria da mente. A teoria da mente postula que, embora não possam ser observados de maneira direta, nós prontamente imputamos estados mentais a outras pessoas (e também a nós mesmos, já que a proposta fundamental é que compreendemos nossos próprios estados mentais bem o suficiente para generalizar a partir deles). E assim constantemente inferimos intenções, pensamentos, conhecimento, falta de conhecimento, dúvidas, desejos, crenças, suposições, promessas, preferências, propósitos e muito, muito mais de outra pessoa, a fim de nos comportarmos como criaturas sociais no mundo.

Crianças de menos de quatro anos de idade têm dificuldade em sequenciar um conjunto confuso de imagens. Elas podem descrever qualquer ilustração, mas não conseguem ver as intenções ou propósitos de um personagem. Isso significa que não percebem aquilo que liga e ordena as imagens. Elas não percebem a história.

Crianças pequenas têm um potencial inato para uma teoria da mente, exatamente como Noam Chomsky diz que têm para a língua, mas ainda não a desenvolveram. Adultos e crianças maiores sequenciam imagens com facilidade em uma narrativa coerente. Eu mesma fiz esse teste muitas vezes quando criança e nunca me lembro de não ter sido capaz de fazê-lo, embora, se Piaget diz que houve uma época em que eu não podia, então houve um tempo em que eu não podia.

Em 1978, quando Fern ainda estava em segurança no seio de nossa família, os psicólogos David Premack e Guy Woodruff publicaram um artigo científico intitulado "O chimpanzé tem uma Teoria da Mente?". Nele, os autores se pautaram primordialmente por uma série de experiências feitas com uma chimpanzé de quatorze anos chamada Sarah, a fim de ver se ela seria capaz de inferir objetivos humanos em situações observadas. Eles concluíram que, dentro de certos limites, ela era capaz.

Pesquisas subsequentes (isso seria meu pai) levantaram dúvidas. Talvez os chimpanzés estivessem meramente prevendo comportamento com base em experiências passadas, em vez de inferir desejo e intenção de outra pessoa. Anos de novas experiências têm sido, em sua maioria, sobre o aperfeiçoamento da metodologia para investigar a mente dos chimpanzés.

Em 2008, Josep Call e Michael Tomasello examinaram novamente toda uma série de abordagens a essa questão e seus resultados. Sua conclusão foi a mesma de trinta anos antes, de Premack e Woodruff. O chimpanzé tem uma teoria da mente? Eles responderam com um definitivo sim. Os chimpanzés realmente veem que estados mentais, como propósito e conhecimento, se combinam para produzir ação deliberada. Eles entendem até mesmo o logro.

O que os chimpanzés não parecem capazes de compreender é o estado de falsa crença. Eles não têm uma teoria da mente que explique ações induzidas por crenças em conflito com a realidade.

E realmente, quem é que, não tendo isso, jamais será capaz de navegar pelo mundo humano?

Por volta dos seis ou sete anos, as crianças desenvolvem uma teoria da mente que inclui estados mentais embutidos. Elas há muito tempo já dominaram o material básico de primeira ordem – ou seja, mamãe acha que eu fui dormir. Em seguida, elas aprendem a lidar com (e explorar) uma camada adicional – papai não sabe que mamãe acha que eu fui dormir.

Interações sociais adultas exigem muita dessa consciência de estados embutidos. A maioria dos adultos faz isso sem nenhum esforço e inconscientemente. Segundo Premack e Woodruff, o adulto humano típico pode funcionar com quatro níveis de imputação embutida – alguém acredita que uma outra pessoa sabe que um outro alguém acha que uma outra pessoa se sente infeliz – antes de se sentir desconfortável. Premack e Woodruff descrevem essa facilidade de quatro níveis como "pouco significativa". Adultos superdotados podem ir a até sete níveis, mas esse parece ser o limite humano.

❦

Dirigir-me ao Crepe Bistrô para jantar com Harlow e meu irmão era um exercício desafiador em teoria da mente. Teria Lowell dito a Harlow há quanto tempo ele não me via? Até que ponto eu deveria estar empolgada? Apesar de confiar na discrição de Lowell, eu não acreditava que ele tivesse a mesma confiança na minha. Nós dois tínhamos segredos que o outro poderia não saber que eram segredos. Assim, eu tinha que adivinhar o que Lowell já teria dito a Harlow sobre nossa família, e ele tinha que adivinhar o que eu já havia lhe contado, e ambos tínhamos que adivinhar o que o outro não gostaria que fosse dito, e tudo isso tinha que ser comunicado rapidamente e em plena vista de Harlow, mas sem que ela soubesse.

Pergunta de teste: Quantos níveis de imputação você encontra na seguinte frase? Rosemary tem medo de que Lowell possa não adivinhar que Rosemary na verdade não quer que ele conte a Harlow sobre Fern porque Rosemary acredita que assim que Harlow souber a respeito de Fern ela contará a todo mundo e então todo mundo verá Rosemary como a menina-macaco que ela realmente é.

    E tudo que eu queria era ficar sozinha com meu irmão. Eu esperava que Harlow tivesse uma teoria da mente bastante aguçada para ver isso. Se necessário, eu planejava ajudá-la a chegar lá. Eu também esperava que Lowell ajudasse.

Seis

Quando cheguei ao restaurante, eu já tinha andado tanto naquela noite que meus pés doíam e a dor subia até os joelhos. Eu sentia tanto frio que meus ouvidos latejavam. Foi um alívio entrar na pequena sala onde as velas estavam acesas, as janelas enevoadas por vapor e respiração. Lowell e Harlow estavam sentados em um canto, partilhando um reconfortante fondue.

Lowell estava de costas para a porta, de modo que eu vi Harlow primeiro. Seu rosto estava afogueado, os cabelos escuros estavam soltos e ondeados ao redor da garganta. Ela usava um suéter de decote canoa que havia deslizado de um dos ombros, de modo que você podia ver a alça de seu sutiã (cor da pele.) Eu a vi pegar um pedaço de pão e atirá-lo em Lowell, sorrindo com aqueles dentes ofuscantes. No mesmo instante, eu era uma garotinha de quatro anos, deixada para trás no chão enquanto Lowell e Fern escalavam a macieira, rindo.

– Você nunca me escolhe! – eu gritava para Lowell. – Nunca é a minha vez.

Eu não vi Harlow me avistar, mas ela se inclinou para a frente, disse alguma coisa e Lowell se virou. Na noite de sexta-feira, no bar, eu o reconhecera instantaneamente, mas esta noite ele parecia mais velho, mais cansado e diferente. Ele agora era um adulto, sem dúvida nenhuma, e tudo isso acontecera sem que eu estivesse lá para ver. Apesar dos cabelos oxigenados, ele se parecia com nosso pai. Tinha aquela barba espetada que nosso pai tinha à noite.

– Aqui está ela! – ele disse. – Ei, venha cá, menina!

Ele levantou-se para um rápido abraço, tirou a mochila e o casaco da terceira cadeira e colocou-os no chão, para que eu pudesse me sentar. Tudo muito descontraído, como se nos víssemos frequentemente. Recado recebido.

Tentei me livrar da sensação de que havia interrompido alguma coisa, de que *eu* era a intrusa.

— A cozinha estava fechando — Harlow disse —, então Travers pediu seu jantar. — Eles pareciam já ter entornado vários copos da excelente e forte sidra do bistrô. Harlow estava animada. — Mas estávamos prestes a desistir e comê-lo. Você chegou bem a tempo.

Lowell pedira uma salada e um crepe de limão para mim. Era bem próximo do que eu mesma teria pedido. Senti as lágrimas brotarem pelo fato de que, depois de todos esses anos, meu irmão ainda podia pedir o meu jantar. Ele só fizera uma coisa errada, que fora colocar pimentão na salada. Eu sempre tirara o pimentão do molho de espaguete de nossa mãe. Fern é quem gostava de pimentão.

— Ei! — Lowell inclinava-se para trás, balançando sua cadeira nos pés traseiros. Eu receava que, se olhasse para seu rosto, não iria conseguir mais desviar os olhos, então não o fiz. Olhei para seu prato, decorado com queijo derretido. Olhei para seu peito. Estava usando uma camiseta preta, de mangas compridas, com uma paisagem colorida e as palavras Waimea Canyon escritas abaixo. Olhei para suas mãos. Eram as mãos de um homem, rudes, e no dorso da mão direita uma grande e alta cicatriz que ia dos nós dos dedos até o pulso e desaparecia sob o punho. Eu piscava com força; tudo isso entrava e saía de foco.

— Harlow me diz que ela nem sequer sabia que você tinha um irmão. Por que isso?

Respirei fundo, tentei encontrar meu equilíbrio.

— Eu o guardo para ocasiões especiais. Meu melhor, meu único irmão. Você é bom demais para o dia a dia. — Eu queria estar à altura da despreocupação de Lowell, mas não creio que tenha conseguido, porque o que aconteceu em seguida foi que Harlow ressaltou que eu estava tremendo tanto que meus dentes estavam batendo.

– Está gelado lá fora – eu disse, mais irritada do que pretendia. – E tive que andar pela cidade toda, na chuva, à procura de Madame Defarge. – Pude sentir Lowell me olhando. – Longa história – eu lhe disse.

Mas Harlow já começara a falar antes que eu terminasse.

– Bastava ter me perguntado! Eu sabia onde ela estava! – E para Lowell: – Rosemary e eu fomos para a cidade na sexta-feira para uma noite louca de teatro de fantoche.

Nós duas falávamos apenas para Lowell agora.

– Harlow também não me contou sobre sua família – eu disse. – Na verdade, não nos conhecemos há muito tempo.

– Não é uma velha amizade – Harlow concordou. – Mas muito profunda. Como dizem, você nunca conhece uma pessoa até conviver algum tempo com ela atrás das grades.

Lowell sorriu afetuosamente para mim.

– Cumprir pena? A Pequena Senhorita Perfeita aqui?

Harlow segurou os pulsos dele, de modo que ele virou-se instantaneamente de volta para ela.

– Ela tem uma ficha policial – movendo as mãos dele até ficarem a uma distância de cerca de trinta centímetros uma da outra – deste tamanho – Harlow disse. Eles se fitavam nos olhos. Senti meu coração bater três vezes: tique, tique, tique. Então, ela o soltou, lançou-me um rápido sorriso.

Achei que o sorriso era uma pergunta: "Isso está ok para você?" Mas eu não sabia a qual parte ela estava se referindo. Ok contar-lhe sobre nossa prisão ou ok segurar as mãos dele e fitá-lo nos olhos? Tentei devolver um olhar que dissesse não, absolutamente não para as duas hipóteses, mas ou ela não entendeu ou nem estava perguntando, para começar. Ou já não estava olhando em minha direção.

Ela continuou, contando-lhe sobre nossa primeira viagem à cadeia. Xadrez. Xilindró.

Mas ela conseguiu fazer isso sem mencionar Reg, de modo que eu voltei e o inseri na conversa. O bom Reg, não o mau.

— O namorado dela — eu disse — veio logo e pagou sua fiança.

Ela lidou muito habilmente com a situação. De pronto Reg tornou-se não só ruim, mas assustadoramente ruim, e eu, bem, eu me tornei alguém tão generosa que deixaria uma pessoa que mal conhecia se esconder em meu apartamento.

— Ela é incrível, sua irmã — Harlow disse a Lowell. — Eu disse a mim mesma: Harlow, eis uma pessoa que você deveria conhecer melhor. Eis a pessoa que você gostaria de ter para lhe dar cobertura neste mundo.

Seguiu-se a história da mala perdida, depois a descoberta de Madame Defarge e em seguida a noite na cidade. Harlow contou a maior parte de tudo isso, mas acrescentou frequentes convites para que eu me juntasse a ela.

— Conte a respeito do lava-jato — ela disse, então eu fiz isso enquanto Harlow nos imitava tateando pelos tentáculos ensaboados no escuro, planejando nossos casamentos.

Ela até incluiu Tarzan e minhas teorias de relatividade, só que agora parecia que sempre concordara comigo. Quando ela disse o nome de Tarzan, Lowell colocou sua mão com cicatriz na manga do meu casaco e deixou-a ali. Eu estivera prestes a tirar o meu casaco, mas não o fiz. Aquele peso no meu braço parecia a única atenção que eu tinha dele. Eu não queria perdê-la.

Para ser justa — toda história que Harlow contou, cada detalhe em cada história, resultava em crédito para mim. Eu era a pessoa com as boas, mas estranhas, ideias. Eu era a pessoa com quem se podia contar.

Eu sabia me defender e também defendia meus amigos. Eu era muito divertida.

Eu não estava gostando nada do que estava acontecendo ali.

Acredito que Harlow estivesse querendo ser gentil. Acredito que ela achava que eu queria que ela fizesse meu irmão acreditar em um monte de qualidades que na verdade eu não tinha. Ela não podia saber, nem fazer nada a respeito de sua aparência, com a luz de vela pintando seu rosto e cabelos de todas as cores, e lançando aquele brilho reflexo em seus olhos. Ela fazia meu irmão rir.

Feromônios é o idioma primordial da Terra. Podemos não percebê-los tão prontamente quanto as formigas, mas eles se fazem presentes. Eu viera achando que nos livraríamos de Harlow assim que pudéssemos. Então, a sidra forte circulou e as histórias se seguiram, até que, como as gravuras de Escher, engoliram a própria cauda. E um outro pensamento começava a me assaltar.

A noite terminou com nós três de volta ao meu apartamento, Madame Defarge liberada mais uma vez, sensualmente se divertindo pra valer. Ela tocou o rosto de Lowell. Ela lhe disse que ele era *très* descolado e *très* sensual. Ele era um bilhete direto para a terra do u-lá-lá.

Lowell estendeu o braço, roçando a saia de Madame Defarge até alcançar Harlow. Ele segurou sua mão por um minuto, acariciando a palma da mão com o polegar. Ele puxou-a para mais perto.

— Não brinque comigo, madame — Lowell disse, a voz tão suave que eu mal o ouvi.

E o sotaque de Madame Defarge foi direto para Memphis.

— Ainda não, benzinho — ela respondeu com a mesma doçura na voz. — Mas certamente estou planejando fazer isso.

— Por falar em fantoches — Todd me disse, com um aceno desdenhoso de cabeça em direção a Lowell. Ele ainda não havia adivinhado que Lowell era meu irmão. Quando a ficha caiu, ele se sentiu tão mal que me deu sua cama e foi passar a noite no apartamento de Kimmy. Ele até disse que eu podia jogar com seu Nintendo 64 novinho em folha, porque uma oferta dessa o fazia se sentir muito melhor.

Pedi licença e fui ao banheiro retirar as lentes de contato dos meus olhos agredidos. Meu maxilar doía do modo como eu andara forçando um sorriso. Em algum momento entre minha salada e o crepe, eu parara de querer ser amiga de Harlow e começado a desejar que nunca a tivesse conhecido. Eu me senti mal a respeito – meu ciúme, minha raiva –, ainda mais com ela dizendo todas aquelas coisas amáveis a meu respeito. Embora eu tivesse certeza de que ela não gostava tanto de mim quanto estava alegando.

De qualquer forma, ela não sabia quanto tempo Lowell e eu tínhamos ficado separados.

Mas ele sabia. Eu estava ainda com mais raiva dele. Ele me abandonara com nossos pais e sua casa triste e silenciosa quando eu tinha apenas onze anos. E agora, reunidos pela primeira vez em uma década, ele mal olhara para mim. E não tinha mais força de vontade do que um bonobo.

O quarto de Todd cheirava a pizza, provavelmente porque havia duas fatias velhas em uma caixa sobre a sua escrivaninha, as pontas curvando-se para cima como as linguetas de sapatos velhos. Ainda em cima da escrivaninha – uma luminária do tipo *lava lamp*, muito retrô, que parecia ondular, respingar e lançar uma luz ligeiramente avermelhada. Uma infindável coleção de revistas de quadrinhos, caso eu não conseguisse dormir, mas não havia com que se preocupar nessa parte. Duas vezes Reg me telefonou e me acordou, e duas vezes eu tive que lhe dizer que não fazia a menor ideia de onde Harlow estava. Acho que Harlow deve ter ouvido o telefone e entendido que se tratava de Reg, entendido que ela estava me fazendo mentir para ele, o que me dava a permissão que me faltava para ficar furiosa com ela.

Eu sabia que Reg sabia que eu estava mentindo, e que ele sabia que eu sabia que ele sabia. Talvez a ciência diga que os melhores de nós conseguem apenas sete níveis de teoria da mente embutida, mas eu digo que eu poderia continuar assim indefinidamente.

❦

Então, exatamente como nos velhos tempos, Lowell veio e me resgatou no meio da noite. Ele estava com seu casaco e sua mochila. Ele me sacudiu até eu acordar, sem dizer nenhuma palavra, gesticulando para que eu o seguisse, e esperou na sala enquanto eu me aprontava, vestindo as mesmas roupas frias e úmidas, já que qualquer coisa seca estava no meu próprio quarto com Harlow. Eu o segui pela porta. No corredor às escuras, ele passou os braços ao meu redor e eu cheirei a lã molhada das lapelas do seu casaco.

— Que tal um pedaço de torta? — ele disse.

❦

Pensei em afastá-lo, dando uma resposta bem desagradável, mas eu tinha medo demais de que ele já estivesse indo embora. Resolvi ser apenas lacônica.

— Claro.

Ele obviamente conhecia bem Davis; sabia, nas primeiras horas da manhã, onde encontrar torta. As ruas estavam desertas e a chuva havia finalmente parado. Caminhamos de um poste de luz a outro, em direção a uma neblina espectral que se movia continuamente diante de nós, mas onde não conseguíamos entrar. Nossos passos ecoavam das calçadas silenciosas.

— Como estão papai e mamãe? — Lowell perguntou.

— Eles se mudaram. Para um lugar pequeno em North Walnut. É tão estranha a maneira como eles a mobiliaram... como uma casa modelo ou algo assim. Nenhuma das nossas coisas antigas está lá.

    Eu já estava começando a amolecer, contra a minha vontade e apenas por ora. Era bom compartilhar minhas preocupações e irritações sobre nossos pais com alguém igualmente responsável por torná-los infelizes. Mais ainda, para ser honesta. Era isso que eu desejava sempre que imaginava ver Lowell outra vez, este exato momento quando eu poderia deixar de ser filha única.

    — Como papai está com a bebida?

    — Não muito ruim. Embora eu não esteja lá, o que sei eu? Mamãe está trabalhando na clínica de planejamento familiar agora. Acho que ela gosta. Está jogando tênis. Jogando bridge.

    — Claro — disse Lowell.

    — Não há nenhum piano na nova casa. — Dei um minuto a Lowell para lidar com essa notícia perturbadora. Eu não disse "Ela parou de tocar piano quando você foi embora". Um carro passou, levantando um esguicho de água. Uma gralha, acocorando-se sobre a lâmpada do poste como se fosse um ovo, nos repreendeu lá de cima. Talvez em japonês. *"Ba! Ka! Ba! Ka!"* Definitivamente, ela estava nos xingando. A única questão era em qual língua. Em vez disso, foi o que eu disse a Lowell.

    — As gralhas são muito espertas, se dizem que somos idiotas, somos idiotas — ele respondeu.

    — Ou pode ser apenas você. — Usei aquele tom neutro que você adota quando quer alegar mais tarde que estava apenas brincando. Eu podia ter abrandado, mas não havia perdoado.

"Ba! Ka! Ba! Ka!"

    Eu jamais poderia, nem em um milhão de anos, distinguir uma gralha de outra, mas Lowell disse-me que as gralhas são boas em reconhecer e se lembrar das pessoas. Elas possuem um cérebro extraordinariamente grande para seus corpos, uma proporção similar à dos chimpanzés.

Senti meu pulso falhar à palavra *chimpanzés*, mas Lowell não disse mais nada. Passamos por uma casa na B Street onde as árvores tinham sido enchidas de balões. Havia uma faixa acima da porta da frente, ainda iluminada pela luz da varanda. FELIZ ANIVERSÁRIO, MARGARET! Fern e eu costumávamos ganhar balões em nosso aniversário, embora Fern tivesse que ser vigiada o tempo todo para não morder um deles, engolir a borracha e sufocar.

Passamos pelo Central Park. Mesmo no escuro, eu podia ver como todo o gramado fora inundado na lama do inverno. O solo estava escorregadio e negro. Certa vez, eu fiz sapatos de lama para mim e Fern com pratos de papelão e cadarços. Fern recusou-se a usar os dela, mas eu amarrei os meus nos pés, achando que iria caminhar sobre a lama com eles como sapatos de neve sobre a neve. Você aprende tanto com o fracasso quanto com o sucesso, papai sempre diz.

Embora ninguém o admire por isso.

— Eu tentei ler o último artigo do papai — Lowell disse finalmente. — "A curva de aprendizagem na teoria da aprendizagem estocástica." Eu mal consegui seguir de um parágrafo ao outro. Era como se eu nunca tivesse visto aquelas palavras antes. Talvez se eu tivesse ido para a universidade.

— Não teria ajudado. — Contei-lhe resumidamente sobre o Dia de Ação de Graças e de como papai havia aborrecido vovó Donna com suas cadeias de Markov. Mencionei o SAT de Peter e as teorias da conspiração do tio Bob, e quase lhe contei que mamãe havia me dado seus diários, mas e se ele quisesse vê-los? Eu não queria admitir, nem mesmo para ele, que estavam perdidos.

Entramos na Bakers Square, com suas cortinas de algodão, jogos americanos laminados e música ambiente. Não era um cenário ruim para nós, bem *old-school*, como se tivéssemos voltado uma década ou mais para as nossas infâncias, embora talvez um pouco iluminado demais. A música ambiente era ainda mais antiga — Beach Boys e Supremes. "Be True to Your School". "Ain't No Mountain High Enough". Música dos nossos pais.

Éramos os únicos clientes. Um garçom que parecia um jovem Albert Einstein veio imediatamente e anotou nosso pedido de duas fatias de torta cremosa de banana. Ele as serviu com algumas animadas observações sobre o tempo, apontando para a janela onde se via que a chuva recomeçara.

— A seca acabou! A seca acabou!

Dito isso, ele se afastou.

O rosto do meu irmão do outro lado da mesa era cada vez mais parecido com nosso pai. Ambos eram magros, com aquele olhar faminto que Shakespeare achava tão perigoso. Faces encovadas, queixos escurecidos pela barba por fazer. Quando estavam no Crepe Bistrô, Lowell já precisava se barbear. Agora, parecia um homem-lobo, a barba preta fazendo um estranho, mas surpreendente contraste com os cabelos oxigenados. Achei que ele parecia exausto, mas não da forma como as pessoas parecem exaustas quando passaram a noite acordadas fazendo sexo. Como as pessoas parecem quando estão exaustas.

E ele já não parecia, como sempre parecera, tão mais velho do que eu. Ele notou que eu o observava.

— Veja só você. Universitária, longe de casa. Você gosta? A vida é boa aqui?

— Não posso me queixar — eu disse.

— Vamos. — Lowell enfiou um pedaço de torta na boca, sorriu para mim ainda assim. — Não seja tão modesta. Aposto como pode se queixar durante dias.

Sete

Lowell e eu permanecemos na Bakers Square o resto da madrugada. A chuva recomeçava, parava, começava outra vez. Eu comi ovos, Lowell panquecas, nós dois tomamos café. A turma da manhã entrou. Nosso garçom foi para casa e três outros chegaram. Lowell me disse que se tornara vegetariano e conseguia manter a dieta exceto quando estava na estrada, o que era a maior parte do tempo.

Na escola de veterinária, Davis tinha uma famosa vaca fistulada, uma vaca com um buraco deliberadamente criado para seu estômago, através do qual os processos digestivos podiam ser observados. Ela era um destino popular para excursões de escolas, uma valiosa peça de exibição no Dia do Piquenique. Você podia enfiar a mão diretamente dentro daquela vaca, sentir seus intestinos. Centenas de pessoas o fizeram. E essa vaca, Lowell disse, vivia a vida de Riley em comparação à típica vaca leiteira.

Era sua firme convicção de que Davis na verdade tinha várias vacas fistuladas. Todas se chamavam Maggie, cada uma delas, para enganar as pessoas, fazê-las pensar que só existia uma vaca e não começar a fazer perguntas sobre excesso de fistulações, Lowell disse.

Lowell disse que ele sempre achara que iria para a universidade e realmente lamentava não ter ido. Mas ele conseguiu ler muito. Ele me recomendou o livro de Donald Griffin *Animal Minds*. Talvez eu conseguisse fazer papai lê-lo também.

Apesar de não compreender o último artigo de papai, Lowell tinha muitas críticas sobre o seu trabalho. Parecia a Lowell que estudos psicológicos em animais não humanos eram em sua maior parte inconvenientes, torcidos, complicados e inteiramente peculiares. Eles nos ensinavam pouco a respeito dos animais, mas muito a respeito dos pesquisadores que os projetavam e desenvolviam. Veja, por exemplo, Harry Harlow, que havíamos conhecido quando crianças e que, segundo Lowell, dera a todos nós drops de limão.

Eu me lembrava do dr. Harlow. Ele fora jantar na casa de fazenda e sentou-se entre mim e Fern. Mais tarde naquela noite, ele lera para nós um capítulo de O ursinho Pooh, fazendo a voz de Roo tão alta e resfolegante que nos fazia rir toda vez que Roo falava. Eu não me lembrava dos drops de limão, embora possa apostar que essa era a parte de que Fern se lembraria. Tive um pensamento fugaz de que, se papai tinha realmente admirado Harry Harlow, eu poderia ter recebido seu nome. Eu podia ser Harlow agora mesmo, assim como Harlow. Seria uma verdadeira loucura.

Mas ninguém daria a um bebê o nome de Harry Harlow. Ele tirara macacos rhesus bebês de suas mães e os dera a mães inanimadas, mães feitas de tecido felpudo ou de arame, para ver qual, na ausência de outras escolhas, os bebês prefeririam. Ele alegava, deliberadamente provocativo, estar estudando o amor.

Os macacos bebês agarraram-se pateticamente às falsas e indiferentes mães, até todos se tornarem psicóticos e morrerem.

– Não sei o que ele pensava que havia aprendido com a experiência – Lowell disse. – Mas em suas vidas curtas e tristes, eles certamente aprenderam muito a respeito dele.

"Precisamos de uma espécie de teste do espelho ao contrário. Alguma forma de identificar as espécies suficientemente inteligentes para verem a si mesmas quando olham para outra pessoa. Bônus extras para o mais longe que você puder ir na cadeia. Bônus em dobro para aqueles que conseguem chegar aos insetos."

Nossa nova garçonete, uma jovem latina com tranças curtas e grossas, pairou à nossa volta por algum tempo, fazendo incursões repentinas para arrumar mais uma vez os xaropes, levar as xícaras de café, colocar a conta em uma posição mais proeminente sobre a mesa. Por fim, ela desistiu e se afastou em busca de fregueses mais sugestionáveis.

Lowell parava de falar enquanto ela estava ali. Quando saía, ele continuava do mesmo ponto onde estava sem perder uma vírgula.

— Veja como eu estou falante hoje! — ele dissera em algum momento durante a noite. — Esta noite, eu estou mais parecido com você do que você mesma. Não costumo falar tanto assim. Levo uma vida sossegada. — Ele sorrira para mim. Seu rosto havia mudado, mas seu sorriso era o mesmo.

"Aí está o problema com a abordagem de papai. — Lowell tamborilou o dedo no jogo americano do Bakers Square, como se o problema estivesse em algum lugar perto do Scrambler Supreme. — Bem nas pressuposições básicas. Papai sempre dizia que todos nós éramos animais, mas, quando ele lidou com Fern, ele não começou desse ponto de congruência. Seus métodos colocavam todo o fardo da prova sobre ela. Era sempre culpa dela não ser capaz de conversar conosco, nunca nossa por não sermos capazes de compreendê-la. Teria sido mais cientificamente rigoroso começar com uma suposição de similaridade. Teria sido muito mais darwiniano.

"E muito menos arrogante — Lowell disse."

Ele me perguntou:

— Lembra-se daquele jogo que Fern costumava brincar com as fichas de pôquer azuis e vermelhas? Igual/Diferente?

Claro que eu me lembrava.

— Ela sempre dava a ficha vermelha para você. Para mais ninguém. Só para você. Lembra-se disso?

Eu me lembrei disso quando ele falou. Despontou em minha cabeça como uma lembrança absolutamente nova, mais nítida do que as antigas, que haviam, todas elas, se desgastado e ficado finas como moedas romanas. Eu estava deitada no piso de madeira arranhado junto à cadeira de braços de papai e Fern viera deitar-se ao meu lado. Foi na época em que eu quebrara meu cotovelo. Papai e os alunos de pós-graduação ainda estavam discutindo a surpreendente risada de Fern. Ela ainda segurava as fichas de pôquer – as vermelhas para iguais, as azuis para diferentes. Ela deitou-se de costas e eu podia ver cada pelinho na penugem de seu queixo. Ela cheirava a suor. Ela raspou os dedos de uma das mãos em minha cabeça. Um cabelo se soltou. Ela o comeu.

Em seguida, com toda a aparência de cuidadosa consideração, ela me deu a ficha vermelha. Eu podia repassar toda a cena em minha mente – Fern olhando para mim com aqueles olhos brilhantes, sombreados, e colocando a ficha vermelha em meu peito.

Eu sei o que nosso pai achou que aquilo significava. Nada de útil. Certa vez, ela me dera uma uva-passa para cada uma que comia e agora Fern tinha duas fichas de pôquer e estava me dando uma. Dois comportamentos interessantes – isso era até onde meu pai conseguia ir.

Eis o que eu achei que isso significava. Eu achei que Fern estava pedindo desculpas. Quando você se sente mal, eu me sinto mal, foi o que entendi daquela ficha vermelha. Somos iguais, você e eu.

Minha irmã, Fern. No mundo inteiro, minha única ficha de pôquer vermelha.

Embaixo da mesa, minhas mãos, inteiramente por conta própria, encontraram-se e agarraram-se conforme eu me forçava a fazer a pergunta que deveria ter feito no instante em que ficamos sozinhos.

– Como está Fern?

Saiu como um sussurro e mesmo antes de minha boca parar de se mover eu já estava desejando que a tivesse mantido fechada. Estava com tanto medo de qual seria a resposta que continuei falando.

— Comece do começo — eu disse a ele, pensando em adiar ao máximo qualquer notícia ruim. — Comece com a noite em que você foi embora.

❃

Mas vocês provavelmente iriam preferir ir direto a Fern. Vou resumir.

Eu estava certa em imaginar que Lowell fora ao laboratório do dr. Uljevik quando nos deixou. Ele sabia que tinha apenas uns dois dias até que começássemos a procurar por ele e levou mais ou menos esse tempo para chegar lá. A Dakota do Sul era implacavelmente fria, uma paisagem de terra densa e sem neve, árvores negras e sem folhas, e um vento seco, penetrante.

Ele chegara depois do anoitecer e pegara um quarto em um motel, porque ele não sabia onde ficavam os laboratórios e era muito tarde para começar a procurar. Além do mais, ele estava dormindo em pé, após duas noites no ônibus. A mulher na recepção tinha cabelos dos anos 1950 e um olhar sem vida. Ele receava que ela fosse perguntar sua idade, mas ela mal se mostrou suficientemente interessada em pegar seu dinheiro.

No dia seguinte, ele encontrou o escritório de Uljevik na universidade e apresentou-se à secretária do departamento como um aluno em potencial. Ela era tipicamente do Meio-Oeste, Lowell disse. Muito simpática. O rosto como uma pá, achatado e aberto. Coração grande, aberto. O tipo de mulher que ele nasceu para decepcionar.

— Como a sra. Byard — ele me disse. — Sabe o que quero dizer?

A sra. Byard havia morrido há uns cinco anos, de modo que ele não iria desapontá-la de novo. Eu não disse isso.

Ele dissera à secretária do departamento que estava particularmente interessado em estudos com chimpanzés. Havia algum modo de ele ver o trabalho que estava sendo realizado ali? Ela lhe deu os horários de Uljevik, que ele já sabia. Estavam pregados na porta do escritório.

Mas em seguida ela deixou sua escrivaninha para fazer alguma coisa, o que lhe permitiu o acesso não supervisionado à caixa de correio do corpo docente e ao escaninho de Uljevik. Entre outros itens, ele encontrou uma conta de luz, bastante alta, com o endereço de uma estrada rural. Comprou um mapa e um cachorro-quente em um posto de gasolina. O lugar ficava a dez quilômetros da cidade. Ele fez o caminho a pé.

Quase não havia nenhum carro na estrada. O dia estava ensolarado, embora dolorosamente frio. Era bom estar se movimentando. Ele balançava os braços para produzir calor e se perguntava como teria sido o jogo com o Marion. Aquele jogo não podia terminar bem, mesmo que ele estivesse jogando. Na melhor das hipóteses, poderia evitar um grande vexame. Sem ele? Como o vexame poderia ser ainda maior? Ele pensou que talvez não devesse voltar ao ensino médio, deveria fazer seu teste GED em vez disso, ir direto para a faculdade, onde ninguém iria saber que ele um dia jogara basquete. Ele não era bom o suficiente para os times da universidade, de qualquer modo.

Ele por fim chegou a um complexo com uma cerca de arame. Normalmente, cercas de arame não eram um problema para o adolescente Lowell. Ele ria de cercas de arame. Mas esta era uma cerca elétrica. Isso lhe disse que ele estava no lugar certo, mas também que não tinha como entrar.

O terreno era repleto de árvores sem folhas, o solo de terra e rochas, ornado de ervas daninhas amareladas. Havia um balanço feito de pneu pendurado de um galho e uma rede para escalar, como aquelas que o exército usa em seus cursos de obstáculos. Não parecia haver ninguém por perto. Do outro lado da estrada, Lowell encontrou um toco de árvore que o protegia do vento e da vista. Ele encolheu-se atrás dele e dormiu imediatamente.

Acordou quando ouviu a porta de um carro bater. O portão para o caminho de entrada do complexo estava aberto. Do lado de dentro, um homem descarregava grandes sacas de ração Purina para cachorro da traseira de uma caminhonete verde. Ele empilhou-as em um carrinho de mão, que empurrou pelo chão de terra batida até o que parecia ser uma garagem. Assim que ele desapareceu lá dentro, Lowell atravessou a estrada e entrou sorrateiramente pela porta principal.

— Eu simplesmente entrei direto — Lowell disse. — Simples assim.

Ele se viu em um corredor escuro com uma escadaria levando tanto para cima quanto para baixo. Ele podia ouvir os chimpanzés. Estavam no subsolo.

Havia um forte odor no vão da escada, uma mistura de amônia e fezes. Um interruptor de luz, mas Lowell deixou-o desligado. O sol entrava através de uma fileira de pequenas janelas logo acima do nível do chão. Havia luz suficiente para ele ver quatro jaulas, enfileiradas, e pelo menos uma dúzia de figuras escuras, atarracadas, dentro delas.

— O que se passou em seguida — Lowell disse — foi terrível. Sei que você não gosta de falar sobre Fern. Tem certeza de que quer que eu continue?

Ele disse isso como um aviso para mim. Ele não estava realmente pensando em parar de contar.

❖

— Reconheci Fern imediatamente — ele disse —, mas não porque eu a tenha reconhecido de fato na luz turva, mas apenas porque ela era a mais jovem e menor.

"Ela estava em uma jaula com quatro grandes adultos. Acho que eu nunca havia notado como um chimpanzé é diferente do outro. Seu pelo era mais vermelho do que o da maioria e suas orelhas mais altas, mais como as orelhas de ursinhos de pelúcia. Tudo muito fácil de distinguir, tudo muito lógico, apesar de Fern ter mudado muito. Era sólida e atarracada quando costumava ser tão graciosa. Mas foi estranha no modo como me reconheceu. Foi como se ela pressentisse a minha chegada. Lembro-me de ter pensado que papai deveria fazer um estudo sobre a premonição em chimpanzés.

"Eu estava atravessando o subsolo em direção às jaulas e ela não havia nem sequer se virado em minha direção quando a vi se enrijecer. Seus pelos começaram a se eriçar e ela começou, bem baixinho, a fazer aqueles sons uu-uu que faz quando está agitada. Em seguida, ela girou nos calcanhares e deu um salto para as barras da jaula. Ela sacudia as barras e balançava-se para frente e para trás, e a essa altura estava olhando diretamente para mim. A essa altura, estava gritando para mim.

"Corri para ela e, quando me aproximei o suficiente, ela enfiou a mão pela grade, agarrou meu braço e puxou-me com tanta força que me fez bater com uma forte pancada contra as grades. Bati a cabeça e as coisas ficaram um pouco indistintas para mim. Fern mantinha minha mão dentro da jaula, dentro de sua boca, mas ainda não havia me mordido. Acho que ela não conseguia decidir se estava mais feliz em me ver ou com mais raiva. Foi a primeira vez na minha vida em que tive medo dela.

"Tentei tirar minha mão, mas ela não deixou. Eu podia sentir o cheiro do seu estado de agitação, um cheiro parecido a cabelos queimados. Fazia tempo que ela não tomava um banho nem dava uma boa escovada nos dentes. Ela fedia, para dizer a verdade.

"Comecei a conversar com ela, dizendo que eu sentia muito, dizendo que eu a amava. Mas ela continuava a gritar, então sei que ela não ouvia. E ela apertava meus dedos com tanta força que lampejos saltavam nos meus globos oculares como tiros de armas de brinquedo, e foi tudo que consegui fazer para manter minha voz calma e baixa.

"A essa altura, ela já conseguira deixar os outros chimpanzés muito perturbados. Um deles, um macho grande e completamente ereto, aproximou-se e tentou arrancar minha mão dela, mas ela não a soltou. Assim, ele agarrou meu outro braço e os dois começaram a me puxar, atirando-me repetidas vezes contra as barras. Bati o nariz, a testa, o lado do rosto. Fern continuava segurando minha mão, porém não mais na boca. Ela virou-se e mordeu o chimpanzé no ombro. Com toda a força. Mais gritaria, vinda de todas as jaulas, ecoando pelas paredes de concreto. Aquilo ali parecia uma sala de roda-punk. Uma roda-punk muito perigosa.

"O macho grande largou meu braço e recuou, com a boca escancarada, exibindo seus caninos, que eu juro que pareciam dentes de tubarão. Seus pelos estavam em pé, como os dela. Ele estava tentando ameaçá-la, mas ela não lhe dava nenhuma atenção. Ela fazia sinais com sua mão livre para mim. Meu nome, os dedos em L com aquela batida no peito, e depois Fern boa, boa. Fern é uma boa menina. Por favor, me leve para casa agora. Eu serei boazinha. Eu prometo, eu serei boazinha.

"O chimpanzé grande veio por trás com toda força e Fern não podia se defender e continuar a me segurar ao mesmo tempo. Assim, ela não se defendeu. Ele abriu longos e ensanguentados ferimentos em suas costas com os pés. E durante todo esse tempo ela continuava a gritar, todos os chimpanzés continuavam a gritar, e eu podia sentir cheiro de sangue, fúria e terror, todo aquele cheiro cáustico de cobre, suor almiscarado e fezes frescas, e minha cabeça girava por causa dos golpes que eu sofrera. E ainda assim ela não me soltava.

"A essa altura, haviam chegado pessoas, duas, ambos homens, correndo escada abaixo, gritando comigo, mas eu não conseguia ouvir o que diziam. Não pareciam bastante velhos para serem professores, talvez estudantes de pós-graduação. Talvez faxineiros. Eram corpulentos e um deles portava um aguilhão para gado, e eu me lembro de pensar: como é que isso vai funcionar? Como poderão dar um choque em Fern e não me atingir? E como posso impedir que deem um choque em Fern?

"Por fim, não precisaram dar choque em ninguém. O chimpanzé viu o aguilhão e recuou imediatamente, choramingando, para o fundo da jaula. Todos se calaram. Eles mostraram o aguilhão a Fern e ela por fim me soltou.

"Levei um pouco de fezes no rosto. Veio de uma outra jaula, aterrissaram com um grande fedor, deslizaram pelo meu pescoço e entraram pelo colarinho da minha camisa. Disseram-me para sair dali imediatamente, antes que chamassem a polícia. Fern tentava atravessar as barras da grade de ferro, ainda fazendo o sinal do meu nome e também do dela. Fern boazinha, Fern boazinha. Os homens começaram a discutir se deviam dar um choque nela ou não. Quando viram o sangue, a discussão terminou.

"Um deles saiu para chamar o veterinário. Levou-me com ele, arrastando-me pelo meu braço não danificado. Ele era bem maior do que eu. 'Depois vou chamar a polícia', ele disse, sacudindo-me. 'Acha que isso tem graça? Acha que é engraçado, atormentando animais enjaulados desse jeito? Caia fora daqui e nunca mais volte.'

"O outro homem ficou com Fern. Ficou segurando o aguilhão acima dela. Acho que estava protegendo-a dos outros chimpanzés, mas eu sei que ela viu aquilo como uma ameaça. Seus sinais ficaram fracos. Desesperançados.

"Eu ainda mal consigo pensar nisso. Como mesmo depois de tudo ela me protegeu daquele chimpanzé. O preço que pagou por isso. A expressão de seu rosto quando a deixei lá.

"Eu nunca mais a vi outra vez", Lowell disse.

Parte Cinco

❊

*Atualmente, é claro, eu só posso retratar aqueles
sentimentos de macaco com palavras humanas e,
por conseguinte, os apresento de forma inapropriada.*

— Franz Kafka, "Um relatório para a Academia"

Um

Havia algo Diferente sobre mim e Fern, algo tão horripilante que Lowell nem sequer suspeitou de sua existência até ir para Dakota do Sul. Algo que eu não sabia até ele me contar dez anos mais tarde durante o café da manhã na Bakers Square. O Diferente era o seguinte: como uma cadeira, um carro ou um aparelho de TV, Fern podia ser comprada e vendida. Durante todo o tempo em que ela estava vivendo na casa de fazenda conosco, como parte de nossa família, o tempo inteiro em que ela estava ocupada em ser nossa irmã e filha, ela era, na verdade, propriedade da Universidade de Indiana.

Quando meu pai descontinuou o projeto familiar, ele esperava continuar a trabalhar com Fern sob alguma, ainda indeterminada, circunstância no laboratório. Mas mantê-la sempre fora uma proposta cara e a UI disse que não tinham nenhum lugar para acomodá-la com segurança. Começaram a buscar uma saída. Ela foi vendida para Dakota do Sul sob a condição de que a levassem imediatamente.

Nosso pai não teve nenhuma voz nisso. Ele não tinha nenhuma autoridade para mandar Matt acompanhando-a, mas ele o fez, e Matt não tinha nenhuma posição oficial na Dakota do Sul, mas ele ficou lá enquanto pôde e visitava Fern sempre que lhe permitiam. Fizeram o melhor que podiam, Lowell disse, e de todas as pessoas Lowell era a menos provável a ser condescendente com alguém nessa questão. Mas era difícil para mim na época – e ainda é, honestamente – compreender como quaisquer pais podiam terminar com tão pouco poder com respeito à sua própria filha.

– Minha visita só causou mais sofrimento. Papai tinha razão sobre não ir vê-la. – Os olhos de Lowell estavam vermelhos de fadiga e ele os esfregava com força, tornando-os ainda mais vermelhos. – Exceto pela parte em que ele disse que isso me faria sentir melhor.

– Sabe onde ela está agora? – perguntei e Lowell disse que sabia, que ela ainda estava na Dakota do Sul, ainda no laboratório de Uljevik. Além das razões emocionais para não visitá-la outra vez estava o fato de que o FBI obviamente o esperava por lá. Ele não podia voltar. Então, ele pediu a alguém para ficar de olho nela. E recebia relatórios.

O próprio Uljevik se aposentara havia cinco anos, uma boa notícia para qualquer um naquelas jaulas.

– Ele não era realmente um cientista – Lowell disse. – Estava mais para supervilão. O tipo de cientista que devia ir para uma prisão de criminosos dementes.

Infelizmente, Lowell disse, ainda havia muitos desse tipo de cientista andando soltos por aí.

– Ele treinava os chimpanzés para beijar a mão dele quando passava pelas jaulas – Lowell disse. – Ele obrigou Fern a fazer isso muitas vezes. Esse sujeito que trabalhava lá me disse que Uljevik achava isso engraçado.

Uljevik detestava Fern, e ninguém jamais conseguiu me explicar por quê. Certa vez, convenci um sujeito rico a bancar a compra de Fern, pagar a um santuário na Flórida (já lotado, como todos os outros santuários) dinheiro suficiente para fazê-los ignorar a lista de espera e ficar com ela. Uljevik recusou-se a vender. Ele ofereceu um outro chimpanzé ao sujeito, que achou que um resgate era melhor do que nenhum, de modo que fiquei sabendo que ele havia concordado. Acabou sendo uma espécie de bênção. É sempre imprevisível introduzir um novo chimpanzé em um grupo já estabelecido.

Tive uma visão momentânea do meu primeiro dia no jardim de infância – eu, peculiar, pouco socializada e atrasada em um semestre.

– O chimpanzé que foi no lugar dela foi atacado e espancado até quase à morte – Lowell disse.

❖

Lowell contou:

– Levei um grande susto em 1989, quando Uljevik anunciou que iria cobrir uma lacuna no orçamento enviando alguns dos chimpanzés para os laboratórios médicos. Uma, Peter, Joey, Tata e Dao foram todos vendidos. Uma é a única que ainda está viva.

"Eu tinha certeza de que Fern estaria na lista, mas não estava, talvez porque estivesse procriando bem. Mas crescer conosco estragou sua sexualidade; ela não estava interessada. Começaram a inseminá-la. Eu chamo a isso de estupro sem os ferimentos.

"Ela já teve três filhotes até agora. O primeiro, um macho que chamaram de Basil, foi levado embora quase imediatamente por uma fêmea mais velha. Ouço dizer que isso acontece mesmo nas melhores famílias. Mas Fern ficou muito triste com isso.

"E então ele foi levado embora outra vez. Uljevik vendeu Basil juntamente com Sage, a segunda cria de Fern, para o jardim zoológico da cidade de St. Louis, algo que as melhores famílias geralmente conseguem evitar. Discutivelmente, não a nossa.

"Devia ir vê-los lá – Lowell disse-me. – Não é maravilhoso, mas ao menos não são os laboratórios médicos."

Um homem em outra mesa acusou sua parceira de café da manhã de tirar um arco-íris e unicórnios de seu traseiro. Eu não sei se foi nesse momento exatamente que ouvi isso, mas sempre me lembro disso. Uma imagem tão dolorosa, exatamente o que Lowell não estava fazendo. Exatamente o que Lowell nunca fez. Assim, quando Lowell me disse que tudo melhorara para Fern depois que Uljevik se aposentara, eu sabia que era verdade.

– Os estudantes de pós-graduação amam Fern – Lowell me contou. – Não foi sempre assim?

Lowell disse que Fern teve mais um filhote, uma fêmea chamada Hazel. Hazel acabara de fazer dois anos e Fern estava lhe ensinando a linguagem de sinais. Parecia que Fern iria conseguir ficar com ela, já que uma experiência fora projetada em torno das duas. Os funcionários do laboratório agora estavam proibidos de usar qualquer sinal diante de Hazel que ela própria já não tivesse sido vista usando em ao menos quatorze ocasiões por ao menos quatro testemunhas separadas.

A própria Fern tinha mais de duzentos sinais documentados e os pesquisadores estavam fazendo uma lista para ver quantos ela passaria para Hazel. Ela passaria apenas os funcionais ou incluiria os coloquiais?

– Hazel tem o laboratório inteiro na palma da mão – Lowell me disse. – Ela já está inventando sinais próprios. *Vestido de árvore* para folhas. *Grande sopa* para banheira. Muito inteligente. Muito astuta.

"Exatamente como a mãe", Lowell disse.

❦

– Foi Fern quem fez isso? – perguntei, apontando para a cicatriz na mão de Lowell, e ele disse que não, aquilo fora o cartão de visitas de um falcão de cauda vermelha assustado. Mas nunca fiquei sabendo dessa história porque Lowell ainda não havia acabado com a de Fern.

De volta à Dakota do Sul, depois de sua invasão, Lowell precisara de cuidados médicos. Além dos golpes faciais que levara nas barras da jaula, dois de seus dedos tinham sido quebrados e seu pulso torcido. Um médico local foi atendê-lo em uma casa particular, o tratamento tendo ocorrido fora do consultório e dos registros. Ele dormiu aquela noite nessa mesma casa, com alguém que não conhecia cuidando dele, acordando-o a intervalos regulares para verificar se havia algum sinal de concussão. Tudo isso acontecera porque alguém havia talvez visto Lowell no laboratório ou então mais cedo naquela manhã na universidade, ou talvez fosse alguém de Bloomington, alguém impressionado com a Grande Soltura de Ratos. Lowell foi muito vago nesse ponto. Mas quem quer que tenha sido essa pessoa, ele ou ela não gostava da maneira como os animais do laboratório eram tratados, e achava que Lowell poderia concordar que alguma coisa devia ser feita.

– A essa altura, eu já concluíra que não poderia resgatar Fern sozinho – Lowell disse. – Eu tinha sido tolo e infantil, como se Fern e eu pudéssemos simplesmente ir embora juntos, como Han e Chewbacca. Dar o salto para o hiperespaço.

"Obviamente, eu não estava pensando direito. Eu só quis vê-la, ver como estava indo, mostrar a ela que não tinha sido esquecida. Dizer que eu a amava.

"Agora eu vejo que eu precisava de um plano. Eu precisava de um lugar para onde levá-la e pessoas para ajudar. Vi que segundo a lei eu seria culpado de roubo e vi que não dava a mínima para a lei. Disseram-me sobre uma ação que seria realizada em Riverside, Califórnia, um carro indo para lá com uma vaga. Eu disse que iria. Meu pensamento era de que qualquer coisa que eu fizesse seria juntar dinheiro para gastar com Fern mais tarde."

Lowell tinha o rosto virado para o outro lado, olhando pelas grandes janelas que davam para a rua, onde o movimento para o trabalho já começara. A névoa de tule havia subido outra vez. A chuva tinha parado e o sol aparecera, porém fraco e filtrado, de modo que todos os carros tinham as luzes acesas. Era como se a cidade inteira tivesse sido enfiada dentro de uma meia.

No interior da Bakers Square, estava ficando mais movimentado, talheres batendo nos pratos de louça, o zumbido das conversas. A sineta acima da porta. Eu chorava e não sabia ao certo quando isso começara.

Lowell estendeu as mãos ásperas e tomou as minhas nas suas. Seus dedos estavam mais quentes do que os meus.

— A polícia apareceu no laboratório no dia seguinte procurando por mim, me contaram. Sei que contaram a eles tudo a respeito de minha visita, de modo que mamãe e papai souberam que eu tinha estado lá e que eu estava basicamente bem. Mas eu ainda estava zangado demais para ir para casa. Essa corrida a Riverside parecia minha melhor opção para sair da cidade sem ser pego.

"Eu achava que estava refletindo sobre a situação. Fazendo o que era melhor para Fern. Mas eu estava com tanta raiva... De vocês todos. Eu não parava de ver o rosto dela.

"Eu não tinha a intenção de não voltar mais — Lowell disse. — Eu só pretendia cuidar de Fern primeiro, instalá-la em algum lugar bom, algum lugar onde ela pudesse ser feliz. — Ele sacudiu um pouco minhas mãos. — Alguma fazenda.

Mais ou menos nessa hora, houve um daqueles momentos estranhos quando todo o ruído dentro do restaurante parou repentinamente. Ninguém falava. Ninguém batia nos lados de sua xícara de café com a colher. Lá fora, nenhum latido, nenhuma buzina, nenhuma tosse. Fermata. Quadro congelado.

Retomada da ação.

A voz de Lowell definhou.

— Fui tão tolo — ele disse, sem entonação. — Eu podia ter ido para a universidade lá. Talvez encontrar uma maneira de trabalhar no laboratório. Ver Fern todos os dias. Em vez disso, sou fichado no FBI e nunca mais posso voltar lá. Nem ir para a faculdade. Nem para casa.

E então todo o ar saiu de seu corpo.

— Eu tentei resgatá-la com todas as minhas forças — ele me disse. — Anos e anos de tentativas e o que Fern ganhou com isso? Que espécie miserável de irmão eu me tornei.

❧

Horas depois de nossa garçonete já ter desistido de nós, pagamos a conta. Lowell pendurou a mochila no ombro e caminhamos pelo meio da neblina, descendo a Second Street juntos. Gotículas de água formavam-se na lã escura do casaco dele.

Lembrei-me de um dia em que eu estava doente com uma gripe e Lowell dissera que, já que eu não podia ir lá fora, ele traria a neve para dentro. Ele me trouxe flocos de neve nas costas de suas luvas de couro pretas, prometeu-me intricados cristais de seis lados, castelos da rainha da neve em miniatura. Mas quando eu os coloquei no microscópio, eram apenas simples gotas d'água.

Isso foi antes de Fern ir embora, mas ela não estava nessa lembrança e eu me perguntava por quê. Era difícil manter Fern — uma *carpe diem* saltitante, rodopiante, esfuziante — fora de alguma coisa. Talvez ela tivesse saído com os alunos da pós-graduação. Talvez estivesse lá e eu a tenha apagado. Talvez fosse doloroso demais neste momento lembrar-me de toda aquela exuberância peluda.

— Vá comigo até a estação do trem — Lowell disse.

Então, ele estava indo embora. Nem permanecera tempo suficiente comigo para eu superar por completo o insulto do sexo--com-Harlow.

— Achei que talvez fôssemos andar de bicicleta — eu disse a ele, sem sequer tentar não choramingar. — Achei que iríamos passar um dia em San Francisco. Não pensei que fosse partir tão depressa.

Tantas coisas que eu havia guardado para dizer a ele. Eu esperava, através de implicações cuidadosamente reunidas, fazê-lo ver que ele não podia me abandonar outra vez. Uma completa viagem de culpa. Eu só estava esperando que ele parasse de fazer sozinho toda a fala.

Talvez ele tivesse imaginado. Lowell não obteve muita coisa, ao menos não sobre mim.

– Desculpe, Rosie. Não posso ficar muito tempo em lugar nenhum, muito menos aqui.

Uma dúzia de estudantes se amontoava à porta do Mishka's, esperando o café abrir. Passamos pelo meio deles – Lowell com sua mochila, eu a seu lado, de cabeça baixa. O Mishka's era um lugar popular durante a semana das provas finais, mas era preciso chegar cedo para conseguir um lugar nos fundos. As mesas da frente eram designadas como zonas livres de estudo. Isso era conhecido como A Regra.

Fora do Mishka's, a neblina cheirava a café e bolinhos. Ergui os olhos e dei de cara com Doris Levy, do meu dormitório de caloura. Felizmente, ela não deu nenhum sinal de reconhecimento. Eu não teria conseguido manter uma conversa.

Lowell não voltou a falar enquanto os estudantes não tivessem ficado a mais de um quarteirão para trás.

– Tenho que presumir que o FBI sabe que você está aqui – ele disse, então. – Especialmente com esse seu esplêndido registro de prisões. O administrador do seu prédio me viu. Seu colega de apartamento. Harlow. É arriscado demais. E, de qualquer forma, tenho que ir a outro lugar.

Lowell estava planejando uma nova ação, ele disse, algo de longo prazo e tão secreto que ele teria que desaparecer completamente. Isso significava que ele não podia continuar recebendo aqueles relatórios sobre Fern.

Então, eles viriam para mim. Não importa como, Lowell disse, eu saberia quando recebesse. Já estava tudo arranjado, exceto por este último detalhe, que era dizer-me que vigiar Fern agora era meu trabalho.

Era a razão por ele ter vindo.

Chegamos à estação de trem. Lowell comprou seu bilhete enquanto eu esperava sentada no mesmo banco onde, há algumas noites, eu soluçara convulsivamente, imaginando o dia em que Fern fora levada embora. Com tudo o que vinha acontecendo, eu já chorara tanto desde a aula do dr. Sosa, que ninguém imaginaria que ainda me restavam lágrimas, mas elas rolaram à vontade. Ao menos, estávamos em uma estação de trem. Aeroportos e estações de trem são onde as pessoas choram. Certa vez, fui a um aeroporto exatamente para esse fim.

Saímos para a plataforma e caminhamos ao longo dos trilhos até podermos ficar sozinhos outra vez. Quisera ser eu quem estava partindo. Uma passagem para qualquer lugar. Como seria Davis sem essa permanente esperança de que Lowell viesse? Por que sequer permanecer ali?

Eu costumava ver o hábito de Ezra de estrelar em sua própria vida como um ato de vaidade. Eu achava engraçado. Agora eu via a utilidade. Se eu estivesse representando um papel, poderia estabelecer uma certa distância, apenas fingir tudo que eu estava sentindo. A cena era cinematográfica, apesar da trilha sonora do meu choro. À minha direita e à minha esquerda, os trilhos desapareciam no meio da neblina. O apito do trem aproximou-se. Eu podia estar ali despedindo-me do meu irmão que partia para a guerra. Ou para a cidade grande para fazer fortuna. Ou para procurar por nosso pai desaparecido no garimpo.

Lowell passou os braços ao meu redor. Meu rosto deixou uma mancha úmida de muco na lã de seu casaco. Tentei inspirar fundo, mesmo com o nariz entupido, para sentir seu cheiro e poder me lembrar dele depois. Ele cheirava a cachorro molhado, mas isso era apenas seu casaco. Café. A colônia de baunilha de Harlow. Eu tentei, mas não consegui chegar ao cheiro por baixo de tudo isso – o cheiro de Lowell. Toquei sua face áspera, corri os dedos pelos seus cabelos como eu costumava fazer quando era criança. Como Fern costumava fazer comigo. Certa vez, na aula, eu estendi o braço e toquei um coque de tranças na cabeça da mulher na carteira à minha frente. Eu não pensei em nada, tomada pela necessidade de sentir a complexidade daqueles cabelos. Ela virou-se. "Meus cabelos não lhe pertencem", ela disse friamente, enquanto eu gaguejava um pedido de desculpas, horrorizada com a maneira pela qual minha natureza de chimpanzé ainda vinha à tona quando eu não estava prestando atenção.

Ouvimos os alarmes de segurança na travessia mais próxima de nós, a locomotiva aproximando-se do norte. Eu vasculhava loucamente tudo que planejara dizer, buscando a mais importante. Fiz uma escolha apressada, irrefletida.

– Sei que você sempre me culpou por Fern.

– Eu não devia ter feito isso. Você tinha cinco anos.

– Mas eu honestamente não me lembro do que fiz. Eu não me lembro absolutamente de nada sobre a partida de Fern.

– Verdade? – Lowell perguntou. Ele ficou em silêncio por um instante. Eu podia vê-lo decidindo o quanto deveria me contar. Isso era um mau sinal, que houvesse coisas que talvez ele não devesse dizer. Meu coração se cobriu de espinhos, cada batimento uma picada.

O trem chegou. O inspetor armou um degrau para os passageiros desembarcarem. Algumas pessoas desceram. Outras entraram no trem. O tempo estava se esgotando. Nós já caminhávamos em direção à porta mais próxima.

– Você fez mamãe e papai escolherem – Lowell disse finalmente. – Você ou ela. Você sempre foi uma menininha ciumenta.

Ele jogou sua mochila dentro do trem, içou-se e entrou, virou-se para olhar para mim.

— Você tinha apenas cinco anos de idade — ele repetiu. — Não vá se culpar.

Ele fitou-me então, da maneira que você fita alguém que não verá por muito tempo. *O rosto dela quando a deixei.*

— Diga a mamãe e papai que eu gosto deles, sim? Faça-os acreditar, essa vai ser a parte difícil.

Ele ainda estava na entrada, seu rosto em parte dele mesmo e em parte, a parte cansada, de nosso pai.

— Você também, menina. Não podem imaginar a falta que sinto de todos vocês. Da boa e velha Bloomington. "Quando eu sonho com o luar no Wabash..."

Então, sinto falta do meu lar em Indiana.

Uma asiática de meia-idade, de jeans e saltos altos, veio correndo. Ela deu um salto ágil para cima do degrau, dando uma pancada no braço de Lowell com sua bolsa oscilante.

— Meu Deus, me desculpe — ela disse. — Pensei que tivesse perdido o trem. — Ela desapareceu dentro do vagão. O apito soou.

— Estou realmente feliz por você ter uma amiga — Lowell me disse. — Harlow parece gostar muito de você. — Então, o condutor veio e o fez tomar seu assento. É a última coisa que eu me lembro de ouvi-lo falar, meu irmão mais velho, meu cometa Hale-Bopp pessoal, passando e desaparecendo outra vez: que Harlow gostava de mim.

Apesar da brevidade da visita, ele conseguira me dar uma surra. Eu planejara fazê-lo se sentir mal pela minha vida solitária, mas Harlow e sua estúpida amizade haviam negado isso e fui eu quem acabou envergonhada. Eu sempre soubera que ele me culpava por Fern, mas há dez anos eu não ouvia isso em voz alta.

As coisas que Lowell dissera somaram-se à sua partida, que se combinaram à minha falta de sono e às sequelas do terrível e incômodo narcótico que eu tomara. Qualquer um desses fatores já seria suficiente para me derrubar. A soma de todos eles era esmagadora. Eu estava triste e horrorizada, envergonhada e desolada, solitária e exausta, intoxicada de cafeína, assolada pela culpa, deprimida e muitas outras coisas. O sistema caiu. Fiquei observando a neblina engolir o trem e tudo que senti é que estava exausta.

– Você ama Fern – alguém me disse. Constatei que se tratava de minha velha amiga imaginária, Mary. Eu não via Mary quase há tanto tempo quanto não via Fern, e ela não envelhecera nem um dia. Ela não ficou por perto. Ela me trouxe uma única mensagem – "Você ama Fern" – e desapareceu outra vez. Eu queria acreditar nela. Mas toda a razão de ser de Mary tinha sido restaurar minha confiança no que dizia respeito a Fern. Talvez ela estivesse apenas fazendo o seu trabalho.

Nós os chamamos de sentimentos porque os sentimos. Eles não começam em nossas mentes, surgem em nossos corpos, é o que minha mãe sempre dizia, com o grande materialista William James como suporte. Era um componente padrão de sua atuação como mãe – que você não pode fazer nada em relação ao que sente, apenas em relação ao que faz. (Mas dizer a alguém o que você está sentindo, isso era *fazer* alguma coisa. Especialmente quando o que você estava sentindo era mesquinho. Embora como criança eu sempre vira isso com uma área cinzenta.)

Nesse momento, escrutinei meu cansaço, cada respiração, cada músculo, cada batimento cardíaco, e descobri uma certeza reconfortante, profunda. Eu amava Fern. Eu sempre a amara. Eu sempre a amaria.

Fiquei parada junto aos trilhos, sozinha, em uma repentina torrente de imagens. Minha vida, só que com ela ao invés de sem ela. Fern no jardim de infância, fazendo um peru de papel da silhueta de sua mão. Fern no ginásio do colégio vendo Lowell jogar basquete e assoviando quando ele marcava ponto. Fern no dormitório dos calouros da universidade, queixando-se com as outras garotas de nossos pais completamente doidos. Fern fazendo os sinais das mãos que achávamos tão divertidos naquela época. *Perdedor. Tanto faz.*

Eu sentira desesperadamente a sua falta em cada um desses lugares, em cada um desses momentos, e nem sequer sabia.

Mas até onde eu conseguia me lembrar, eu também sentira ciúmes dela. Eu sentira ciúmes outra vez, não fazia nem quinze minutos, ao saber que a visita de Lowell fora por ela e não por mim. Mas talvez fosse assim que irmãs costumavam se sentir a respeito uma da outra.

Embora obviamente não com tanto ciúme que uma das irmãs forçasse a outra ao exílio. Eu realmente fizera isso? Era nesse ponto que o conto de fadas saía dos trilhos.

Resolvi não pensar mais nisso enquanto não estivesse bem descansada. Em vez disso, eis no que pensei: que tipo de família deixa uma criança de cinco anos decidir tais coisas?

Dois

No ônibus para Vermillion, Lowell me contou, ele ficou sentado durante várias horas ao lado de uma noiva por encomenda apenas um ano mais velha do que ele e que acabara de chegar das Filipinas. Seu nome era Luya. Ela lhe mostrara a foto do homem com quem ia se casar. Lowell não conseguiu pensar em nada de bom para lhe dizer sobre um homem que nem sequer foi encontrá-la no aeroporto, de modo que preferiu não dizer nada.

Outro homem no ônibus perguntou-lhe se ela era do ramo. Nem ela nem Lowell sabiam o que ele queria dizer. E um outro homem, no banco atrás deles, inclinou-se para a frente, os olhos revirando-se de um lado para o outro, as pupilas enormes, para lhes dizer que os níveis de chumbo no leite materno faziam parte de uma conspiração deliberada. As mulheres não queriam mais ficar atreladas a casa e família. Se o leite delas estivesse contaminado, essa seria exatamente a desculpa que elas estavam esperando.

– Todas elas querem usar calça – o homem dissera.

– Estou conhecendo tanto dos Estados Unidos hoje – Luya repetia a todo momento a Lowell em um inglês nervoso e de sotaque carregado. Aquilo se tornou um bordão para Lowell... sempre que as coisas não estavam indo conforme o desejado, ele dizia: Estou conhecendo tanto dos Estados Unidos hoje.

Voltei para o meu apartamento. Foi uma caminhada fria. Fantasmas de Fern e Lowell rodopiavam ao meu redor, em todas as idades, todos os estados de espírito, aparecendo e desaparecendo na neblina. Caminhei devagar, para dar a mim mesma tempo de me recobrar da visita de Lowell e da sua partida. E além disso, verdade seja dita, para adiar meu encontro com Harlow.

Eu não queria me preocupar com Harlow. Ela não devia ter sido a última coisa que Lowell me disse. Ela devia ser a última coisa em meu pensamento. Mas quando chegasse em casa, lá estaria ela, deitada na minha cama e tendo que ser enfrentada.

Eu não gostava de pensar em Lowell como um desses sujeitos que faz sexo com uma garota e em seguida a descarta de imediato. Ir embora sem dizer uma palavra era exatamente o jeito de Lowell e não havia nada de pessoal nisso. Harlow podia juntar-se ao clube.

Em defesa de Lowell, digo que ele me pareceu louco. Realmente louco, daqueles que suspenderam a medicação. Sei que não deixei transparecer isso. Eu fiz Lowell parecer mais lúcido do que achei que estava. Fiz isso por amor. Mas só estou tentando ser sincera aqui. E ninguém é beneficiado por uma evasão como essa, muito menos Lowell.

Assim, por amor, deixem-me tentar outra vez. O tempo inteiro em que estávamos com Harlow, ele parecera perfeitamente comum, um absolutamente verossímil representante farmacêutico, que foi o que ele disse a Harlow e talvez realmente fosse, quem sabe? Tudo que me perturbou aconteceu depois, quando estávamos sozinhos na Bakers Square.

Não foram os lampejos de raiva – ele sempre fora irado desde quando eu me lembrava, daqueles que batem o pé, fazem sinais ofensivos para você, dado a explosões de fúria. Eu estava acostumada a isso. Sua fúria era a minha nostalgia.

Não, isso era algo que parecia menos com louco e mais com loucura. Era sutil e contestável. Eu podia fingir não notar, que era o que eu desejava muito fazer. Mas mesmo após dez anos sem nenhum *input* de dados, eu conhecia Lowell. Conhecia sua linguagem corporal, assim como um dia eu conhecera a de Fern. Havia algo errado na maneira como seus olhos se moviam. Algo errado na sua postura, na maneira como movia a boca. Talvez *louco* não seja a palavra certa, afinal – intrínseca demais. Talvez *traumatizado* seja melhor. Ou *instável*. Lowell parecia instável no sentido mais literal possível, como alguém que foi empurrado e perdeu o equilíbrio.

Então, eu iria simplesmente explicar isso a Harlow. Ele não é um grosseirão egoísta, eu diria a ela. É apenas instável. Ela, mais do que ninguém, iria compreender.

Então, afastei Harlow da minha mente para que Fern tivesse mais espaço ali. Basta de lágrimas e arrependimentos. Lowell dissera que Fern agora era problema meu. E não fora sempre assim? Já passara da hora de eu fazer meu trabalho.

Tudo bem com relatórios periódicos. Nossa Fern não podia ser deixada em uma jaula em um laboratório. Mas Lowell vinha tentando há dez anos libertá-la. Ele enfrentara toda sorte de problemas – como levá-la sem fazer estardalhaço (e agora Hazel) e a quem pedir ajuda e como manter o paradeiro de ambas em segredo, de modo que não fossem instantaneamente identificadas e devolvidas. Os poucos refúgios de chimpanzés em funcionamento nos Estados Unidos tinham alcançado o limite máximo e nenhum deles aceitaria um par de animais roubados se soubessem que era isso que estariam fazendo.

Para onde levá-la teria sido um enorme problema ainda que ela não tivesse que ser escondida. As dificuldades financeiras eram imensas. O perigo de introduzir dois novos chimpanzés, um deles um filhote, em um grupo já formado era grave. Como eu poderia ter sucesso onde Lowell, tão mais inteligente, bem relacionado e mais implacável não conseguira? E Fern realmente iria querer ser arrancada outra vez de seu lugar, novamente levada das pessoas e chimpanzés que passara a conhecer? Lowell me dissera que ela agora tinha bons amigos no laboratório.

Eu desconfiava que todos esses problemas podiam ser solucionados com dinheiro. Muito dinheiro. Do tipo necessário para fazer um filme ou criar uma fundação. Do tipo você-nunca-verá--nem-um-décimo-desse-dinheiro.

Muitos problemas, por mais infinitamente diversos que possam parecer à primeira vista, acabam sendo uma questão de dinheiro. Não imaginam o quanto isso me ofende. O valor do dinheiro é um golpe perpetrado por aqueles que têm contra aqueles que não têm. São As Roupas Novas do Imperador em nível global. Se os chimpanzés usassem dinheiro e nós não, não os admiraríamos. Acharíamos primitivo e irracional. Ilusório. E por que ouro? Os chimpanzés fazem escambo com carne. O valor da carne é evidente por si só.

A essa altura, eu chegara à minha própria rua. Havia três carros estacionados em frente ao prédio e um deles tinha as luzes do interior acesas. Eu podia ver o motorista, uma sombra volumosa na cabine iluminada. Meus sentidos de aranha estavam latejando. FBI. Como tinham chegado perto de pegar Lowell. Como eu me sentiria terrivelmente mal se o tivesse convencido a ficar.

Então, olhei mais atentamente para o carro. Um Volvo antigo, que já fora branco. Os restos de um adesivo de para-choque que alguém havia colado e depois se arrependido, com apenas a letra V remanescente, ou melhor, meio W. Bati na janela do carona e entrei quando a porta destrancou. Estava mais quente ali e tinha um cheiro horrível, porém com uma camada superficial de menta, como o hálito matinal com Altoids. A luz estava acesa porque o motorista estava lendo – um livro grande, *Introdução à Biologia*. Ele estava espionando sua namorada e estudando para as provas finais ao mesmo tempo. Ele era multitarefas.

– Bom dia, Reg – eu disse.

– Por que está acordada tão cedo?

— Eu saí com meu irmão. Estávamos comendo torta. — O que poderia ser mais inocente, mais roseamente americano do que isso? — O que está fazendo aqui?

— Perdendo meu autorrespeito.

Dei uns tapinhas em seu braço.

— Você se saiu bem conseguindo conservá-lo por tanto tempo até hoje — eu lhe disse.

❖

Era óbvio que aquilo era estranho. Eu dissera a Reg ao telefone na noite anterior que Harlow não estava ali. Sua presença na rua, sua pequena vigilância policial me chamava abertamente de mentirosa. Teria sido bom ter tempo para sentir o insulto, admirar a loucura de seu ciúme, mas tudo foi estragado pelo fato de que Harlow poderia, a qualquer momento, sair pela porta da frente.

— Vá para casa — eu disse. — Ela provavelmente já está lá de volta, se perguntando onde é que você poderia estar.

Ele olhou duramente para mim, depois desviou o olhar.

— Acho que estamos nos separando. Acho que vou me separar dela.

Fiz um ruído neutro. Uma breve espécie de "hum". Ele estava se separando dela na primeira vez em que coloquei os olhos nele e na maioria das vezes desde então.

— Hathos — sugeri por fim; em seguida, atenciosamente forneci a definição: — O prazer que se sente em odiar alguma coisa.

— Exato. Eu quero uma namorada normal. Alguém tranquila. Você conhece alguém assim?

— Eu me ofereceria se você fosse rico — eu disse a ele. — Mas muito rico mesmo. Eu podia ser tranquila por maciças somas de dinheiro.

— Lisonjeado. Mas não.

– Então, pare de me fazer perder tempo e vá para casa. – Saí do carro e entrei no prédio. Não olhei para ver o que ele faria em seguida, porque achei que pareceria suspeito se o fizesse. Subi pelas escadas.

Não havia nenhum sinal de Ezra, sendo cedo demais para carregar os fardos da administração predial. Todd ainda não voltara. A porta do meu quarto ainda estava fechada. Madame Defarge estava no sofá, com as pernas cruzadas alegremente acima da cabeça. Levei-a comigo para o quarto de Todd e adormeci abraçando-a. Tive um sonho onde Reg e eu discutíamos sobre qual era mais misericordiosa: a guilhotina ou a cadeira elétrica. Não me lembro de quem defendia qual lado. Só me lembro de que a posição de Reg, qualquer que fosse, não era defensável.

Três

Eu omiti mais do meu café da manhã com Lowell do que sua instabilidade. Também omiti muitas coisas que ele disse. Eram coisas terríveis demais para repetir, e na verdade vocês já as conhecem. Eu as omiti porque não eram coisas que eu queria ouvir e vocês também não iriam querer.

Mas Lowell diria que todos nós temos que ouvi-las.

Ele me falou de uma experiência desenvolvida aqui em Davis que durou trinta anos. Gerações de beagles foram expostas a estrôncio-90 e rádio-226, suas cordas vocais removidas para que ninguém os ouvisse sofrer. Ele disse que os pesquisadores envolvidos nisso referiam a si mesmos jocosamente como Beagle Club.

Ele falou sobre empresas automobilísticas que, como parte de seus estudos sobre colisões de veículos, submetiam babuínos completamente cônscios e aterrorizados a excruciantes, repetitivos, terríveis golpes na cabeça. Sobre indústrias farmacêuticas que submetiam cães a vivissecção em suas experiências, técnicos de laboratório que gritavam com eles para que parassem de choramingar ou se debater. Sobre fabricantes de cosméticos que passavam produtos químicos nos olhos de coelhos aos gritos e os matavam depois se os danos fossem permanentes ou então voltavam a realizar o experimento caso se recuperassem. Sobre matadouros onde as vacas ficavam tão aterrorizadas que a carne se descoloria. Sobre as abafadas e superlotadas baterias de gaiolas da indústria de frangos, onde, exatamente como meu tio Bob vinha dizendo há anos, estavam criando aves que não conseguiam nem ficar em pé, muito menos andar. Sobre como os chimpanzés da indústria do entretenimento eram sempre bebês, porque já na adolescência seriam fortes demais para serem controlados. Esses bebês, que ainda deviam estar sendo carregados nas costas de suas mães, eram trancados em jaulas isoladas e surrados com tacos de beisebol, de modo que mais tarde, nos sets de filmagens, o fato de meramente exibir o taco já assegurava sua submissão. Então, os créditos podiam alardear que nenhum animal fora maltratado nas filmagens daquele filme, porque todos os maus-tratos haviam acontecido antes de os trabalhos começarem.

"O mundo gira", Lowell dissera, "com o combustível deste sofrimento infindável, abismal. As pessoas sabem disso, mas elas não se importam com o que não veem. Faça-as ver e elas passarão a se importar, mas é você que odeiam, porque foi você quem as fez ver."

As pessoas, elas, meu irmão dizia, sempre que falávamos a respeito dos seres humanos. Nunca *nós*.

Alguns dias mais tarde, eu recontei tudo aquilo em meu exame final de Religião e violência. Foi uma espécie de exorcismo registrar tudo no papel, uma tentativa de tirar da minha cabeça e colocar na de outra pessoa. Isso acabou no escritório do dr. Sosa, sob uma reprodução colorida, do tamanho de um pôster, da fotografia do Hubble "Pilares da Criação". Uma citação pendurava-se na parede oposta: "Todos pensam em mudar o mundo, mas ninguém pensa em mudar a si mesmo." O escritório do dr. Sosa era evidentemente destinado a inspirar.

Eu também me lembro dele como sendo festivo. Cordões de luzes decorativas natalinas enfeitavam as estantes de livros e ele nos oferecia pirulitos em forma de bengala enquanto conversávamos.

— Eu não quero reprovar você — disse o dr. Sosa, e nisso estávamos de acordo. Eu também não queria isso.

Ele sentava-se esparramado para trás na poltrona de sua escrivaninha, os pés cruzados em cima de uma improvisada pilha de revistas. Uma das mãos, descansando no volume roliço de sua barriga, erguia-se e abaixava-se com sua respiração. A outra segurava a bengala doce com a qual gesticulava ocasionalmente.

— Seu trabalho anterior foi bom e o seu trabalho final... seu trabalho final contém muita paixão. Você levantou um monte de questões realmente importantes. — O dr. Sosa sentou-se direito de repente, colocou os pés no chão. — Mas você tem que concordar que não respondeu a pergunta do exame, não é? Que não chegou nem perto, não é? — Ele inclinou-se para frente para me forçar a um amistoso contato visual. Ele sabia o que estava fazendo.

Eu também. Eu não tinha sido treinada pelo meu pai? Imitei sua postura, não desviei o olhar.

— Eu estava escrevendo sobre violência — eu disse. — Compaixão. O Outro. Tudo me pareceu muito pertinente. Thomas More diz que os seres humanos aprendem a ser cruéis com os seres humanos sendo primeiro cruéis com os animais. — Eu já tinha defendido a ideia no meu ensaio final, de modo que o dr. Sosa já havia impugnado Thomas More. Porém, quando me inclinei para a frente, luzes natalinas haviam saltado de suas têmporas como chifres incandescentes. O meu lado da discussão sofreu com isso.

Na verdade, Thomas More não defende acabar com a crueldade aos animais, mas contratar alguém para administrar sua crueldade por você. Sua principal preocupação é que os utopistas mantenham as próprias mãos limpas, o que acabou sendo bem parecido com o modo como agimos, embora eu não ache que isso tenha sido tão benéfico para as nossas delicadas sensibilidades quanto ele esperava. Não acho que isso nos tenha tornado pessoas melhores. Nem Lowell. Nem Fern.

Não que eu tenha perguntado a ela. Não que eu ainda saiba com certeza o que ela pensa.

O dr. Sosa leu a primeira questão da prova em voz alta.

– "O secularismo surgiu primeiramente como uma maneira de limitar a violência. Discuta."

– Tangencialmente pertinente. Os animais têm alma? Clássico enigma religioso. Implicações maciças.

O dr. Sosa recusou-se a se deixar desviar. Segunda questão:

– "Toda violência que professa ter uma base religiosa é uma distorção da verdadeira religião. Discuta com referência específica ao judaísmo, cristianismo ou islamismo."

– E se eu dissesse que a ciência pode ser uma espécie de religião para algumas pessoas?

– Eu discordaria. – O dr. Sosa recostou-se para trás, animado. – Quando a ciência se torna religião, ela deixa de ser ciência. – As luzes natalinas deram aos seus olhos escuros um brilho festivo. Como todos os bons professores, aquele homem amava uma discussão.

Ele me ofereceu um Incompleto, porque eu fora tão atenta em sala de aula durante todo o período, porque eu fora ao seu escritório disposta a lutar. Aceitei.

Minhas notas chegaram logo depois do Natal.

– Você faz alguma ideia do quanto estamos pagando para você frequentar aquela universidade? – meu pai perguntou. – O quanto trabalhamos para ganhar esse dinheiro? E você simplesmente joga fora.

Eu estava aprendendo muito, eu lhe disse arrogante. História, economia, astronomia e filosofia. Estava lendo grandes livros e tendo grandes pensamentos. Certamente, esse era o objetivo de uma educação superior, não? Eu disse que o problema com as pessoas (como se houvesse apenas um) é achar que tudo pode ser medido em dólares e centavos.

Com minhas notas e minha atitude, meu nome entrou direto para a lista dos desobedientes de Papai Noel.

— Estou sem fala — minha mãe me disse, o que nem de longe era verdade.

Quatro

MAS EU ESTOU ME ADIANTANDO.

De volta a Davis, o sr. Benson havia se mudado do 309, o apartamento diretamente abaixo do nosso. Eu não conhecia bem o sr. Benson, um homem de idade indeterminada, o que costuma significar quarenta e poucos anos, que certa vez descrevera a si próprio para mim como o único gordo na cidade de Davis. Ele trabalhava na livraria Avid Reader e sempre cantava "Dancing Queen" no chuveiro, alto o suficiente para ouvirmos no andar de cima. Eu gostava dele.

Ele passara todo o mês em Grass Valley, tomando conta de sua mãe. Ela morrera um dia depois do Dia de Ação de Graças e obviamente houvera uma herança, porque o sr. Benson demitiu-se do emprego, quitou seu aluguel e contratou uma transportadora para empacotar seus pertences. Ele próprio nunca voltou. Eu soube de tudo isso por Ezra, que também disse, com tristeza, que o sr. Benson no final das contas era mais porcalhão do que deixara transparecer.

Enquanto o 309 estava sendo limpo, pintado, consertado e reacarpetado para algum novo inquilino, Ezra deixou Harlow se mudar para lá. Imagino que o proprietário não soubesse disso. Ezra lamentava tê-la no terceiro andar com os cafajestes, mas estava extasiado por tê-la no prédio. Ele entrava e saía do 309 o tempo todo; havia muito trabalho a ser feito lá.

Harlow fugia dos transtornos, da falta de mobília e possivelmente das atenções de Ezra passando a maior parte do dia em nosso apartamento. Todd ficava com raiva, mas era tudo muito temporário. Logo todos nós iríamos para casa no Natal e, quando retornássemos, alguém já teria se mudado para lá de verdade. Provavelmente, eu disse a Todd, essa pessoa ia querer o apartamento sem Harlow, mas Todd não tinha tanta certeza disso.

Meu palpite era de que ela eventualmente voltaria para Reg. Eu não vira Reg desde aquela manhã no carro e Harlow mal o mencionara. Eu nem sequer sabia quem rompera com quem.

Harlow sentava-se em nosso sofá, tomando nossas cervejas e falando febrilmente sobre Lowell. Ele a avisara que não voltaria, mas ela não acreditara. Como tudo o mais que ele dissera, ela passou isso pelo microscópio da limerência obsessiva. Eu era irmã dele. É claro que ele voltaria, nem que fosse para me ver.

O que ele quis dizer quando disse que ela o deixava nervoso? Quando disse que sentia como se a conhecesse há muito tempo? Essas duas coisas não eram contraditórias? Qual era minha opinião sobre isso?

Ela queria saber tudo a respeito dele – como ele era quando pequeno, quantas namoradas tivera, quantas a sério? Qual era sua banda favorita? Ele acreditava em Deus? O que ele amava?

Eu disse a ela que ele amava *Guerra nas estrelas*. Jogava pôquer a dinheiro. Mantinha ratos em seu quarto, muitos deles com nomes de queijos. Ela ficou encantada.

Eu disse a ela que ele só tivera uma namorada durante todo o ensino médio, uma mórmon de olhos arregalados chamada Kitch. Que ele jogara no time de basquete do colégio, mas faltou ao jogo mais importante. Roubou Twizzlers de uma loja com seu melhor amigo, Marco. Era como usar drogas – nada do que eu dizia era suficiente. Comecei a ficar impaciente. Eu tinha artigos a escrever.

Mas o que ele me dissera sobre ela?

– Ele disse que ficava contente que fôssemos amigas – eu disse a ela. – Ele disse que você realmente parecia gostar de mim.

— E gosto! — O rosto de Harlow era uma esfera incandescente. — O que mais?

Não havia mais nada, mas essa resposta parecia cruel demais para ser a certa. Igualmente cruel seria permitir que ela continuasse tendo esperança.

— Travers foi embora — eu disse, direto no rosto incandescente. Talvez eu estivesse falando para mim mesma tanto quanto para ela. Eu passara metade da minha vida esperando por Lowell e agora todos nós tínhamos que aprender a viver sem essa espera. — É o seguinte. Ele é procurado. Procurado, como esses que têm o retrato na agência dos Correios. Procurado pelo FBI como terrorista doméstico da Frente de Libertação Animal. Você nem pode dizer a ninguém que ele esteve aqui ou eu serei presa. De novo. De verdade.

"Antes deste fim de semana, eu não o via há dez anos. Eu não faço a menor ideia de qual seja sua banda preferida. Travers nem sequer é o nome dele. Você realmente, realmente, realmente precisa esquecê-lo."

Lá vou eu de novo, não conseguindo manter a boca fechada.

Porque o que poderia ser mais *Casablanca*? De repente, Harlow viu que o que sempre desejara era um homem de princípios. Um homem de ação. Um terrorista doméstico.

O sonho de toda garota, se ela não puder ter um vampiro.

❖

A Frente de Libertação Animal não tem nenhum corpo dirigente, nenhuma sede, nenhuma lista de membros. A estrutura é frouxa, flexível, constituída de células autônomas. Essa é a dor de cabeça para o FBI — um nome leva a no máximo dois ou três outros e, então, chega-se a um beco sem saída. Lowell chamara a atenção deles por falar demais — um erro de novato que ele nunca mais repetiu (é irônico, considerando-se todas as vezes que ele dissera que eu não conseguia ficar de boca fechada).

Qualquer um pode se juntar à ALF. Na verdade, qualquer um envolvido na libertação de animais, qualquer um que interfira fisicamente com sua exploração e abuso, é automaticamente um membro, desde que a ação ocorra segundo as diretrizes da ALF. A ALF não aprova maus-tratos físicos a nenhum animal, humano ou não.

Destruição de propriedade, por outro lado, é incentivada. A imposição de prejuízos econômicos àqueles que lucram com o sofrimento de animais é um objetivo declarado. Assim como a necessidade de delatar os maus-tratos – revelar ao mundo aqueles horrores que ocorrem em suas câmaras secretas. É por isso que vários estados estão considerando leis que tornam a fotografia não autorizada do que se passa em matadouros e em fazendas de criação industrializada de animais um crime capital. Fazer as pessoas verem o que está realmente acontecendo está prestes a se tornar um crime grave.

Assim como a qualidade de membro é conferida automaticamente com uma ação direta, não é possível fazer parte da ALF sem ela. Você não se associa à ALF por simpatizar com a causa. Não se associa escrevendo o quanto você lamenta e se entristece com o sofrimento dos animais. Você tem que *fazer* alguma coisa.

Em 2004, Jacques Derrida disse que havia uma mudança em andamento. A tortura faz mal tanto ao torturador quanto ao torturado. Não é nenhuma coincidência que um dos torturadores de Abu Ghraib foi para o serviço militar diretamente de um emprego como processador de frangos. Pode ser lento, Derrida disse, mas por fim o espetáculo dos nossos maus-tratos a animais será intolerável à noção de quem somos.

A ALF não está tão interessada em lentidão.

Como poderiam estar? Todo esse sofrimento, todo esse sofrimento é agora.

❦

Harlow se deteriorou. Seu rosto estava inchado, os olhos vermelhos, a boca apertada, a pele pálida. Ela parou de vir ao nosso apartamento, não tocou nos alimentos em nossa geladeira por dois dias, o que provavelmente significava que ela não estava comendo. Ezra, com o cinto de ferramentas pendurado abaixo da cintura, convocou uma reunião de cúpula no quarto andar – só ele e eu – para dizer que ele tinha encontrado Harlow deitada de bruços no carpete recém-instalado do 309 havia pouco tempo. Talvez ela estivesse chorando, ele disse. Ezra era um desses homens tão profundamente perturbados pelas lágrimas de uma mulher que ele nem precisava vê-las.

Ele culpava Reg. Apesar de toda a sua alegre confiança de que ele tinha os dedos no pulso do prédio e de seus ocupantes, Ezra havia perdido um batimento.

– Você precisa falar com ela – ele me disse. – Fazê-la ver que todo final é um novo começo. Ela precisa ouvir isso de uma amiga. – Ele achava que Reg podia ser um homossexual que não saíra do armário ou talvez um sobrevivente de abuso infantil. Ele era católico? Se não, não havia como explicar tal crueldade e Harlow tinha sorte de ter se livrado dele.

Ezra me contou que havia dito a ela que, em chinês, *fechar uma porta* e *abrir uma porta* eram representados exatamente pelo mesmo sinal. Ele próprio se sentia muito reconfortado com essa mesma observação sempre que os tempos ficavam difíceis. Eu não sei de onde ele tirou isso, embora a maioria de suas citações viesse de *Pulp Fiction*. Estou razoavelmente certa de que isso não é verdade.

Eu disse a ele que, em chinês, o símbolo para mulher era um homem de joelhos e que não era claro para mim que a solução para a aflição de Harlow poderia ser encontrada na antiga sabedoria do Oriente. Eu não fui falar com ela. Sempre me pergunto o que teria acontecido se eu tivesse feito isso.

Mas eu ainda estava com raiva dela. Harlow, para mim, não tinha nenhum direito a tal sofrimento, nenhuma reivindicação real sobre Lowell. Ela o conhecera por quanto tempo? Quinze minutos? Eu o amava há vinte e dois anos e senti falta dele na maior parte desse tempo. Harlow devia estar cuidando de *mim*, era como eu via a situação.

Às vezes eu me pergunto se eu sou a única a passar a vida sempre cometendo o mesmo erro ou se isso é apenas humano. Será que todos nós tendemos a ser acossados por um único pecado?

Se assim for, o ciúme é o meu e é tentador ler essa triste consistência como uma questão de personalidade. Meu pai, porém, se ainda estivesse vivo, sem dúvida protestaria. Quem eu pensava que era? Hamlet? Pesquisas psicológicas atuais sugerem que a personalidade exerce um papel surpreendentemente pequeno no comportamento humano. Em vez disso, somos altamente sensíveis a mudanças triviais nas circunstâncias. Nisso somos como cavalos, só que menos talentosos.

Eu mesma não estou convencida. Com o passar dos anos, comecei a achar que a maneira como as pessoas reagem a nós tem menos a ver com o que fizemos e mais a ver com quem elas são. Claro, é conveniente para mim pensar assim. Todas aquelas pessoas nos primeiros anos do colégio que foram tão más comigo? Que pessoas infelizes elas deviam ser!

Portanto, os estudos não me dão razão. Sempre haverá mais estudos. Mudaremos de opinião e eu terei estado certa durante todo o tempo, até que mudemos de opinião outra vez, e eu seja mandada de volta à condição de errada.

Até lá, vamos conceder essa a meu pai e relevar a minha posição. Talvez meu ciúme importasse menos do que o fato de que eu tinha provas finais. Era uma questão de honra para mim terminar ao menos alguns dos meus cursos. Além disso, eu tinha uma monografia para entregar e, embora eu não diga que deixei para o último minuto, restava apenas um número insignificante de minutos. Eu estava muito interessada no tópico do meu trabalho, o que era surpreendente, porque o professor nos obrigara a definir isso com seus assistentes há algumas semanas, quando não havia nenhum modo de prever em que eu estaria interessada quando tivesse que escrevê-lo. Meu tópico era como a acomodação teórica do mal na *Utopia*, de Thomas Morus, se expressava no mundo real de sua própria vida e política. Era um desses assuntos em que tudo que atravessa seu pensamento parece relevante. Eu acho isso verdadeiro para muitos tópicos.

Além do mais, havia aqueles telefonemas que eu tinha que ficar dando a respeito da minha mala. A mulher que trabalhava no setor de bagagens no Aeroporto de Sacramento passara a me chamar de queridinha, tal era o grau de intimidade a que chegamos.

Assim, eu coloquei Harlow em banho-maria, a última pessoa do mundo que você deveria colocar em banho-maria. Então, vinte e quatro horas antes de quando eu deveria estar em um avião para Indianápolis, enquanto eu estava bem no meio de arrumar minhas coisas em uma mala esportiva que eu pedira emprestado a Todd, cantarolando "Joy to the World", pensando no que eu deveria e no que não deveria dizer a meus pais sobre Lowell e se a casa nova teria escutas também, como sempre imagináramos que a antiga tinha, o que deixava meu pai maluco – como se fôssemos ratos de laboratório ou algo assim, sob permanente vigilância, seus dólares dos impostos em ação, ele diria – e provavelmente era a razão para eles terem se mudado. Bem como tentando descobrir como lhes pedir uma nova bicicleta de Natal, já que eu perdera a última em uma fuga induzida por drogas. Enquanto tudo isso estava acontecendo, um policial veio até a porta.

Não era o policial Arnie desta vez. Este não se apresentou. Ele tinha um rosto triangular, como um louva-a-deus, a boca larga, o queixo proeminente e uma aura pura e implacável do mal. Ele me pediu muito amavelmente para acompanhá-lo, mas pressenti que não iríamos ser amigos. Ele não me disse seu nome, o que para mim estava tudo bem. Eu não queria saber.

Cinco

Não fui algemada desta vez. Não fui colocada em uma cela. Não fui enviada ao escritório para preencher a papelada. Em vez disso, fui deixada sozinha em uma sala de interrogatório, quase vazia – duas cadeiras, ambas em um desconfortável plástico cor de laranja –, uma única mesa, tampo de linóleo. A porta foi trancada para me manter ali dentro. A sala estava muito fria e eu também.

Ninguém apareceu. Havia uma jarra de água sobre a mesa, mas nenhum copo. Nada para ler, nem mesmo um panfleto sobre segurança no trânsito ou em porte de armas, nem o trágico erro que seria lidar com drogas. Fiquei sentada, esperando. Levantei-me e caminhei de um lado para o outro. Eu tenho o hábito, nunca quebrado, de olhar para o alto, de ver até onde eu poderia subir em um dado lugar, de ver até onde Fern ou Mary conseguiriam ir. Não havia nenhuma janela naquela sala e as paredes eram lisas e nuas. Nenhuma de nós teria conseguido muita coisa.

Ninguém iria ao meu encontro com um aguilhão, ao menos eu achava que não, mas de qualquer modo eles estavam tentando me ensinar quem eu era. Fiquei surpresa ao me sentir solidamente impossível de ser ensinada nessa questão. Eu nunca soubera quem era. Não significava que outra pessoa não pudesse saber.

Havia um bicho-de-conta no chão e por fim eu fiquei observando-o, já que observá-lo me dava algo a fazer. Fern costumava comer bichos-de-conta, que mamãe tentava evitar, mas papai dizia que não eram realmente besouros, estavam mais para crustáceos terrestres, que respiravam pelas guelras e tinham cobre no sangue, em vez de ferro, e que ninguém que já tivesse comido camarão devia torcer o nariz a um bicho-de-conta. Eu não me lembro de comer um eu mesma, mas devo ter comido, porque sei que são crocantes na boca como cereais Cheerios.

 O bicho-de-conta caminhou até a parede e em seguida ao longo dela, até chegar a um canto. Isso o desnorteou ou desencorajou. A manhã passou. Eu soube como eram parcos meus recursos interiores.

 O policial que fora me buscar finalmente reapareceu. Tinha um gravador, que colocou na mesa entre nós, uma grande pilha de papéis, pastas e cadernos de anotações. No topo da pilha, pude ver um velho recorte de jornal. Pude ler o cabeçalho. *O caso das irmãs de Bloomington*. Aparentemente, Fern e eu tivemos o nosso perfil traçado no *The New York Times*. Eu nunca soubera disso.

 O policial se sentou, examinou seus papéis. Mais longos minutos. Nos velhos tempos, eu estaria preenchendo aquele silêncio e podia sentir que ele estava esperando que eu o fizesse. Era um jogo o que fazíamos e eu resolvi vencer. Eu não seria a primeira a falar. Imagino como minha antiga babá, Melissa, e meus avós Cooke ficariam espantados se pudessem ver isso. Tentei imaginá-los todos na sala comigo, encorajando-me. "Fique calada!", diriam-me. "Pare com essa conversa infernal! Me dê um minuto para que eu possa ouvir meu pensamento."

 Marque este ponto para mim. O policial desistiu e ligou o gravador. Disse a data e a hora em voz alta. Disse para eu declarar meu nome. Eu o fiz. Ele me perguntou se eu sabia por que estava ali. Eu não sabia.

 – Seu irmão é Lowell Cooke – ele disse. Isso não soou como uma pergunta, mas aparentemente era. – Confirme – ele falou, sem entonação.

 – Sim.

— Quando o viu pela última vez?

Inclinei-me para a frente para estabelecer o contato olho a olho que o sr. Sosa havia recentemente usado com tanto efeito sobre mim.

— Preciso usar o banheiro — eu disse. — E quero um advogado.

Talvez eu fosse apenas uma estudante universitária, mas já vira um ou dois programas de TV. Eu ainda não estava com medo, ao menos não por mim mesma. Deduzi que tivessem pego Lowell, e isso era terrível, terrível, mas eu não podia deixar que isso atrapalhasse a única coisa que eu tinha que fazer agora, que era assegurar que não dissesse nada que pudesse ser usado contra ele.

— Por que você faria isso? — O policial levantou-se com raiva. — Você não está presa. Isto é apenas uma conversa amistosa.

Ele desligou o gravador. Uma mulher de lábios finos e rabugentos, com cabelos parecendo um capacete, duros de laquê, veio e me levou ao banheiro. Ficou esperando do lado de fora da cabine, ouvindo-me fazer xixi e dar descarga. Quando ela me levou de volta, a sala estava vazia outra vez. Nem os papéis, nem nada do resto fora deixado sobre a mesa. Até a jarra de água havia desaparecido.

Os minutos foram se passando. Voltei ao meu bicho-de-conta. Ele não estava se movendo e eu comecei a me preocupar que estivesse mais morto do que desencorajado. Comecei a sentir cheiro de inseticida. Eu estava de costas contra a parede. Deslizei para baixo até ficar sentada, toquei o besouro com um dedo, aliviada ao vê-lo curvar-se. Uma imagem me veio à mente de um gato preto com a cara e a barriga brancas, enroscado, a cauda sobre o nariz.

Ouvi Lowell dizendo que eu não conseguia manter a boca fechada. Eu o ouvi dizendo que fiz mamãe e papai escolherem.

Este gato se parecia muito com o gato que meu pai matara com o carro, só que este estava apenas dormindo. Gato errado, ouvi uma voz dizer, no fundo da minha mente, cada consoante nitidamente pronunciada. Gato errado.

Não me lembro de jamais ter ouvido a voz em minha cabeça de forma tão audível. Ela não parecia minha. Quem era essa então, dando voltas no carro do palhaço entre meus ouvidos? O que ela fazia quando não estava conversando comigo? Que travessuras, que desvios e reviravoltas? Estou ouvindo, eu disse a ela, mas não em voz alta, para o caso de eu estar sendo observada. Ela não respondeu.

Bem pouco barulho externo atravessava as paredes da sala de interrogatório. As luzes eram as mesmas fluorescentes desagradáveis, emitindo faíscas, que eu notara em minha primeira visita. Usei o tempo para planejar o que iria dizer à próxima pessoa que atravessasse a porta. Eu pediria meu casaco e algo para comer. Eu não havia tomado o café da manhã. Pediria para ligar para os meus pais. Pobres mamãe e papai. Todos seus três filhos encarcerados ao mesmo tempo; isso era realmente falta de sorte.

Eu pediria mais uma vez por um advogado. Talvez fosse isso que todos estavam esperando agora, a chegada do meu advogado, embora ninguém tivesse sugerido que eu teria um. Vi o bicho-de-conta começando a se desenroscar cautelosamente.

A mulher que me levara ao banheiro voltou. Segurava um prato de papel com um sanduíche de atum e algumas batatas fritas. O sanduíche era achatado, como se alguém o tivesse prensado entre as folhas de um livro como uma lembrança. As batatas eram verdes nas bordas, mas isso pode ter sido apenas a luz.

Ela perguntou se eu precisava do banheiro outra vez e eu não precisava, mas parecia melhor eu ir enquanto tinha a chance. Era alguma coisa para fazer. Voltei e comi um pedaço do sanduíche. Minhas mãos cheiravam a atum, e eu não gostava de sentir o cheiro de atum em minhas mãos. Cheiravam a comida de gato.

Fiz uma pergunta diferente à voz em minha cabeça – haveria um gato certo? Uma imagem me ocorreu daquela gata desgarrada, de olhos arregalados, que sempre víamos pela casa da fazenda quando eu era pequena. Minha mãe deixava comida do lado de fora no inverno e tentara várias vezes capturá-la e esterilizá-la, mas a gata era esperta demais e minha mãe tinha muita coisa para fazer. Desde que ela lera para nós *Milhões de gatos* com suas ilustrações chamativas, eu desejara ardentemente ter um gato. Nunca tivemos, por causa de todos os ratos que entravam e saíam de casa.

"Gatos são assassinos", meu pai dissera. "Um dos poucos animais que matam só por prazer. Eles brincam com seu alimento."

Eu estava ficando agitada. Os pelos de um gato ficam eriçados quando ele está com medo, para fazê-lo parecer maior do que é. O mesmo acontece com os pelos de um chimpanzé, e pela mesma razão. A versão humana do fenômeno é a pele eriçada, que eu tinha agora.

Vi a ilustração em *Milhões de gatos* do último filhote, aquele que o casal de idosos finalmente adota. Eu vi Fern, sentada com minha mãe na poltrona, colocando a mão na página, abrindo e fechando os dedos como se pudesse pegar o gatinho da ilustração.

"Fern quer um gatinho", eu dissera a minha mãe.

A gata de olhos arregalados teve filhotes, três ao todo. Eu os encontrei certa tarde, estendidos em um ressalto de pedra coberto de musgo, ensolarado, junto ao córrego, mamando. Eles pressionavam as pequenas patas em sua barriga, massageando o leite para dentro de suas bocas. Dois deles eram pretos e exatamente iguais. A mãe ergueu a cabeça para olhar para nós, mas não se moveu. Ela raramente me deixava chegar tão perto dela. A maternidade a acalmara.

Os filhotes não eram recém-nascidos. Eram crescidos o suficiente para correr de um lado para o outro, gatinhos no auge da beleza de um filhote. Fui tomada por um grande desejo de ter um.

Eu sabia que devia deixá-los em paz, mas puxei o filhote Diferente, o cinzento, da teta, virando-o para ver o sexo. Ele protestou veementemente. Pude ver até sua garganta rosada, além dos dentes e da língua. Pude sentir o cheiro do leite nele. Tudo nele era minúsculo e perfeito. Sua mãe o queria de volta, mas eu também o queria. Pensei que se eu o tivesse encontrado sem mãe, se ele fosse um órfão sozinho no mundo, nós teríamos que ficar com ele.

De volta à sala de interrogatório, meus tremores eram intensos.

– Está realmente frio aqui – eu disse em voz alta, só para o caso de alguém estar observando. Eu não queria que pensassem que suas táticas estavam me afetando. Eu não queria lhes dar essa satisfação. – Poderiam me dar meu casaco?

Na realidade, eu não estava tremendo por ter sido deixada durante horas em uma sala fria e vazia. Nem porque o policial que me levara ali emitia a mesma aura que se poderia ter de Keyser Söze. Nem porque ele soubesse de mim e de Fern. Nem porque ele tivesse prendido Lowell. Eu não estava tremendo por nada que estivesse acontecendo agora ou nada que pudesse acontecer em seguida. Eu estava completamente enterrada na esquecida, muito contestada, terra da fantasia do passado.

Sigmund Freud sugeriu que não temos absolutamente nenhuma lembrança de nossa primeira infância. O que temos, em lugar disso, são falsas lembranças surgidas mais tarde e mais pertinentes a essa perspectiva posterior do que aos acontecimentos originais. Às vezes, em questões de grande emoção, uma representação, retendo toda a intensidade original, vem para substituir outra, que então é descartada e esquecida. A nova representação é chamada de memória-tela. Uma memória-tela é um compromisso entre lembrar-se de alguma coisa dolorosa e defender-se contra essa mesma lembrança.

Nosso pai sempre disse que Sigmund Freud era um homem brilhante, mas não era um cientista, e que danos incalculáveis haviam sido feitos por confundirem os dois. Portanto, quando eu digo aqui que acho que a lembrança que eu tinha daquilo que nunca aconteceu era uma memória-tela, o faço com considerável tristeza. Parece desnecessariamente cruel com nosso pai acrescentar o insulto de análise freudiana à ofensa de acreditar que ele tenha matado gatos com seu carro sem nenhum motivo.

Vocês se lembrarão de como, nos dias do desaparecimento de Fern, quando eu tinha cinco anos, fui mandada para ficar com meus avós em Indianápolis. Eu lhes contei o que aconteceu lá. Eu lhes contei o que aconteceu depois.

Eis agora, creio, o que aconteceu antes. Vem acompanhado de uma nota de advertência – que esta lembrança é tão vívida para mim quanto a que ela substitui.

Seis

FERN E EU ESTÁVAMOS PERTO DO CÓRREGO. ELA ESTAVA EM pé em um galho de árvore acima de mim, balançando-o para cima e para baixo. Usava uma saia de xadrez tartã, do tipo que precisa de um alfinete grande para segurá-la na frente. A de Fern não tinha nenhum alfinete, de modo que a saia batia como asas em volta de suas pernas. Ela não estava usando mais nada. Seu treinamento para usar o penico melhorara e havia meses ela não usava mais fraldas.

Quando o galho balançava para baixo, eu podia, às vezes, pulando, alcançar seus pés. Essa era a brincadeira que estávamos fazendo — ela abaixaria o galho e eu saltaria. Se eu tocasse seus pés, vencia. Se não, era ela a vencedora. Não estávamos contando o resultado, mas estávamos ambas muito felizes, assim sendo devíamos estar mais ou menos empatadas.

Mas ela se cansou do jogo e subiu mais na árvore, para fora do meu alcance. Recusava-se a descer, apenas ria, jogava folhas e galhinhos em mim, e eu lhe disse que não me importava. E parti com determinação para o córrego, como se tivesse algo importante a fazer ali, embora fosse tarde demais no ano para girinos, muito cedo no dia para vagalumes. Na saliência de pedra, encontrei a gata e seus filhotes.

Peguei o filhote cinza e não o devolvi, embora sua mãe gritasse por ele. Eu o levei para Fern. Era uma forma de me gabar. Eu sabia o quanto Fern iria querer aquele gatinho, mas era eu quem o tinha.

Ela desceu da árvore o mais rápido que pôde. Fez sinal para que eu o desse a ela e eu lhe disse que ele era meu, mas que a deixaria segurá-lo. A mãe, de olhos arregalados, sempre fora arisca perto de mim, mas nunca se aproximara de Fern. Ela jamais permitiria, mesmo na sopa hormonal da maternidade, que Fern levasse seu filhote. A única maneira que Fern teria de pôr as mãos no pequeno gato cinza era se eu o desse a ela.

O filhote continuava a miar. A mãe chegou e eu pude ouvir a uma curta distância os dois gatinhos pretos junto ao córrego, chorando na pedra onde ela os deixara. Seus pelos estavam eriçados e os de Fern também. O que aconteceu em seguida aconteceu depressa. A gata sibilava e cuspia. O gatinho cinza na mão de Fern berrava. A mãe atacou Fern com as patas. E Fern bateu a perfeita criaturinha contra o tronco da árvore. Ele ficou dependurado silenciosamente de sua mão, a boca frouxa, aberta. Ela o abriu com seus dedos como uma bolsa.

Em minha lembrança, eu a vi fazer isso e ouvi Lowell dizendo outra vez como o mundo gira com o combustível de um infindável, insondável sofrimento humano. Os gatinhos pretos continuavam gritando ao longe.

Eu saí correndo, histérica, para casa, para chamar nossa mãe, fazer com que ela fosse até lá e consertasse aquilo, consertasse o gatinho, mas dei um encontrão direto contra Lowell, literalmente contra ele, o que me derrubou no chão e ralou meus joelhos. Tentei dizer a ele o que acontecera, mas eu estava descontrolada e ele colocou as mãos em meus ombros para me acalmar. Ele disse que eu o levasse a Fern.

Ela não estava onde eu a havia deixado, mas agachada na margem do córrego. Suas mãos estavam molhadas. Os gatos, vivos e mortos, não eram vistos em parte alguma.

Fern levantou-se com um salto, agarrou Lowell pelos tornozelos, deu uma cambalhota, como um palhaço, pelo meio das pernas dele, seu traseiro sardento exposto e depois decorosamente coberto, quando sua saia voltou ao lugar. Havia carrapichos nos pelos de seus braços. Eu os mostrei a Lowell.

— Ela escondeu o gatinho no mato — eu disse — ou jogou-o dentro do rio. Temos que encontrá-lo. Temos que levá-lo ao médico.

— Onde está o filhote? — Lowell perguntou a Fern tanto em voz alta quanto com suas mãos, e ela o ignorou, sentada em cima do pé dele, os braços em volta de sua perna. Ela gostava de ser levada em cima do sapato daquele modo. Eu podia fazer o mesmo com nosso pai, mas era grande demais para os pés de Lowell.

Fern andou assim alguns passos e em seguida saltou com sua costumeira e indiferente alegria. Agarrou um galho, balançando-se de um lado para o outro, saltando para o chão outra vez.

— Venha me pegar — ela sinalizou. — Venha me pegar. — Era uma boa exibição, mas não muito convincente. Ela sabia que havia feito alguma coisa errada e só estava fingindo que nada acontecera. Como Lowell podia não ver isso?

Ele sentou-se no chão e Fern aproximou-se, descansou o queixo em seu ombro, soprou dentro de seu ouvido.

— Talvez ela tenha ferido algum gato por acidente — Lowell sugeriu. — Ela não sabe a força que tem.

Isso tinha a intenção de um suborno. Ele não acreditava em mim. O que Lowell acreditava, o que Lowell sempre, até hoje, acreditava era que eu havia inventado toda a história apenas para colocar Fern em dificuldades. Não havia nenhum corpo, nenhum sangue. Tudo estava bem por ali.

Procurei pelo mato, pelo meio dos arbustos. Procurei pelas pedras no córrego e Lowell nem sequer me ajudou a procurar. Fern observava por trás do ombro de Lowell, os olhos enormes, cor de âmbar, cintilando e, assim achei, exultantes.

Achei que Fern parecia culpada. Lowell achou que eu é quem parecia. Ele estava certo. Fora eu quem tirara o filhote de sua mãe. Fora eu quem o dera a Fern. O que aconteceu tinha sido minha culpa. Só que a culpa não era toda minha.

Não posso culpar Lowell. Aos cinco anos, eu já tinha estabelecido uma confiável reputação por inventar coisas. Meu objetivo era agradar e divertir. Eu não mentia simplesmente, mas adicionava drama, quando necessário, a uma história que de outra forma seria sem graça. A diferença poucas vezes era notada. Nosso pai costumava dizer que eu era como o menino de "O Menino e o Lobo", da fábula de Esopo.

Quanto mais eu procurava, mais furioso Lowell ficava.

– Não conte isso pra ninguém – ele disse. – Você me ouviu, Rosie? Estou falando sério. Você vai colocar Fern em encrenca e vou ficar com raiva de você. Vou ficar com raiva de você pra sempre. Vou dizer pra todo mundo que você é uma grande mentirosa. Prometa que não vai dizer nada.

Eu realmente pretendia cumprir aquela promessa. O espectro de Lowell com raiva de mim para sempre era poderoso.

Mas ficar calada estava além da minha capacidade. Era uma das muitas coisas que Fern conseguia fazer e eu não.

Alguns dias depois, eu queria entrar em casa e Fern não deixava. Era outra brincadeira para ela, uma brincadeira fácil. Embora bem menor do que eu, ela era mais rápida e mais forte. A única vez que eu consegui atravessar, ela agarrou minha mão quando passei por ela, puxou-me para trás com tanta força que eu senti meu ombro estalar. Ela ria.

Desatei a chorar, chamando nossa mãe. Era a facilidade de tudo aquilo, a vitória fácil de Fern, que me fez chorar de raiva e frustração. Eu disse a minha mãe que Fern havia me machucado, o que vinha acontecendo com bastante frequência, mas não sendo um machucado grave, também não era uma alegação grave. As crianças brincavam rudemente até alguém se machucar de verdade – era assim que as famílias funcionavam. As mães, tendo avisado a todo mundo que era isso que aconteceria, geralmente ficavam mais irritadas do que preocupadas.

Mas então acrescentei que eu estava com medo de Fern.

– E por que você teria medo da pequena Fern? – mamãe perguntou.

E foi então que eu falei.

E foi então que fui mandada para a casa dos meus avós.

E foi então que Fern foi levada embora.

Sete

DE VOLTA À SALA DE INTERROGATÓRIO, ESSA LEMBRANÇA movia-se como um sistema meteorológico pelo meu corpo. Eu não me lembrei de tudo isso naquela tarde, não da maneira como contei aqui. Mas me lembrei do suficiente e então, por mais estranho que pareça, quando ela passou, eu parei de tremer e chorar. Eu não senti fome, frio, necessidade de um advogado, ir ao banheiro, nem de um sanduíche. Em vez disso, eu tinha uma estranha sensação de clareza. Eu já não estava mais no passado. Estava intensamente presente no momento. Estava serena e focada. Lowell precisava de mim. Tudo o mais teria que esperar.

Senti vontade de falar.

Peguei o bicho-de-conta, o que o fez curvar-se com força outra vez, ficando extraordinariamente esférico, uma obra de arte como Andy Goldsworthy teria feito. Coloquei-o na mesa de interrogatório, ao lado do prato com os restos do meu sanduíche de atum, porque imaginei que, quando fosse finalmente liberada, Lowell não iria querer que ele fosse deixado para trás. Bônus em dobro para insetos. Aquela sala não era o lar de ninguém.

Meu plano era me ater à minha história básica — meus avós e suas novelas, o trampolim e o homem na casinha azul e a mulher amarrada como um peru —, só que eu a contaria com palavras mais pomposas. Mimese, diegese, hipodiegese — eu não só contaria a história, como também a comentaria. Eu a dissecaria. E faria tudo isso de tal modo a fazer parecer a todo instante que eu estava prestes a responder às perguntas feitas, prestes a chegar ao real, ao relevante. Meu plano era uma submissão maliciosa.

Eu já vira isso feito muitas vezes. O adolescente Lowell fora um mestre Jedi.

Mas o policial que faria o interrogatório nunca apareceu. Repentinamente, como o diabo, ele desaparecera.

Em seu lugar, veio uma mulher apática, de quadris largos, para me dizer que eu podia ir, e isso não é uma incumbência que se atribua ao implacável diabólico. Eu a segui pelo corredor e saí para a noite. Vi as luzes de um avião no céu, dirigindo-se ao Aeroporto de Sacramento. Ajoelhei-me e coloquei a bolinha do bicho-de-conta na grama. Eu ficara dentro daquela sala de interrogatório por cerca de oito horas.

Kimmy, Todd e a mãe dele estavam todos esperando por mim. Foram eles que me disseram que Lowell não tinha sido preso.

Outra pessoa fora.

❖

Na noite anterior, enquanto eu celebrava o fim do período letivo indo cedo para a cama, Ezra Metzger tentara invadir o centro de primatas da UC Davis. Ele fora preso no local, com várias ferramentas necessárias para abrir fechaduras, cortar fios, redirecionar sinais elétricos, tudo pendurado em seu cinto, se não em suas próprias mãos. Ele conseguira abrir oito portas de jaulas antes de ser preso. Nos jornais, posteriormente, policiais anônimos da UC descreveram os macacos como traumatizados pela intrusão. Eles berravam desesperados, dissera uma fonte não identificada, e tiveram que ser sedados. A parte mais triste da reportagem era esta: a maioria dos macacos recusara-se a deixar as jaulas.

Uma cúmplice feminina ainda estava foragida. Ela levara o carro dele e se não fosse por isso Ezra talvez também tivesse escapado.

Não, claro que não. Essa última observação foi maldosa.

Em 1966, a UC Davis acabara de criar o Centro de Medicina Comparativa como uma ponte entre as escolas de medicina e de veterinária, uma forma de unir toda a pesquisa sobre doenças infecciosas que usava modelos animais. O centro de primatas era um componente crítico nessa iniciativa. O controle de doenças vinha sendo estudado lá desde a sua fundação – especificamente, a peste, SIV [Vírus da Imunodeficiência Símia], kuru e várias zoonoses, como o vírus de Marburg, que passa do macaco ao ser humano. Os dois acidentes separados que haviam exposto funcionários de um laboratório soviético ao vírus de Marburg ainda eram relativamente recentes. O bestseller de não ficção de Richard Preston, *Zona quente*, ainda estava muito presente em nossas mentes.

Nada disso apareceu nas matérias dos jornais, nem sequer uma menção. Surgiu silenciosamente no pré-julgamento, que não se tratava apenas de uma travessura, de que Ezra podia estar soltando mais do que ele imaginava.

Sete anos mais tarde, em 2003, a tentativa da universidade de possuir um laboratório de alta biossegurança, onde macacos seriam infectados com antraz, varíola e ebola, se perdeu quando um macaco rhesus desapareceu na ocasião em que sua jaula estava sendo lavada com mangueira. Ele nunca foi recuperado. Foi uma fuga perfeita.

O centro de primatas de Davis hoje é creditado com significativos avanços em nossa compreensão e tratamento de SIV, doença de Alzheimer, autismo e doença de Parkinson. Ninguém está dizendo que essas questões são fáceis.

Quatro coisas me mantiveram fora da prisão.

A *Número Um* foi que Todd e Kimmy puderam atestar meu paradeiro na noite anterior. Eu fora para a cama cedo, disseram à polícia, mas eles haviam comemorado o fim do período entrando no espírito natalino com uma noite de filmes clássicos. Alugaram *Psicose, A noite dos mortos-vivos, O sacrifício, Carrie, a estranha,* e *Milagre na rua 34.* Eles assistiram aos filmes nessa ordem, a maior parte no sofá da sala, com apenas uma ou outra corrida à cozinha para fazer pipoca. Não havia como eu pudesse ter deixado o apartamento sem que eles soubessem. Não, a menos que eu fosse o Homem-Aranha, Kimmy me disse que havia dito à polícia.

– Eu disse Tarzan – Todd disse. – Mas Homem-Aranha está bem.

Não a menos que eu fosse Fern, foi o que pensei, mas não disse, muito embora eu imaginasse que, a essa altura, todo mundo já devia saber a respeito de Fern. Isso era uma inferência baseada em uma falsa crença. Eu havia subestimado a capacidade da polícia de manter a boca fechada.

Na realidade, eu não acho que ninguém tenha ficado muito impressionado com a *Número Um*. Depois que me vincularam a Lowell, a polícia tinha certeza de que havia pegado a garota certa. Nós provavelmente fazíamos parte da mesma célula terrorista; era como a polícia via o caso, e é claro que um daria cobertura ao outro. Eles estavam de olho em nosso prédio há bastante tempo. Um grupo de salafrários vivia no terceiro andar ali.

A *Número Dois* foi a mãe de Todd. Alguém descuidado deixara Todd dar um telefonema antes de o interrogarem. A mãe de Todd era uma famosa advogada de direitos humanos de San Francisco. Eu provavelmente devia ter mencionado isso antes. Imagine William Kunstler, só que não tão adorável. Imagine William Kunstler como uma minúscula nissei. Ela chegara de helicóptero, expandira suas ameaças por generosidade para me incluir, além de Todd e Kimmy. Quando por fim eu saí, ela estava lá em um sofisticado carro alugado, esperando para levar todos nós para jantar.

A *Número três* foi Harlow. Não a própria Harlow, ninguém sabia onde ela estava, mas Todd e Kimmy disseram que não tinham dúvida de que a mulher que a polícia estava procurando era Harlow Fielding. A polícia foi falar com Reg e ele lhes disse que não sabia de nada, não vira nada, não ouvira nada, mas parecia bem próprio de Harlow atormentar um sujeito até ele realmente cumprir pena por ela.

Não parecia algo que eu faria, ele acrescentara, o que certamente foi gentil da parte dele e imagino que ele estivesse sendo sincero. Reg não sabia que Fern estava cumprindo pena por mim há anos.

Ezra também disse à polícia que fora Harlow. Eu me perguntei em que filme ele estava atuando agora. *Rebeldia indomável? Um sonho de liberdade? Ernest: Um trapalhão na cadeia?* Eu me perguntei com que rapidez e facilidade ele havia entregado Harlow, mas nunca me ocorrera que tivesse feito isso para me salvar, até Todd sugerir isso mais tarde. Não que Ezra gostasse mais de mim do que de Harlow, porque definitivamente não era isso. Mas ele era um sujeito honrado. Não deixaria que eu fosse presa por algo que ele sabia que eu não fizera, não se ele pudesse impedir.

❧

A *Número Quatro* é que a polícia nunca leu meu exame final de Religião e violência.

❧

A mãe de Todd levou-nos para jantar, não em Davis, não havia nada sofisticado o suficiente para ela ali, mas no centro histórico de Sacramento, com suas ruas calçadas de pedras e passeios de tábuas de madeira. Nessa noite, começamos no Firehouse, onde a mãe de Todd fez questão que eu pedisse lagosta para comemorar minha escapada por pouco, mas eu teria que escolher uma viva do tanque, de modo que eu não quis. Teria parecido muito como um bicho-de-conta em meu prato.

Ela me disse que eu ainda poderia ir para casa passar o Natal com eles no dia seguinte, embora eu tivesse prometido à polícia que não deixaria a cidade, então foi o que fiz.

Eu lhe agradeci muitas vezes.

– Não há de quê – ela me disse. – Quem é amigo de Todd...

– Você percebeu que isso era besteira, certo? – Todd me perguntou depois, e por apenas um instante pensei que a parte da besteira era que fôssemos amigos. Mas não, ele queria apenas dizer que sua mãe gostava de distribuir sua influência à sua volta, não importa a quem. Eu podia ver como isso nem sempre era uma boa qualidade em uma mãe, mas essa não parecia ser uma dessas ocasiões. Achei que havia momentos de se queixar de seus pais e momentos para ser agradecido, e era uma pena misturar esses dois momentos. Fiz uma anotação mental para me lembrar disso em minha própria vida, mas ela se perdeu como costuma acontecer com anotações mentais.

Semanas mais tarde, perguntei a Todd se éramos amigos.

– Rosie! Somos amigos há anos – ele disse. Pareceu magoado.

O enorme carro preto levou-nos de volta ao apartamento e depois se afastou, deslizando sob as estrelas com a mãe de Todd no interior. O terceiro andar já estava em polvorosa. A música tocava em um volume estrondoso. Em algum momento, a polícia teria que ser chamada. Anotações de aula haviam sido picadas e atiradas no pátio como confete, seguidas de uma única cadeira de escritório, que ficou caída no caminho, as rodinhas ainda girando. Passamos pela porta da frente sob uma saraivada de camisinhas cheias de água. Era isso que se podia esperar de morar em um prédio de apartamentos mal administrado. Iríamos ter que nos acostumar com isso.

Sentamos em volta de nossa própria mesa, uma ilha de triste reflexão em um oceano de alegre tumulto. Tomamos cerveja Sudwerk de Todd e sacudimos a cabeça por causa de Ezra, que um dia quis se juntar à CIA, mas não conseguira, nessa sua primeira (até onde sabíamos) operação de comando, para libertar um único macaco. Ninguém mencionou Fern, de modo que por fim deduzi que eles ainda não sabiam. Mas sabiam a respeito de Lowell e estavam bastante eufóricos por pensar que tinham recebido um sujeito tão perigoso em nosso próprio apartamento. Estavam impressionados comigo também por ter toda essa vida oculta. Eu tinha camadas e camadas de profundidade, é o que pensavam, e eles jamais teriam imaginado.

Todd pediu desculpas por ter achado que Lowell era apenas um fantoche nas mãos de Harlow, quando obviamente o contrário é que era verdade.

— Seu irmão deve tê-la recrutado — ele disse. — Ela faz parte da célula dele agora — o que não tinha me ocorrido e eu instantaneamente rejeitei a insinuação. De qualquer modo, eu achava improvável. A aflição de Harlow fora muito convincente. Eu já vira Harlow fingir e ser verdadeira. Eu sabia a diferença.

Então, depois disso, nós todos vimos *Milagre na rua 34* outra vez, Todd e Kimmy tendo confessado que na verdade dormiram durante a maior parte deste e de vários dos outros filmes também, e que eu podia ter ido e vindo muitas vezes sem que eles ficassem sabendo.

Milagre na rua 34 é um filme muito a favor dos advogados. Não muito amável com psicólogos.

Ainda que Lowell não tivesse persuadido Harlow, ele ainda era a razão para ela fazer o que fez. É certo que somos uma família perigosa de se conhecer, mas não da maneira como Todd pensa. Obviamente, Harlow estava tentando encontrar Lowell pelo único caminho que tinha, sua trilha de migalhas. Eu me perguntava se ela havia conseguido. Eu não apostaria contra ela.

Ela, na verdade, não era o tipo de garota para ele. Ela só gostava de fingir que era. Se ela quisesse Lowell, teria que ser verdadeira agora. Nada mais de curso de teatro, nada mais dessa bobagem de ser o centro das atenções. Mas eu achava que ela era capaz de fazer isso. Eu achava que eles podiam até ser felizes juntos.

Mais tarde naquela noite, quando abri a porta do meu quarto, senti o fantasma do cheiro de colônia de baunilha de Harlow. Fui direto à mala azul-celeste. Como esperado, Madame Defarge havia sumido.

Parte Seis

❦

*... logo percebi as duas possibilidades abertas para mim:
o jardim zoológico ou o teatro de variedades.
Não hesitei. Disse a mim mesmo: use toda a sua energia
para entrar no teatro de variedades. Essa é a saída.
O jardim zoológico é apenas uma nova
jaula de grades. Se você for para lá, estará perdido.*

— FRANZ KAFKA, "Um relatório para a Academia"

Um

Nos anos seguintes a Fern, criamos o hábito de viajar no Natal. Fomos duas vezes a Yosemite, uma vez a Puerto Vallarta. Uma vez a Vancouver. Certa vez fomos até Londres, onde comi *kippers* pela primeira vez, e uma vez a Roma, onde meus pais compraram um pequeno camafeu de uma menina para mim de um vendedor perto do Coliseu, porque ele disse que a menina se parecia comigo, que nós duas éramos *bellíssime*. E o dr. Remak, que ensinava literatura alemã na Universidade de Indiana, que tinha talentos insuspeitos, engastou-o em um anel para mim quando voltamos para casa e eu me sentia *bellíssima* sempre que o usava.

Nós nunca tínhamos sido religiosos, de modo que o Natal nunca tivera esse significado para nós. Depois de Lowell, abandonamos completamente o hábito.

Quando eu por fim cheguei a Bloomington no gélido final de 1996, o único sinal da época era um pequeno arbusto de alecrim, em um vaso, podado na forma de uma árvore de Natal. Ficava em cima de uma mesa junto à porta da frente, perfumando a entrada. Nenhuma guirlanda do lado de fora. Nenhum enfeite no alecrim. Eu tinha resolvido não contar aos meus pais que estivera com Lowell até depois do Natal. A ausência de alegria visível me disse que o próprio dia ainda estava frágil demais, minha mãe instável demais.

Não houve nenhuma neve naquele ano. Na tarde do dia vinte e cinco, fomos a Indianápolis e fizemos nossa ceia festiva com meus avós Cooke. Como sempre, foi uma refeição molhada. O purê de batatas estava encharcado, as ervilhas moles. Os pratos estavam amontoados com coisas indecifráveis sob um lago de molho marrom. Meu pai bêbado como um gambá.

Pelo que eu me lembro, ele estava erguendo o copo naquele ano em homenagem aos jogadores do Colts, por terem sido escolhidos para o time All-Pros da Associated Press. A eleição para o All-Pros era uma distinção que de modo geral passava despercebida em Indianápolis. Ele tentou envolver seu pai na comemoração, mas vovô Joe adormecera à mesa, no meio de uma frase, como um homem de súbito atingido por um feitiço. Em retrospecto, essa era a maldição da doença de Alzheimer se abatendo sobre ele, mas nós não sabíamos disso na época e achamos graça, afetuosamente.

Minha menstruação estava chegando e eu sentia aquele peso desagradável no abdômen. Isso me deu uma desculpa para ir me deitar na cama no quarto onde eu dormira no verão em que perdemos Fern. Claro, eu não disse que estava menstruada, mas essa atitude era tão oblíqua e típica do Meio-Oeste que vovô Joe não compreendeu absolutamente nada e vovó Fredericka teve que sussurrar em seu ouvido.

A gravura de um arlequim ainda estava na parede, como sempre estivera, mas a cama tinha uma nova cabeceira, de ferro batido, retorcida em ramos e enfeitada com folhas como as de hera. Vovó Fredericka estava sofrendo uma transmutação de seu período falso-asiático para um pleno estilo da Pottery Barn.

Este era o quarto no qual certa vez passei todas aquelas semanas pensando que eu é que era a irmã que falava em sapos e cobras, a que fora expulsa para morrer sozinha e infeliz. Este era o quarto em que deduzi que Lowell tivesse dito a todo mundo que eu era uma grande mentirosa e como Lowell nunca mentia a respeito de nada, todos acreditaram nele. Este era o quarto em que eu sentira o *mal de vivre* para alegria de Fern.

Aquela história sobre Fern e o gatinho era terrível. Se eu a tivesse inventado, isso seria realmente imperdoável.

Eu teria?

Desliguei o abajur da mesinha de cabeceira e deitei-me de frente para a janela. Do outro lado da rua, as luzes de Natal dos vizinhos penduravam-se dos beirais dos telhados como pingentes de gelo, lançando uma claridade fraca no quarto. Pensei em Abbie, a garota do meu dormitório de caloura, que nos contou certa noite como sua irmã havia alegado que o pai delas a molestara e depois mudara de ideia, dizendo que tinha sido apenas um sonho. "E então vem essa irmã maluca e estraga tudo", Abbie dissera. "Eu a odeio."

E Lowell: "Se você contar a alguém, vou ficar com raiva de você para sempre."

Parecera bastante justo para mim naquela noite no dormitório de calouros. Bastante justo odiar alguém por contar uma mentira tão abominável.

E quando eu tinha cinco anos, bastante justo para Lowell me odiar. Eu prometera não contar e quebrara minha promessa. Não posso dizer que não tivesse sido avisada.

Nossos casacos de inverno estavam empilhados sobre a colcha. Puxei a parca de minha mãe sobre meus pés. Ela costumava banhar-se com uma *eau de toilette* chamada Florida Water quando eu era pequena. O perfume que ela usava agora era tão desconhecido para mim quanto o cheiro da casa modelo em que meus pais moravam agora. Mas este quarto tinha exatamente o mesmo cheiro – biscoitos velhos – de quando eu tinha cinco anos.

Nós costumávamos acreditar que as lembranças são mais bem recuperadas no mesmo lugar onde foram construídas. Como tudo o mais que achamos que sabemos, isso já não é mais tão claro.

Mas ainda estamos em 1996. Entre em minha mente enquanto eu finjo ter cinco anos outra vez, enquanto eu tento sentir exatamente o que eu sentia quando, ao fim de mais um dia no exílio, eu me deitava nesta cama, neste quarto.

O que primeiro veio à minha mente foi o sentimento de culpa por não cumprir minha promessa. Segundo, o desespero de ter perdido o amor de Lowell para sempre. Terceiro, o desespero de ter sido mandada embora.

Mais culpa. Eu tirara o filhote de sua mãe, que gritara por causa disso, e eu o entregara a Fern. E mais ainda porque eu omitira essa parte quando contei o que Fern fizera, fingi que ela havia agido sozinha.

Tudo que eu e Fern fazíamos, de modo geral fazíamos juntas e assumíamos as consequências juntas também. Era uma questão de honra.

Mas, em seguida, passei rápido à indignação. Talvez eu realmente tivesse parte da culpa, mas eu não tinha matado o gato. Essa culpa era toda de Fern. Era injusto não acreditarem em mim, injusto eu receber a maior punição. As crianças são tão sensíveis quanto os chimpanzés à injustiça, especialmente quando estamos na extremidade de quem foi injustiçado.

Então, talvez, eu não tivesse dito toda a verdade. Mas eu não teria sentido esse forte sentimento de agravo se tivesse mentido.

Na cama, com o casaco de minha mãe enrolado em volta dos meus pés, ouvindo o murmúrio de louça sendo lavada, esportes discutidos, a tradicional conspiração de feriado de vovó Fredericka e mamãe a respeito do hábito de beber do meu pai, uma reprise de um jovem e magro Frank Sinatra cantando na TV, eu me forcei a reexaminar toda a terrível lembrança outra vez. Busquei falhas no acabamento. Observei a mim mesma me observando. E então algo surpreendente aconteceu. Compreendi que sabia de fato quem eu era.

Diante daquela memória-tela, ainda vívida o suficiente em minha mente para subverter todo o conceito de memória com a trajetória eficiente, direcionado, de uma prova matemática; diante de todos esses estudos sugerindo que o caráter é irrelevante na determinação da ação, e ainda a possibilidade de que eu seja, de seu ponto de vista, apenas um estúpido robô operado por titereiros alienígenas, ainda assim eu sabia que não havia inventado aquele filhote. Eu sabia disso porque a pessoa que eu era, a pessoa que eu sempre fora, *essa* pessoa não teria feito *aquilo*.

Então, eu me senti sonolenta e, nos velhos tempos, meus pais teriam me apanhado em silêncio, dirigido todo o caminho de volta até Bloomington e me carregado até o meu quarto, tudo sem me acordar. Em um milagre de Natal, na manhã seguinte, quando abrisse os olhos, eu estaria em casa, assim como Lowell e Fern.

※

Eu pretendia contar aos meus pais sobre Lowell naquela mesma noite. Eu estava disposta a isso, depois de todo aquele doloroso exame de consciência, e longos trajetos de carro são tão bons quanto confessionários – ou assim imagino, nunca tendo feito uma confissão – para conversas desagradáveis. Mas meu pai estava bêbado. Ele inclinou o encosto de sua poltrona para trás e adormeceu.

O dia seguinte não me pareceu propício por motivos que não me lembro, mas que provavelmente tinham a ver com o estado de espírito de minha mãe, e depois disso minhas notas chegaram e, embora isso pudesse ser útil para desviar a atenção, não me pareceu correto. Assim, restavam apenas alguns dias à minha visita quando por fim eu contei. Estávamos sentados à mesa do café da manhã e o sol se derramava pelas portas largas que davam para o deque do quintal. As árvores dos fundos formavam uma tela tão densa que a luz do sol raramente chegava ali. Quando isso acontecia, nós aproveitávamos ao máximo. Os únicos animais à vista eram um grupo de pardais bem-comportados no comedouro dos pássaros.

Vocês já sabem a respeito da visita de Lowell. Assim, ao invés de repetir tudo isso, vou lhes contar o que eu omiti: Harlow, Ezra, o centro de primatas da UC, duas visitas à prisão, uso de drogas, bebedeira e vandalismo. Esses fatos não teriam nenhum interesse para os meus pais, na minha opinião. Comecei no meio e parei no meio também.

Limitei-me principalmente a Bakers Square e nossa longa noite de conversas e torta.

Sobre isso, meu relato foi minucioso. Não escondi minha preocupação com a saúde mental de Lowell nem as críticas que ele fazia ao trabalho de papai, nem as coisas terríveis que fazemos aos nossos companheiros animais. A conversa foi dolorosa para papai. Quando cheguei a Fern, não havia como ignorar o fato de que ela não estava agora, nem nunca estivera, em uma fazenda, que ela deixara nossa casa para uma vida de sofrimento e prisão. Não me lembro exatamente como coloquei isso em palavras, mas meu pai me acusou de insistir nisso.

— Você tinha cinco anos de idade — ele disse. — O que eu *deveria* ter dito a você? — Como se o maior crime ali tivesse sido a história que ele contou.

Meus pais ficaram imediatamente arrasados pela notícia de que Lowell gostaria de ter cursado a universidade. O fato de que ele gostaria de ter voltado para casa foi demais para eles sequer imaginarem e teve que ser objeto de uma nova conversa mais tarde naquele mesmo dia. Lágrimas ao redor de toda a mesa. Minha mãe, rasgando em pedaços a toalha de papel que ela usara como guardanapo, limpando os olhos e o nariz nos pedaços maiores.

Houve surpresas para mim também, o que me espantou; eu imaginara que era eu quem tinha informações novas. A mais surpreendente foi a insistência de meus pais de que eu era a razão de nunca termos falado sobre Fern, que era eu quem não conseguia lidar com isso. Eu hiperventilava à simples menção do seu nome, disseram, arranhava minha pele até sangrar, arrancava meus cabelos pela raiz. Eles estavam absolutamente unidos nisso: ao longo dos anos, eles haviam feito inúmeras tentativas de falar comigo a respeito de Fern e eu havia frustrado todas elas.

Naquele jantar em que Lowell dissera que Fern adorava milho na espiga e nós também, naquele jantar em que ele deixara a casa porque minha mãe ainda não estava pronta para falar de Fern – meus pais não se lembravam desse jantar do mesmo modo que eu. Fora eu, disseram, que desatara a chorar e dissera a todo mundo para calar a boca. Eu disse que eles estavam magoando meu coração e depois apenas comecei a gritar incoerentemente, histericamente e eficazmente, até que todos pararam de falar e Lowell saiu de casa.

Essa afirmação vem de encontro a muitas coisas das quais me lembro. Passo adiante porque ela está aí, *res ipsa loquitur*, e não porque eu esteja convencida.

Apesar da minha alegada histeria, meus pais pareceram surpresos com a profundidade do sentimento de culpa que eu sentia em relação ao exílio de Fern. Por mais perturbador que seja, ninguém abandona um filho por matar um animal não humano. Não foi o gatinho o que fez Fern ser mandada embora. Ela teria se metido em encrenca, exatamente como Lowell dissera, e muitos esforços teriam sido feitos para manter criaturas frágeis, pequenas longe de suas mãos, e isso teria sido o fim de tudo.

Mas tinha havido outros incidentes de que meus pais juraram que eu tinha conhecimento e tinha até mesmo presenciado, embora eu não tenha nenhuma lembrança deles. Tia Vivi alegara que

Fern se inclinara sobre o carrinho do meu primo Peter e colocara sua orelha inteira dentro da boca. Tia Vivi dissera que ela nunca mais nos visitaria enquanto aquela fera estivesse em nossa casa, o que perturbara muito minha mãe, embora meu pai visse isso como vantajoso para todos.

Um dos estudantes de pós-graduação foi gravemente mordido na mão. Ele estava segurando uma laranja na ocasião, de modo que é possível que Fern pretendera morder a laranja. Mas a mordida havia sido bastante grave para requerer duas cirurgias e resultou em um processo judicial contra a universidade. E Fern nunca gostara daquele sujeito.

Um dia, ela atirara Amy, uma estudante que ela adorava, contra a parede, a uma boa distância. Isso pareceu ter vindo do nada e Amy insistiu que fora um acidente, mas os outros estudantes disseram que Fern não parecera estar brincando ou ter sido descuidada, embora não tivessem conseguido explicar o comportamento agressivo. Sherie, que assistira a tudo, abandonou o programa depois disso, apesar de Amy ter continuado.

Fern ainda era uma menina, e uma de bom temperamento. Mas ela estava crescendo. Estava ficando fora de controle.

– Não teria sido uma atitude responsável esperar que algo mais grave acontecesse – meu pai disse. – Não teria sido bom para Fern, nem para ninguém. Se ela tivesse realmente ferido alguém, a universidade teria mandado sacrificá-la. Estávamos tentando cuidar de todos. Querida, não tínhamos escolha.

– Não foi culpa sua – minha mãe disse. – Nunca foi por sua causa.

Outra vez, não inteiramente convincente. Conforme continuamos a conversar durante os últimos dias de minha visita, eu vi que, assim que eu me absolvi de uma mentira, me acusei de outra. Eu contara a minha mãe que Fern matara um gatinho e isso não era uma mentira, não foi por minha causa que Fern fora mandada embora e não havia nenhuma culpa por eu ter contado isso.

Mas eu não parara por aí. Eu nunca pensara que Fern pudesse deliberadamente me machucar. Nunca havia notado que talvez ela pudesse, da mesma forma como pensava de Lowell e de meus pais. Mas sua falta de remorso, a maneira como Fern fitara impassível o gatinho morto e depois abrira sua barriga com os dedos, aquilo me chocara profundamente. Então, isso é o que eu deveria ter dito a minha mãe, isso é o que eu pretendia dizer.

Que havia algo dentro de Fern que eu não conhecia.

Que eu não a conhecia como sempre pensara que conhecia.

Que Fern tinha segredos, e não eram do tipo benévolo.

Em vez disso, eu dissera que estava com medo dela. Essa foi a mentira que fez com que a mandassem embora. Esse foi o momento em que eu fiz meus pais escolherem entre nós duas.

Dois

NA VIDA DE TODO MUNDO HÁ PESSOAS QUE FICAM, PESSOAS que vão embora e pessoas que são levadas contra sua vontade.

A mãe de Todd conseguiu fazer um acordo para Ezra. O sistema legal se recusara a ver que abrir uma porta era o mesmo que fechar uma. Ezra confessou-se culpado, pegou oito meses em uma prisão de segurança mínima em Vallejo. A mãe de Todd disse que ele ficaria apenas cinco se tivesse bom comportamento. Isso lhe custou seu emprego, de que ele tanto gostava. Custou-lhe qualquer oportunidade na CIA (ou talvez não, que sei eu? Talvez fosse exatamente o item no currículo que eles estavam esperando). Nenhum administrador de prédio que eu tenha tido desde então foi tão dedicado como Ezra.

"O segredo de uma vida boa", ele me disse certa vez, "é dar o melhor de si a tudo que se faz. Mesmo que tudo que você esteja fazendo seja levar o lixo para fora, faça com excelência."

Fui até a prisão no dia de visita – depois do Natal – quando ele estava lá havia um mês. Eles o trouxeram, em seu macacão cor de laranja, para uma sala onde pudemos nos sentar, um de cada lado do que, em outro contexto, eu diria que era uma mesa de piquenique. Fomos avisados para não nos tocarmos e em seguida deixados a sós. O bigode de Ezra desaparecera, a pele do lábio superior irritada como se os pelos tivessem sido arrancados com esparadrapo. Seu rosto parecia pelado, os dentes grandes e leporinos. Era óbvio que ele estava deprimido. Perguntei como ele estava indo.

— Não é divertido como costumava ser — ele disse, o que me reconfortou. O mesmo Ezra. O mesmo *Pulp Fiction*.
Ele perguntou se eu tivera alguma notícia de Harlow.
— Os pais dela vieram de Fresco à sua procura — eu disse. — Mas sem sorte. Ninguém a viu.
Dias depois de eu ter dito a Lowell que Harlow nunca falava de sua família, ela me dera a seguinte informação: três irmãos mais novos, duas irmãs mais velhas. Meios-irmãos e meias-irmãs, para ser mais técnica.
Ela dissera que sua mãe era uma dessas mulheres que adoravam ficar grávidas, mas não eram dadas a relacionamentos duradouros. Uma *hippie*, algo a ver com a Mãe Terra. Cada irmão de Harlow tinha um pai diferente, mas todos viviam com sua mãe em uma casa caindo aos pedaços na periferia da cidade. Duas crianças atrás, eles haviam ficado sem espaço para todos, de modo que alguns dos pais transformaram o porão em um aglomerado de quartos, onde as crianças viviam uma vida amplamente sem supervisão, uma espécie de vida de Peter Pan. Harlow não via seu próprio pai há anos, mas ele conseguira criar uma pequena companhia de teatro em Grass Valley, de modo que ele lhe daria um emprego depois que ela se formasse, sem nenhum problema. Ele era, ela disse, seu ás na manga.
A semelhança do porão de Harlow com minhas antigas fantasias da casa na árvore me surpreenderam, exceto que era preciso descer para entrar na Terra do Nunca de Harlow. (Que seria uma diferença significativa — estudos recentes sugerem que as pessoas se comportam com mais caridade se acabaram de subir ao andar de cima e menos se acabaram de descer — se estudos como esses não passassem de um monte de besteira. Há ciência e há ciência, é tudo o que estou dizendo. Quando os seres humanos são os objetos da experiência, na maior parte não se trata de ciência.)
O porão e a casa na árvore compartilhavam outra característica: nenhum dos dois era real.

Harlow era filha única. Seu pai lia medidores de gás para a PG&E. Esse é um emprego extraordinariamente perigoso, por causa dos cachorros, se não glamoroso. Sua mãe trabalhava na biblioteca local. Quando eu governar o mundo, as bibliotecárias serão isentas de tragédia. Até mesmo suas menores tristezas durarão apenas o tempo que se leva para retirar um livro.

Seus pais eram ambos altos, mas curvados, inclinados sobre seus torsos exatamente do mesmo modo, como se tivessem acabado de levar um soco. A mãe de Harlow tinha os seus cabelos apenas mais curtos e práticos. Ela usava uma echarpe de seda em volta do pescoço e, sob ele, em um longo cordão de prata, um cartucho egípcio. Pude divisar o símbolo hieroglífico de um pássaro. Pensei em como sua mãe se vestira com esmero para vir falar com a polícia local, para me ver, para ver Reg. Eu a imaginei em seu closet, decidindo o que vestir para ir saber alguma coisa sobre sua filha que poderia simplesmente partir seu coração. Ela me lembrou minha própria mãe, embora não fossem parecidas de nenhuma outra maneira além da aflição.

Os pais de Harlow receavam que ela tivesse sido sequestrada e quem sabe o que mais, porque ela não era de não telefonar quando sabia que eles estariam preocupados. Eles estavam, cada um deles, frágeis como vidro, com medo de que ela pudesse estar morta. Tentaram me fazer pensar sobre isso sem que tivessem que dizer claramente. Sugeriram que Ezra podia estar acusando-a, devia ter encenado toda a ação dos primatas a fim de encobrir algo muito mais sinistro. Ela nunca, jamais perderia o Natal, disseram. Sua meia ainda estava pendurada no console da lareira, onde disseram que ficaria até que, de uma maneira ou de outra, ela voltasse para casa.

Insistiram em sair comigo para esta conversa, de modo que ficamos no Mishka's, tomando café na quietude dos primeiros dias do período letivo do inverno, quase nenhum outro freguês no local, o único barulho significativo sendo a moagem dos grãos.

De qualquer modo, *eu* estava tomando meu café. Os deles permaneceram intocados e ficando cada vez mais frios.

Eu disse a eles que não tinha a menor dúvida de que Harlow estava viva, de que ela, na realidade, havia voltado ao nosso apartamento no dia seguinte ao caso dos macacos para pegar algo que ela deixara lá. Embora não a tivesse visto com meus próprios olhos, eu tinha provas, eu disse, ela havia deixado provas evidentes, e isso foi tudo que eu disse. Sua mãe emitiu um som – algo entre um soluço e um grito – inadvertido, mas alto e agudo. Em seguida, desatou a chorar, agarrou minhas mãos, entornando nossas xícaras.

Ela própria sofreu o maior dano. Creio que sua linda blusa tenha sido estragada.

– Mas não é do seu feitio – seu pai repetia sem parar, enquanto tentávamos limpar a bagunça. – Invadir um lugar. Pegar coisas – referindo-se a macacos, presumo. Eu não dissera nada sobre Madame Defarge –, pegar coisas que não lhe pertencem.

Eu me perguntei se estaríamos falando da mesma pessoa. Nada parecia mais próprio de Harlow para mim.

Mas ninguém é mais fácil de iludir do que um pai ou uma mãe. Eles veem apenas o que querem ver. Contei a Ezra um pouco disso. Ele estava deprimido demais para se interessar. Para minha surpresa, a vontade de tocá-lo – algo que certamente eu nunca sentira antes e provavelmente sentia agora somente porque era proibido – começou a me dominar. Eu queria acariciar seu braço, passar os dedos em seus cabelos, animá-lo um pouco. Sentei sobre as mãos para me conter.

– Para onde você acha que os macacos iriam? – perguntei a ele.

– Pra onde bem quisessem – ele disse.

Três

ASSIM QUE EU DISSE ADEUS A LOWELL NA ESTAÇÃO DE TREM de Davis, não fazia mais sentido permanecer ali, prolongar mais minha educação universitária. Eu tinha uma irmã para cuidar. Estava na hora de agir com seriedade.

Esperei que o primeiro relatório sobre Fern chegasse, mas nunca chegou. O que quer que Lowell tivesse pensado que conseguira arranjar, dera errado. Enquanto isso, peguei na biblioteca todos os livros que consegui encontrar sobre as meninas-macaco – Jane Goodall (chimpanzés), Dian Fossey (gorilas) e Biruté Galdikas (orangotangos).

Pensei em ir trabalhar em Gombe Stream depois de formada, passando longos dias observando os chimpanzés de Kasakela. Achei que eu podia ter alguma contribuição especial a dar, que pudesse encontrar um modo, após todo esse tempo, de fazer algo de bom vir da experiência de papai. Essa, pensei, era a vida que nasci para viver, tão parecida com aqueles sonhos da casa na árvore que costumavam me embalar antes de dormir. Achei que eu poderia encontrar o lugar onde finalmente me encaixaria. Tarzan na selva. A ideia me elevou à euforia.

Despenquei. Lembrei-me dos 170 estupros durante três dias, da aula do dr. Sosa. Algum cientista observara tudo isso, havia na verdade observado uma fêmea ser estuprada 170 vezes e ficou contando. Bom cientista. Não eu.

Além do mais, como eu havia tão diligentemente evitado primatas em todos os meus cursos, esse plano de carreira significaria recomeçar a faculdade.

E como isso ajudaria Fern?

Lembrei-me então que a antiga namorada de Lowell, Kitch, dissera-me certa vez que achava que eu daria uma excelente professora. Eu achara que ela estava apenas sendo gentil – e também louca, provavelmente levada à loucura como tantas outras antes dela pela vida na fraternidade –, mas após várias horas com o catálogo da universidade em uma das mãos e meu histórico escolar na outra, concluí que o caminho mais rápido, a carreira universitária que iria aceitar a maioria dos cursos que eu já fizera, era educação. Claro, depois eu teria que obter as credenciais. Mas não conseguia ver nenhum outro curso universitário que eu pudesse terminar antes do Dia do Juízo Final dos Maias.

Um dia naquela primavera, encontrei Reg na biblioteca e ele sugeriu que fôssemos juntos ver a peça *Macbeth*, do Departamento de Teatro, a que apresentaria uma troca de gêneros. Ele tinha duas entradas, disse, cortesia de alguma amiga de Harlow.

Encontramo-nos mais ou menos no fim da tarde no Centro de Artes Cênicas. (Um mês depois, apropriadamente, o nome seria trocado para Celeste Turner Wright Hall, um dos únicos três prédios no campus que tinha o nome de uma mulher. Nós lhe agradecemos, Celeste, nós mulheres de Davis.) Era uma bela noite e, atrás do teatro, as árvores-de-judas e groselheiras floresciam no parque. Ao pé da colina, eu ouvia patos-reais discutindo languidamente.

A peça era a questão sangrenta de sempre e nenhuma das ideias de Harlow tinha sido usada. Achei isso uma pena. Não foi um espetáculo ruim, mas teria sido muito mais interessante da maneira como Harlow havia idealizado. Reg, no entanto, insistiu em sua avaliação original, de que não existia nada mais engraçado do que um homem de vestido.

Achei isso espantoso, depreciativo para todas as mulheres e travestis. Eu disse que ele devia ser o único idiota no mundo que achava que *Macbeth* devia ser encenada para rir.

Ele abanou as mãos alegremente para mim.

– Quando um cara leva uma garota para ver um espetáculo feminista – ele disse –, ele sabe no que está se metendo. Sabe que a noite vai terminar em briga. – Ele perguntou se eu estava menstruada, o que também achou muito engraçado.

Estávamos indo em direção ao seu carro nesse momento. Eu me virei abruptamente. Preferia caminhar, disse a ele. Sozinha. Que babaca. Eu já estava na metade do caminho de casa quando percebi o que ele dissera. "Quando um cara leva uma garota..." Eu não sabia que se tratava de um encontro.

No dia seguinte, ele me ligou e me convidou para sair outra vez. Ficamos cinco meses como um casal. Mesmo agora, quando me aproximo dos quarenta, esse continua a ser um dos meus melhores momentos. Eu gostava muito de Reg, mas nunca fomos morar juntos. Brigávamos o tempo todo. Eu não era tão tranquila quanto ele esperara.

– Acho que isso não vai dar certo – ele me disse certa noite. Estávamos estacionados em frente ao meu prédio, esperando a polícia ir embora. Eles estavam multando o terceiro andar por violação da lei do silêncio.

– Por que não? – perguntei, no espírito da indagação científica.

– Acho você fantástica – ele disse. – E uma garota muito bonita. Não me faça explicar. – Assim, não sei ao certo por que nos separamos.

Talvez o problema fosse ele. Talvez fosse eu. Talvez fosse o fantasma de Harlow, sacudindo seus cachos ensanguentados para nós. "*Pavorosa sombra, fora daqui! Caricatura fingida, fora!*"

A conversa não foi tão perturbadora quanto possa parecer ao ser relatada. Quando penso em Reg, penso nele afetuosamente. Na época, eu tinha certeza de que tinha sido eu quem começara a romper o namoro, embora tivesse sido ele o primeiro a falar. Mais tarde, entretanto, eu soube que ele estava saindo com um homem, de modo que talvez eu tenha sido rápida demais em levar o crédito.

O fato permanece que, ao que tudo indica, eu não consigo fazer o sexo funcionar no longo prazo. Não por falta de tentativa. Não me façam explicar.

Eu me pergunto se Lowell diria que a maneira como fui criada me estragou sexualmente. Ou se nenhum de vocês tampouco consegue fazer o sexo funcionar no longo prazo.

Talvez vocês achem que possam, mas na verdade não podem. Talvez a anosognosia, a incapacidade de ver sua própria deficiência, seja a condição humana e eu seja a única que não sofre disso.

Mamãe diz que eu simplesmente ainda não encontrei a pessoa certa, aquele que vê as estrelas em meus olhos.

É verdade. Ainda não encontrei essa pessoa.

❖

O homem que viu as estrelas nos olhos de minha mãe morreu em 1998. Papai partira para uma semana solitária de acampamento, pesca, caiaque e introspecção ao longo do rio Wabash. Dois dias depois, enquanto transportava o caiaque por cima de algumas rochas, ele teve um ataque cardíaco que pensou que fosse um resfriado. Ele voltou para casa e ficou de cama, onde teve um segundo ataque cardíaco um dia depois, e um terceiro no hospital naquela noite.

Quando cheguei, ele estava ao ar livre outra vez, escalando alguma montanha imaginária na zona limítrofe. Foi necessário um esforço concentrado, constante, tanto meu quanto de mamãe, para lhe dizer que eu estava lá e ainda não tenho certeza se ele me reconheceu.

— Estou muito cansado — ele disse. — Podia levar minha mochila? Só um pouco? — Ele parecia constrangido.

— Claro, papai — eu disse. — Claro. Olha, vou pegá-la agora. Vou carregá-la para você o tempo que você precisar. — Isso foi a última coisa que eu disse a ele que sei que ele ouviu.

Sei que isso soa como uma cena de leito de morte em um filme — limpa, clássica, profunda e opressiva. Na realidade, ele viveu mais um dia e não houve nada de certinho a respeito. Houve sangue, fezes, muco, gemidos e horas de arfadas audíveis, dolorosas para respirar. Médicos e enfermeiras iam e vinham, e mamãe e eu tínhamos permissão para entrar no quarto e, logo em seguida, éramos arremessadas para fora com regularidade.

Lembro-me de um aquário na sala de espera. Lembro-me de peixes cujos corações batendo eram visíveis dentro de seus corpos, cujas escamas eram da cor de vidro. Lembro-me de um caracol que se arrastava ao longo das laterais, a boca no pé, expandindo-se e contraindo-se interminavelmente conforme avançava. O médico aproximou-se de nós e mamãe levantou-se.

— Receio que desta vez nós o perdemos — ele disse, como se pudesse haver uma próxima vez.

❈

Na próxima vez, acertarei os ponteiros entre mim e meu pai.

Na próxima vez, darei a mamãe a cota justa de culpa por Fern que o seu colapso impediu desta vez. Não jogarei toda a culpa em papai.

Na próxima vez, assumirei a cota que me cabe, nem mais, nem menos. Na próxima vez, fecharei a boca a respeito de Fern e a abrirei sobre Lowell. Direi a mamãe e papai que Lowell faltou ao treino de basquete, de modo que conversarão com ele e ele não irá embora.

Eu sempre pretendera perdoar papai algum dia. Todo o caso lhe custou tanto, mas não lhe custou o meu amor, e eu quisera ter lhe dito isso. É doloroso e sem sentido que eu não o tenha feito.

Assim, sempre fui grata por aquele único pedido final. Foi uma grande dádiva deixar-me tirar um peso, ainda que imaginário, dos seus ombros.

❦

Papai tinha cinquenta anos na ocasião de sua morte. O médico nos disse que, devido à combinação de diabetes e bebida, ele tinha o corpo de um homem muito mais velho. "Ele viveu uma vida estressante?", ele nos perguntou, e mamãe retrucou: "Quem não viveu?"

Deixamos seu corpo para maiores análises científicas e entramos no carro.

— Eu quero Lowell — minha mãe disse e, então, desmoronou sobre o volante, arfando com tanta violência para conseguir respirar que parecia que ela ia morrer junto com papai.

Trocamos de lugar e eu dirigi. Dei várias voltas antes de perceber que não estava a caminho da casa de lajotas de pedra, mas de volta à casa no estilo "saltbox" próxima à universidade, onde eu havia crescido. Eu já estava quase chegando lá quando percebi.

Papai teve um longo e respeitoso obituário em *The New York Times*, que teria lhe agradado. Fern foi mencionada, é claro, mas como um objeto de pesquisa, não mais um ente querido na lista dos que ele deixou. Senti o impacto do nome de Fern para o qual eu não havia me preparado, como se sente ao atingir uma bolsa de baixa pressão em um avião. A menina-macaco ainda tinha medo de exposição, e essa parecia uma revelação internacional.

Mas a essa altura eu estava em Stanford, onde não conhecia quase ninguém. Ninguém me disse nenhuma palavra sobre isso. Alguns dias depois da publicação do obituário, recebemos um cartão-postal do Regions Building, em Tampa, Flórida, com seu telhado íngreme e seus quarenta e dois andares de janelas azul-acinzentadas. "Estou conhecendo tanto dos Estados Unidos hoje", dizia o cartão-postal. Estava endereçado a mamãe e a mim. Não havia assinatura.

Quatro

DE VOLTA A 1996, A COMPANHIA AÉREA DEVOLVERA MINHA mala apenas alguns dias depois de eu ter viajado para as férias de Natal. Todd ainda estava no apartamento, já que ele raramente sai correndo para casa nas férias, de modo que pôde assinar os papéis e receber a mala.

– Agora é a mala certa – ele me disse. – Sua mala verdadeira. Eu a reconheceria em qualquer lugar. – Ele devolveu a outra, o que eu não previra que fosse acontecer em minha ausência e que me deixou aflita.

Claro, sempre é possível que enquanto eu estava aterrissando em Indiana, Harlow entrava sorrateiramente em meu quarto, como gostava de fazer, e colocava Madame Defarge de volta em segurança no sarcófago azul-celeste. "Sempre é possível" como em "de jeito nenhum".

Eu realmente me sinto terrível a respeito do episódio. Tenho certeza de que ela era uma antiguidade insubstituível e cara. Eu pretendera colocar um bilhete dentro da mala antes de ser devolvida, pedindo desculpas. Deixe-me fazer isso aqui:

Caro titereiro,
    Embora não tenha sido eu quem roubou Madame Defarge, ela de fato desapareceu quando estava sob meus cuidados. Lamento muito. Tenho certeza de que você dava muito valor a ela.

O único consolo que posso oferecer é a minha crença de que ela agora esteja vivendo a vida de incessante vingança pela qual é tão justificadamente famosa. Ela, em resumo, retornou à ativa como ativista política e justiceira implacável.

Ainda espero enviá-la de volta para você um dia, perfeitamente intacta. Eu procuro por ela no eBay ao menos uma vez por mês.

Minhas sinceras desculpas,
Rosemary Cooke

A minha própria mala cheia não tinha nenhum item faltando. Lá estava meu suéter azul, lá estavam meus chinelos, meu pijama, minhas roupas íntimas. Lá estavam os diários de minha mãe, não tão animados como vistos pela última vez — a viagem desgastara as bordas, amassara as capas, deixara a fita de Natal em um ângulo esquisito. Tudo um pouco esmagado, mas essencialmente sãos e salvos.

Não abri os diários imediatamente. Eu estava cansada da viagem para casa e desgastada de todas as conversas e pensamentos sobre Fern que tivera nas últimas semanas. Resolvi guardá-los por algum tempo na prateleira de cima do meu armário, bem no fundo, de modo que eu não os visse toda vez que abrisse as portas de espelho.

Assim, uma vez tomada essa decisão, abri a capa do volume que estava em cima.

Havia uma foto polaroide minha, tirada no hospital nas minhas primeiras horas de vida. Estou vermelha como um morango, brilhante do líquido do útero em que estivera em conserva e espreitando o mundo através de olhos rasgados, desconfiados. Minhas mãos estão em punhos cerrados junto ao rosto. Pareço pronta para briga. Sob a minha foto há um poema.

Ora, ora,
que cara feliz, estufada ela tem,
esta peônia!

Fui em frente e abri a capa do segundo caderno. Fern também tem uma foto e um poema, ou ao menos parte de um. A foto foi tirada no primeiro dia em que ela chegou à casa da fazenda. Ela tem quase três meses de idade e enrola-se como alga marinha em volta do braço de alguém. Deve ser de nossa mãe. Eu reconheço a trama verde, larga, da blusa de outras fotos.

Os pelos na cabeça de Fern, inclusive as suíças, estão eriçados. Eles saltam de seu rosto liso em uma auréola agitada e aflita. Seus braços parecem dois galhinhos, a testa é enrugada, os olhos grandes e espantados.

Um Semblante de sensibilizar uma Rainha –
Metade Criança – Metade Heroína

Os diários de mamãe não são artigos científicos. Embora realmente incluam um ou dois gráficos, alguns números e algumas medidas, não são as observações desapaixonadas, meticulosas de campo que eu esperava.

Pareciam ser nossos álbuns de bebê.

Cinco

Eu já lhes contei o meio de nossa história. Eu já lhes contei o fim do começo e já lhes contei o começo do fim. Por sorte, há uma considerável superposição entre as únicas duas partes que faltam.

No último outono, mamãe e papai passaram muitas semanas examinando os diários dela juntos, preparando-os para publicação. Quase aos setenta anos agora, mamãe adotou o uso de macacões – "Não vejo minha cintura desde 2001", ela gosta de dizer, mas na verdade ficou mais magra com a idade, os braços mais finos, as pernas mais ossudas. Ela ainda é uma mulher atraente, mas agora já se pode ver o esqueleto por baixo de seu rosto. Aquelas velhas fotos me faziam lembrar do quanto ela sempre parecera feliz antes de nós a afligirmos.

– Você era o bebê mais lindo que alguém já vira – ela me disse. A foto não dá nenhuma prova disso. – Um dez perfeito no teste de Apgar. – Seis horas de trabalho de parto, segundo o diário dela. Pesando três quilos e duzentos. Cinquenta centímetros. Um belo filhote.

Eu tinha cinco meses quando aprendi a me sentar. Há uma foto em que estou sentada, as costas retas como uma agulha de tricô. Fern está recostada em mim, os braços ao redor da minha cintura. Ela parece estar começando ou terminando um bocejo.

Aos cinco meses, Fern já estava rastejando sobre os nós dos dedos de seus pequenos pés contraídos.

— Ela costumava perder a noção de onde estava o chão — mamãe disse. — As mãos, tudo bem. Ela podia vê-las e para onde elas deviam ir. Mas agitava os pés no ar atrás dela, tentando achar apoio em cima no ar ou dos lados ou em qualquer outro lugar, exceto embaixo. Era uma gracinha.

Comecei a andar quando tinha dez meses. Aos dez meses, Fern podia ir sozinha para o andar de baixo, balançando-se no corrimão.

— Você foi muito precoce em todos os seus pontos de referência, em comparação a outras crianças — mamãe disse para me consolar. — Acho que Fern talvez a tenha impulsionado um pouco.

Aos dez meses, eu pesava seis quilos e meio. Tinha quatro dentes, dois superiores e dois inferiores. Fern pesava quatro quilos e meio. Os gráficos de mamãe mostram ambas pequenas para nossa idade.

Minha primeira palavra foi *tchau*. Fiz o sinal aos onze meses e a pronunciei aos treze. O primeiro sinal de Fern foi *caneca*. Fern tinha dez meses.

❊

Eu nasci em um hospital em Bloomington, um parto comum. Fern nasceu na África, onde, quando mal completara um mês de vida, sua mãe foi assassinada e vendida como comida.

Mamãe disse:

— Nós vínhamos conversando sobre criar um chimpanzé há vários anos. Tudo muito teórico. Eu sempre dissera que não queria um filhote arrancado de sua mãe. E que tinha que ser um chimpanzé que não tivesse para onde ir. Depois achei que aquilo não chegaria a lugar nenhum. Fiquei grávida de você e paramos de falar sobre isso.

"Então, ficamos sabendo de Fern. Uns amigos de uns amigos a compraram de caçadores clandestinos em um mercado de Camarões, porque esperavam que nós a quiséssemos. Disseram que ela estava quase morta na época, mole como uma boneca de pano, suja, com diarreia e cheia de pulgas. Não acreditavam que ela fosse sobreviver, mas não suportaram a ideia de ir embora e deixá-la naquelas condições.

"E se ela sobreviveu, provou ser resistente. Resiliente. Adaptável. Perfeita para nós.

"Ela ainda estava em quarentena quando você nasceu. Não podíamos correr o risco de que trouxesse alguma doença para dentro de casa. Assim, por um mês, você foi meu único bebê. Você era uma garotinha muito feliz. E fácil de cuidar, você quase nunca chorava. Mas eu estava começando a pensar duas vezes. Eu havia me esquecido de como era cansativo, das noites sem dormir, a constante amamentação. Eu teria dito não ao estudo na ocasião, mas o que aconteceria a Fern? E toda vez que eu hesitava, prometiam-me muita ajuda. Um povoado. De alunos de pós-graduação.

"Foi em um dia tempestuoso que Fern por fim entrou na cidade. Tão pequena e aterrorizada. O vento bateu a porta atrás dela e ela simplesmente deu um salto dos braços do rapaz que a trouxera para mim. Não foi preciso mais nada.

"Ela costumava agarrar-se a mim com tanta força que a única maneira de soltá-la era arrancando-a de mim, um dedo de cada vez. Durante dois anos, eu tive manchas roxas de seus dedos das mãos e dos pés por todo o meu corpo. Mas é assim que funciona na selva – o bebê chimpanzé agarra-se à sua mãe pelos dois primeiros anos.

"Sua força era tanta que houve uma vez, logo assim que ela chegou, que eu ia colocá-la no chão e suas mãozinhas agitavam-se no ar em protesto quando se encontraram por acaso. Elas grudaram uma na outra como concha de molusco. Ela não conseguia separá-las. Ela começou a gritar e seu pai teve que vir e destravar as mãos para ela.

"Na primeira semana, ela dormiu quase o tempo todo. Ela também tinha um berço, mas eu só podia colocá-la dentro dele se ela já estivesse dormindo. Ela se enroscava no meu colo com a cabeça no meu braço, e bocejava de um jeito que eu podia ver até o fundo de sua garganta, o que me fazia bocejar também. Em seguida, a luz aos poucos desaparecia de seus olhos. As pálpebras caíam, adejavam um pouco, depois se fechavam.

"Ela era apática e desinteressada. Sempre que eu via que ela estava acordada, eu conversava com ela, mas ela nem parecia notar. Eu me preocupava, achando que afinal ela não fosse saudável. Ou não muito inteligente. Ou tão traumatizada que ela jamais se recuperaria.

"Ainda assim, essa foi a semana em que ela conquistou meu coração. Ela era tão pequenininha e tão sozinha no mundo. Tão assustada e triste. E se parecia tanto com um bebê. Tão parecida com você, apenas com muito sofrimento.

"Eu disse a seu pai que eu não via como vocês duas podiam ser comparadas quando o seu mundo sempre fora tão pacífico e o dela tão cruel. Mas a essa altura já não havia como voltar atrás. Eu estava profundamente apaixonada por vocês duas.

"Li tudo que pude sobre os outros chimpanzés criados em casa, especialmente o livro de Catherine Hayes sobre Viki, e achei que podia dar certo. Ao final de seu livro, Catherine diz que eles planejam ficar com Viki para sempre. Ela diz que as pessoas sempre perguntavam se Viki não poderia um dia se voltar contra eles, e então ela abre o jornal de manhã e lê sobre um garoto que matou os pais em suas camas. Todos nós corremos os nossos riscos, ela disse.

"Claro, Viki morreu antes de atingir seu tamanho completo. Eles nunca foram submetidos à prova. Mas nós também pensávamos assim, seu pai e eu, realmente acreditávamos que Fern ficaria conosco para sempre. Sua parte no estudo terminaria quando você fosse para a escola, mas nós continuaríamos a trabalhar com Fern. Por fim, você iria para a faculdade, você e Lowell, e ela ficaria em casa conosco. Era com isso que eu estava contando.

"Há alguns anos achei algo na internet que o pai de Viki dissera. Ele se queixava do modo como Viki era sempre apresentada como um exemplo de experiência fracassada de linguagem. Fadada ao fracasso porque eles tentaram ensiná-la a falar oralmente, o que, é claro, um chimpanzé é fisiologicamente incapaz de fazer. Como sabemos agora.

"Mas o sr. Hayes disse que a descoberta decisiva, importante, de seu estudo, a descoberta que todos preferiam ignorar, era a seguinte: que a linguagem era a única forma em que Viki diferia muito de uma criança humana normal."

❖

— Aquilo em que você é bem-sucedido nunca vai ser tão importante quanto aquilo em que fracassou — eu disse.

— Meu Deus — mamãe respondeu. — Que tristeza. Se eu acreditasse nisso, daria um fim à minha refeição aqui mesmo, agora mesmo, com uma dose de veneno.

Tivemos essa conversa certa noite, quando nos demorávamos à mesa, terminando nosso vinho. Tinha sido um jantar especial para comemorar a venda de nosso livro. O adiantamento havia superado nossas expectativas (embora não cobrisse nossas necessidades). A luz da vela estremecia e oscilava na cozinha arejada e usávamos a parte da louça boa que havia sobrevivido aos anos com Fern. Mamãe parecia calma e não muito triste.

— Lembro-me de ter lido em algum lugar — ela disse — sobre um cientista que pensou que poderíamos miniaturizar chimpanzés para controlá-los, do modo como fizemos com daschshunds e poodles.

Eu não disse que havia lido sobre Ilya Ivanovich Ivanov, que na década de 1920 fez várias tentativas de criar um híbrido humano-chimpanzé, o hipotético *humanzee*. Ele inseminou chimpanzés com esperma humano, embora seu primeiro pensamento tivesse sido fazer o inverso – mães humanas, esperma de chimpanzé. Esses são os sonhos que nos tornam humanos, mamãe. Passe esse veneno para mim quando tiver acabado.

❖

Mamãe disse:
"Quando Fern acordava, ela realmente acordava. Girava como um cata-vento. Irrompia como um raio de sol entre as nuvens. Balançava-se pela casa como um Colosso em miniatura. Lembra-se de como seu pai costumava chamá-la de nosso 'Poderoso Whirlizer'? Todo o barulho, cor e agitação do Mardi Gras e bem dentro de nossa própria casa.

"Quando você ficou um pouco maior, vocês duas formavam uma bela dupla. Ela abria os armários da cozinha e você tirava cada panela, cada vasilha. Ela conseguia abrir as travas à prova de criança em menos de um segundo, mas não tinha a sua perseverança. Lembra-se de como era obcecada por cadarços? Estávamos sempre tropeçando em nossos pés porque Fern havia desfeito os laços de nossos sapatos sem que a gente percebesse.

"Ela subia nos armários e puxava todos os casacos dos cabides, jogando-os para você embaixo. Pegava moedas na minha bolsa para você chupar. Abria as gavetas e lhe dava os alfinetes, agulhas, tesouras e facas."

❖

— Você se preocupava comigo e com o impacto que isso podia ter sobre mim? – perguntei. Enchi minha taça de vinho outra vez para me fortalecer, já que eu não conseguia pensar em uma resposta que iria querer ouvir sóbria.

— Claro que sim — ela disse. — Eu me preocupava com isso o tempo todo. Mas você adorava Fern. Você era uma criança muito feliz.

— Era? Não me lembro.

— Completamente. Eu me preocupava com o que ser irmã de Fern faria a você, mas eu também queria isso para você.

A luz da vela lançava fantoches de sombras na cozinha. O vinho era tinto. Mamãe tomou mais um gole e desviou o rosto suavemente enrugado e flácido do meu.

— Eu queria que você tivesse uma vida extraordinária.

❧

Mamãe desencavou um vídeo que um dos alunos de pós-graduação tinha feito. Havia muitos desses vídeos, razão pela qual ainda temos um antigo aparelho de VHS, muito tempo depois que o resto de vocês já se desfez dos seus. A cena de abertura é uma longa subida pelas escadas da casa de fazenda. A trilha sonora é de *Tubarão*. A porta do meu quarto se abre repentinamente e ouve-se um grito.

Transferência para Fern e eu. Estamos reclinadas, lado a lado, em meu pufe. Nossas poses são idênticas, nossos braços dobrados atrás do pescoço, a cabeça nas mãos. Nossos joelhos estão dobrados, uma perna cruzada por cima da outra, de modo que um dos pés está no chão, o outro no ar. Uma imagem de serena satisfação.

O quarto à nossa volta está completamente bagunçado. Somos romanas sentadas em meio às ruínas de Cartago; Merry e Pippin em Isengard. Há jornais rasgados, roupas e brinquedos espalhados, restos de comida pisoteados. Um sanduíche de pasta de amendoim foi esmagado na colcha, as cortinas pintadas com

Magic Markers. Ao redor de nossas alegres figurinhas, estudantes limpam a bagunça. Na tela, páginas caem do calendário conforme eles trabalham.

Algum dia seremos capazes de embutir esse vídeo em um livro. Para este, usamos as fotos dos álbuns de bebê e tentamos transformar a lista de "primeiros" – primeiros passos, primeiros dentes, primeiras palavras etc. – em algo mais parecido com uma história. Usamos uma foto de Fern com um dos chapéus da vovó Donna. Uma outra em que ela está levando uma maçã à boca com os pés. E uma outra em que está examinando seus dentes no espelho.

Em cada caderno havia um conjunto de *close-ups* faciais – estudos de humor. Nós as colocamos em pares, de modo que a materialização de emoções na criança e no chimpanzé possam ser comparadas. Ali estou eu alegre, divertindo-me, todos os dentes à mostra, e ali está Fern, o lábio puxado sobre os dentes superiores. Quando choro, meu rosto se contrai. Minha testa está enrugada, a boca escancarada, lágrimas escorrem pelo meu rosto. Na foto de Fern chorando, sua boca também está aberta, mas ela atirou a cabeça para trás, fechou os olhos. Seu rosto está seco.

Não vejo muita diferença entre a foto em que estou feliz e a foto cuja etiqueta diz AGITADA. Com Fern, é mais fácil. Seus lábios estão abertos na primeira, afunilados na segunda. Quando está feliz, sua testa fica lisa; quando está agitada, com rugas profundas.

Fern se meteu na maioria de minhas fotos. Em uma delas, estou nos braços de vovó Fredericka e Fern está embaixo, agarrada à sua perna. Em outra, estou sentada em um balanço de bebê e Fern está dependurada da barra acima da minha cabeça. Em outra, estamos recostadas contra nossa terrier, Tamara Press, todos os pequenos animais da casa de fazenda em uma fileira concatenada. Nós duas temos as mãos mergulhadas nos pelos de Tamara, agarrando-os em nossos punhos cerrados. Ela olha pacificamente para a câmera como se não estivéssemos machucando-a com todo o amor em nossos corações.

Em outra foto, estamos andando de bicicleta com papai em Lemon Cake. Estou em um carregador de bebê, minhas costas contra o peito dele, meu rosto espremido pelas tiras de segurança. Fern está em uma mochila às costas de nosso pai. Ela espreita por cima do ombro dele, os pelos esvoaçantes e os olhos arregalados.

A poesia em nossos álbuns de bebê estava escrita com a caligrafia de nossa mãe, mas os poetas eram dois favoritos de papai, Kobayashi Issa e Emily Dickinson. Quando li os poemas pela primeira vez nos diários, no meu quarto na universidade, no inverno de 1997, ocorreu-me que, apesar de toda a sua rigorosa rejeição ao antropomorfismo, ele dificilmente poderia ter escolhido dois que recebam nota mais alta no teste de parentesco de Lowell. Bônus extras para insetos.

ISSA
Olhe, não mate aquela mosca!
Ela está rezando uma prece para você
Esfregando as mãos e os pés.

DICKINSON
Abelha! Espero por tí!
Ontem mesmo eu ia falando
Para Alguém que tu conheces
Que logo estarás chegando –

Semana passada voltaram as Rãs –
Estão bem instaladas, no seu afã –

As Aves, todas aqui novamente –
O Trevo, espesso e quente –

Receberás minha Carta lá pelo
Dezessete; Responde,
Ou melhor, vem ter comigo, urgente –
Tua Amiga Mosca,
Cordialmente.*

❖

2012.
Ano do Dragão da Água.
Um ano de eleição nos Estados Unidos, como se vocês precisassem ser relembrados, os medonhos acordes da Ayn Rand Marching Band balindo das ondas do rádio e da TV.
E em nível global – O Crepúsculo dos Dinossauros. Último Ato: Vingança sobre os pretensiosos mamíferos. Eis a cena em que eles nos cozinham em nossa própria estupidez. Se estupidez fosse combustível, jamais haveria falta. Enquanto isso, balas religiosas em casa e no exterior estão, no pouco tempo que resta antes do fim do mundo, esmagando toda esperança de sequer uma felicidade efêmera.
Minha própria vida, entretanto, está bastante boa. Não posso me queixar.

❖

Mamãe e eu estamos morando juntas atualmente, em Vermillion, Dakota do Sul. Estamos alugando uma casa simples, ainda menor do que a casa de lajotas de pedra. Sinto falta dos invernos amenos

---

* In: *Loucas noites / Wild Nights – 55 poemas de Emily Dickinson*. Disal Editora, 2010, tradução de Isa Mara Lando. (N. da P. O.)

de Bloomington e dos ainda mais amenos do norte da Califórnia, mas Vermillion é uma cidade universitária bastante agradável.

Pelos últimos sete anos, tenho sido professora de jardim de infância na Addison Elementary, o que é o mais próximo que consegui até agora de viver com um bando de chimpanzés. E Kitch tinha razão. Mais do que ter razão, ela foi profética. Sou boa no que faço. Sou boa em ler linguagem corporal, especialmente a de crianças pequenas. Eu as observo, escuto e então sei o que estão sentindo, o que estão pensando e, mais importante, o que estão prestes a fazer.

Meus antigos comportamentos de jardim de infância, tão estarrecedores quando eu mesma estava no jardim de infância, são aparentemente bastante aceitáveis em um professor. Toda semana nós tentamos aprender uma palavra que esperamos que seus pais não saibam, uma tarefa que executam com entusiasmo. A palavra da semana passada foi *frugívoro*. A desta semana é *vexado*. Eu as estou preparando para os SATs.

Fico em pé na cadeira quando quero chamar atenção deles. Quando nos sentamos no tapete, elas sobem no meu colo, correm os dedos pelos meus cabelos. Quando os bolinhos de aniversário chegam, nós os saudamos com o tradicional barulho que os chimpanzés fazem para comida.

Temos uma unidade inteira sobre etiqueta adequada de chimpanzés. Ao visitar uma família de chimpanzés, eu digo a elas, vocês devem se inclinar, parecer menor, para não os intimidar. Eu lhes mostro como fazer o sinal para *amigo* com as mãos. Como sorrir cobrindo os dentes superiores com o lábio superior. Quando a foto de nossa turma é tirada, eu peço duas ao fotógrafo – uma para ir para casa para seus pais e outra para a sala de aula. Na foto da sala de aula, estamos todos fazendo nossa cara de chimpanzés amistosos.

Depois de praticarmos nossas boas maneiras, fazemos uma visita ao Laboratório Uljevik, agora chamado Centro de Comunicação de Primatas. Entramos em fila na sala de visitantes, onde há uma parede de vidro à prova de balas entre os chimpanzés e nós.

Às vezes, os chimpanzés não estão com disposição para receber visitas e eles demonstram isso atacando a parede de vidro, batendo o corpo nela com estrondo, fazendo o vidro estremecer em sua armação. Quando isso acontece, nós vamos embora, voltamos em outro dia. O centro é a casa deles. São eles que decidem quem pode entrar.

Mas também temos como conectar Skype em sala de aula. Eu deixo conectado durante toda a manhã, de modo que meus alunos podem se informar sobre os chimpanzés a qualquer momento que desejarem, e os chimpanzés podem fazer o mesmo. Restam apenas seis chimpanzés ali agora. Três são mais novos do que Fern – Hazel, Bennie e Sprout. Dois são mais velhos, ambos machos – Aban e Hanu. Assim, Fern não é a maior, nem a mais velha, nem o macho. E no entanto, pela minha observação, ela é o chimpanzé de maior status aqui. Eu vi Hanu fazendo o sinal de súplica dos chimpanzés – braço estendido, pulso mole – para Fern e nunca vi Fern fazer isso para ninguém. Aí está, portanto, dr. Sosa.

Sem sombra de dúvida, meus alunos preferem minha sobrinha Hazel a minha irmã. Eles gostam de Sprout, o mais novo, de cinco anos, mais do que de todos os outros. Sprout não tem nenhum parentesco com Fern, mas ele traz de volta minhas lembranças dela mais do que ela própria. Vemos menos imagens dos chimpanzés mais velhos, mais dos bebês mais dóceis. Fern tornou-se pesada e vagarosa. Sua vida a desgastou.

Meus alunos dizem que ela é um pouco má, mas para mim é apenas uma boa mãe. Ela controla a vida social no centro e não tolera besteiras. Quando há uma briga, é ela quem separa os contendores e os obriga a se abraçar e fazer as pazes.

Às vezes, nossa própria mãe aparece do outro lado da nossa conexão Skype, dizendo-me para pegar alguma coisa no mercado no caminho de casa ou lembrando-me de que tenho uma consulta com o dentista. Ela presta trabalho voluntário no centro todos os dias. Sua função atual é garantir que Fern receba os alimentos de que mais gosta.

No dia em que minha mãe visitou o centro pela primeira vez, Fern recusou-se a olhar para ela. Permaneceu sentada, de costas para o vidro, recusando-se a se virar sequer para ver o que Hazel e mamãe estavam dizendo uma à outra. Mamãe havia feito biscoitos de pasta de amendoim, os favoritos de Fern, e foram entregues, mas ela se recusou a comê-los.

— Ela não me conhece — mamãe disse, mas eu acho que aquilo era prova do contrário. Fern não recusaria um biscoito de pasta de amendoim sem motivo.

Na primeira vez em que mamãe foi incumbida de dar o almoço aos chimpanzés — há uma pequena janela para isso, grande apenas o suficiente para deslizar uma bandeja por ela —, Fern a esperava. Ela estendeu o braço para agarrar a mão de mamãe. Apertou-a com força suficiente para machucar e mamãe pediu-lhe várias vezes para soltar um pouco, mas Fern nunca demonstrou nenhum sinal de que estava ouvindo. Continuou impassível e dominadora. Mamãe teve que mordê-la para que ela finalmente a soltasse.

Nas visitas subsequentes, seu comportamento se abrandou. Ela agora troca sinais com a mamãe e presta atenção aos seus movimentos, muito mais do que com qualquer outra pessoa. Ela a segue o melhor que pode, estando ela dentro e mamãe fora. Ela come seus biscoitos. No álbum de bebê de Fern, há uma foto na cozinha na casa de fazenda de mim e Fern à mesa, cada uma com um batedor para lamber. Fern está roendo o dela como se fosse uma perna de galinha.

Eu costumava me perguntar o que diria a Fern quando ela me perguntasse sobre Lowell ou papai. Nós tivemos que lembrar vovô Joe na casa de repouso que papai morrera, inúmeras vezes, e cinco minutos depois ele estaria nos perguntando outra vez, com voz angustiada, o que ele havia feito de tão ruim que seu único filho nunca ia visitá-lo. Mas Fern nunca mencionou nem um, nem outro.

Às vezes, meus alunos e os chimpanzés faziam um projeto de trabalhos manuais juntos, quando nós os visitávamos ou por Skype. Fazemos pintura com os dedos. Cobrimos papel com cola e purpurina. Fazemos pratos de barro com a impressão de nossas mãos neles. O Centro mantém projetos de arrecadação de fundos, onde vendem trabalhos artísticos dos chimpanzés. Temos várias das pinturas de Fern nas paredes de nossa casa. Meu favorito é sua versão de um pássaro, um traço escuro através de um céu claro, não se vê nenhuma jaula para criatura ou artista.

O Centro tem prateleiras e prateleiras de vídeos ainda a serem analisados. Os pesquisadores estão com os dados atrasados em décadas. Assim, os seis chimpanzés deixados em residências estão todos aposentados do jogo da ciência. Nossas intrusões são bem-vindas como uma forma de mantê-los estimulados e interessados, e ninguém tem a preocupação de que possamos alterar os resultados.

Esses seis chimpanzés recebem o melhor tratamento possível e no entanto suas vidas não são invejáveis. Eles precisam de mais espaço dentro do Centro e muito mais do lado de fora. Precisam de pássaros, árvores, riachos com sapos, o coro de insetos, toda a natureza não orquestrada. Eles precisam de mais surpresas em suas vidas.

Fico acordada à noite e, assim como um dia eu fantasiava sobre uma casa na árvore onde eu viveria com Fern, agora estou projetando uma casa para seres humanos, como uma guarita, porém maior – uma guarita com quatro quartos, dois banheiros. A porta da frente é também a única entrada para um grande complexo. A parede dos fundos é toda de vidro à prova de balas e dá para um terreno de vinte acres, talvez mais, de cornisos, sumagres, solidagos, heras venenosas. Em minha fantasia, os seres humanos ficam confinados à casa e os chimpanzés correm livremente pela propriedade, os seis do Centro, mas também outros, talvez até meus sobrinhos, Basil e Sage. Essa é a pista de que tudo isso não passa de um sonho – introduzir dois machos adultos em nossa pequena comunidade é uma ideia terrível e perigosa.

Nos últimos anos, os meios de comunicação têm noticiado terríveis ataques de chimpanzés. Não tenho medo de Fern. Ainda assim, compreendo que ela e eu nunca mais nos tocaremos outra vez, nunca mais nos sentaremos com nossos braços enlaçando uma à outra, nunca caminharemos unidas uma atrás da outra como se fôssemos uma única pessoa. Esse santuário imaginário é a melhor solução que posso imaginar – uma cerca eletrificada à nossa volta, uma parede à prova de bala entre nós.

❦

Será preciso mais do que um salário de professor de jardim de infância. Publicar seus diários como um livro infantil foi ideia de mamãe. Ela escreveu os originais e fez a maior parte do trabalho de preparar a versão final, mas Fern e eu estamos curiosamente listadas como coautoras na capa. Todos os lucros irão diretamente para o Centro, para um fundo para ampliar a área cercada ao ar livre dos chimpanzés. Cartões para doações também serão inseridos em cada livro.

Nossa editora está entusiasmada e otimista. A data do lançamento foi marcada perto das férias de verão. O Departamento de Publicidade espera uma grande procura por parte da mídia. Quando penso muito nisso, entro em pânico, me vejo desejando que seja mídia impressa em vez de rádio, rádio em vez de TV ou, egoistamente, absolutamente nenhuma notícia.

Parte disso é meu conhecido medo de exposição. Aterroriza-me pensar que, quando o verão chegar, não haverá mais como me esconder, não haverá mais saída. Todos, desde a mulher que corta meus cabelos à rainha da Inglaterra, saberão quem eu sou.

Não quem eu realmente sou, é claro, mas uma versão colorida, mais comercializável, mais fácil de ser amada. Aquela que ensina no jardim de infância e não aquela que nunca terá filhos. Aquela que ama sua irmã e não aquela que fez com que ela fosse mandada embora. Ainda não encontrei o lugar onde eu possa ser meu verdadeiro eu. Mas talvez nunca se possa ser seu verdadeiro eu.

Antes, eu acreditava que a menina-macaco fosse uma ameaça apenas para mim mesma. Agora vejo como a menina-macaco poderia estragar tudo. Assim, além do velho medo de exposição, há este outro medo de que eu embaralhe tudo, calcule mal exatamente quanto da menina-macaco deverei revelar. Não há dados que sugiram que eu possa fazer você gostar de mim independentemente do que eu faça. Eu poderia ser enviada de volta para o colégio, agora sem corredores ou salas de aula, mas em vez disso com tabloides e blogs.

Façam de conta que eu estou em seus televisores. Estarei no meu melhor comportamento humano. Não vou subir nas mesas, nem pular nos sofás, embora seres humanos já tenham feito isso em programas de TV antes e não tenham sido extirpados da espécie por isso. E ainda assim vocês estarão pensando consigo mesmos – não faz sentido, porque ela parece perfeitamente normal, até um pouco bonita, dependendo da luz, e no entanto... Há algo errado em relação a ela. Não consigo precisar exatamente o quê...

Vou deixá-los um pouco arrepiados com a minha maneira um pouco selvagem. Ou melhor, vou aborrecê-los. Isso acontece muito comigo. Não culpem Fern por isso. Vocês iriam gostar dela.

Quisera que mamãe pudesse lidar com a mídia em meu lugar, mas ela não pode se passar por vítima inocente. O público do estúdio gritaria com ela.

Portanto, aqui estamos. A metade humana de *O caso das irmãs de Bloomington*, a fantasmagórica Rosemary Cooke, está prestes a colocar o show na estrada. Cada palavra que eu disser lá fora será em nome de minha irmã. Serei amplamente admirada. Fern será influente em segredo. Esse é o plano.

Esse era o plano.

Seis

E SE VOCÊS NÃO ME OUVIREM...

A vida de minha irmã, como representada por Madame Defarge:

Era uma vez uma família feliz – mãe, pai, filho e duas irmãs. A filha mais velha era inteligente e ágil, coberta de pelos e muito bonita. A mais nova era comum. Ainda assim, seus pais e seu irmão amavam as duas.

Mon Dieu! Certo dia, a filha mais velha caiu em poder de um rei malvado. Ele a atirou em uma prisão onde ninguém poderia vê-la. Ele lançou um feitiço para mantê-la ali. Todo dia ele lhe dizia o quanto ela era feia. O rei malvado morreu, mas isso não quebrou o feitiço.

O feitiço só pode ser quebrado pelo povo. As pessoas têm que ir ver o quanto ela é bonita. Devem invadir a prisão e exigir que ela seja libertada. O feitiço será quebrado somente quando o povo se rebelar.

Portanto, rebelem-se já.

❖

Em 15 de dezembro de 2011, o *New York Times* publicou a notícia de que os Institutos Nacionais de Saúde haviam suspendido todos os novos financiamentos para estudos biomédicos e comportamentais com chimpanzés. No futuro, estudos com chimpanzés serão financiados somente se a pesquisa for necessária para a saúde humana e não houver absolutamente nenhuma outra forma de realizá-la. Duas possíveis exceções à proibição foram registradas – as pesquisas em andamento envolvendo imunologia e também as pesquisas sobre hepatite C. Mas a conclusão básica da reportagem era de que a maioria das pesquisas com chimpanzés é completamente desnecessária.

Pequenas vitórias. Fern e eu comemoramos a notícia com champanhe. Nosso pai costumava nos dar um gole toda noite de Ano-Novo. Isso sempre fazia Fern espirrar.

Pergunto-me se ela se lembra disso. Sei que ela não terá confundido nossa pequena comemoração com aquela do Ano-Novo. Os feriados são comemorados no Centro e Fern sempre deixou muito claro qual era o seu pedido – primeiro Dia da Máscara, depois Dia de Comer Ave. Primeiro Dia de Comer Doce e, somente depois disso, Dia sem Hora de Dormir.

Eu me pergunto muito sobre a memória de Fern. Lowell dissera: Ela me reconheceu imediatamente. Mamãe: Ela não me conhece.

Pesquisas na Universidade de Kyoto demonstraram a superioridade dos chimpanzés sobre os humanos em determinadas tarefas de memória de curto prazo. Uma grande superioridade. Não dá nem para comparar.

A memória de longo prazo é mais difícil de estudar. Em 1972, Endel Tulving cunhou a expressão *memória episódica* para se referir à capacidade de se lembrar de incidentes na vida individual de uma pessoa com informações espaciais e temporais detalhadas (o que, quando, onde) e então as acessar posteriormente como episódios através de uma nova experiência consciente deles, uma espécie de viagem no tempo mental.

Em 1983, ele escreveu: "Outros membros do reino animal podem aprender, se beneficiar da experiência, adquirir a capacidade de se ajustar e se adaptar, solucionar problemas e tomar decisões, mas não podem viajar de volta ao passado em suas próprias mentes." A memória episódica, segundo ele, é um dom exclusivamente humano.

Não está claro como ele sabe disso. Parece-me que toda vez que nós, humanos, anunciamos aquilo que nos torna únicos – nosso bipedismo desprovido de penas, nossa capacidade de usar ferramentas, nossa linguagem – algumas outras espécies aparecem para tirá-lo de nós.

A memória episódica tem algumas características subjetivas. Ela vem com algo chamado "uma sensação de passado" e também uma sensação de confiança, ainda que fora de lugar, na exatidão da lembrança. Essas interioridades nunca são encontradas em outras espécies. Não significa que não estejam lá. Não significa que estejam.

Outras espécies de fato mostram evidência de memória episódica funcional – a retenção do que, onde e quando das experiências individuais. Os dados têm sido particularmente convincentes com relação às gralhas-anãs.

Os seres humanos, na verdade, não são muito bons em se lembrar do quando. Mas extremamente eficazes em se lembrar do quem. Eu imagino que os chimpanzés, sociáveis como são, devam ser iguais.

Será que Fern se lembra de nós? Ela se lembra, mas não nos reconhece como as pessoas de quem se lembra? Nós sem dúvida não temos mais a mesma aparência que tínhamos e não sei se Fern compreende que as crianças crescem, os seres humanos envelhecem, do mesmo modo que os chimpanzés. Não encontro nenhum estudo que sugira do que um chimpanzé pode se lembrar por um período de vinte e dois anos.

Ainda assim, acredito que Fern saiba quem nós somos. As provas são convincentes, ainda que não conclusivas. Apenas o severo fantasma do meu pai me impede de insistir nisso.

Sete

EM FEVEREIRO DESTE ANO, MINHA AGENTE DE PUBLICIDADE me telefonou com a notícia surpreendente e indesejável de que estava recebendo solicitações de entrevistas a manhã inteira dos maiores expoentes do mercado de mídia. Ela começou a recitar uma série de nomes familiares – Charlie Rose, Jon Stewart, Barbara Walters, *The View*. Ela disse que a editora estava tentando ver se seria possível mudar a data do lançamento e perguntou o que eu achava. Eu poderia, de minha parte, fazer isso funcionar? Seu tom de voz, enquanto dava essa notícia, era estranhamente brando. Foi assim que eu soube que Lowell finalmente tinha sido preso.

Ele fora apanhado em Orlando, onde, além de uma lista de acusações mais ou menos do tamanho de *Guerra e Paz*, a polícia afirmava que ele estava nos estágios finais de planejamento de um ataque ao SeaWorld. Eles conseguiram evitá-lo por pouco.

Uma cúmplice não identificada ainda estava foragida.

❈

Fern é a razão pela qual mamãe e eu resolvemos publicar os cadernos de anotações. Juntos, os dois diários de mamãe formam um livro infantil alegre e meigo. "Fern e Rosemary são irmãs. Elas moram juntas em uma casa grande no interior." Nenhuma mulher é amarrada como um peru assado, nenhum gatinho é morto na narração dessa história. Tudo nela é verdadeiro – a verdade e nada mais do que a verdade –, mas não toda a verdade. Apenas o suficiente da verdade que achamos que as crianças iriam querer e que Fern iria precisar.

Não será verdade suficiente para Lowell.

Portanto, esta história aqui é para ele. E para Fern também, novamente Fern, sempre Fern.

Meu irmão e minha irmã levaram vidas extraordinárias, mas eu não estava lá e não posso lhes contar essa parte. Eu me restringi aqui à parte que posso relatar, a parte que é minha, e ainda assim tudo que eu disse é a respeito deles, um contorno de giz ao redor do espaço onde eles deveriam estar. Três crianças, uma história.

A única razão para ser eu quem a está contando é que sou eu quem no momento não está numa jaula.

Passei a maior parte da minha vida cuidadosamente evitando falar em Fern, Lowell e de mim. Será preciso alguma prática para ser fluente nisso. Pensem em tudo que eu disse aqui como prática.

Porque o que essa família precisa agora é de um grande tagarela.

❖

Eu não vou defender aqui a inocência de Lowell. Eu sei que ele acharia que a fábrica de orcas do SeaWorld é uma monstruosidade insensível. Eu sei que ele pensaria que o SeaWorld tem que ser impedido antes que matem outra vez. Eu sei que ele faria mais do que simplesmente pensar.

Assim, eu acho que as alegações são verdadeiras, embora um "ataque ao SeaWorld" possa significar uma bomba ou possa significar grafite e purpurina ou uma torta de creme na cara. O governo nem sempre parece distinguir entre um e outro.

O que não pretende sugerir que Lowell não tivesse a intenção de causar sérios danos. Dinheiro é a linguagem que os humanos falam, Lowell me disse certa vez, há muito, muito tempo. Se você quiser se comunicar com os humanos, tem que aprender a falar essa língua. Só estou relembrando que a ALF não acredita em machucar animais, humanos ou não.

Eu me vejo desejando que Lowell tivesse sido capturado há mais tempo. Quisera que eu mesma o tivesse denunciado lá atrás, em 1996, quando a lista de acusações era menor e o país mais parecido com uma democracia. Imagino que ainda assim ele teria ido para a prisão, mas já estaria livre e em casa agora. Em 1996, até mesmo aqueles cidadãos acusados de terrorismo tinham direitos constitucionais. Lowell está sob custódia há três meses e ele ainda não viu seu advogado. Sua condição mental não é boa.

Ou assim me disseram. Mamãe e eu também não tivemos permissão de vê-lo. Há fotos recentes nos jornais e na internet. Ele se parece inteiramente com um terrorista. Cabelos eriçados, barba desgrenhada, olhos fundos. Olhar de Unabomber. Eu li que desde a sua prisão ele não pronunciou uma única palavra.

Todos estão perplexos com seu silêncio, mas seus motivos não poderiam ser mais óbvios para mim. Ele já estava a meio caminho do que é hoje quando eu o vi pela última vez há dezesseis anos. Lowell decidiu ser julgado como um animal. Do tipo não humano.

Animais não humanos já foram parar nos tribunais antes. Possivelmente, a primeira ação da ALF nos Estados Unidos foi a soltura de dois golfinhos em 1977, da Universidade do Havaí. Os homens responsáveis foram acusados de um grande roubo. Sua defesa original, que os golfinhos são pessoas (humanos em pele de golfinho, disse um dos réus), foi rapidamente descartada pelo juiz. Não sei ao certo a definição de pessoa que os tribunais têm usado. Algo que exclui os golfinhos, mas aceita as corporações.

Em 2007, foi aberto um processo em Viena em nome de Mathias Hiasi Pan, um chimpanzé. O processo foi para a Suprema Corte da Áustria, que determinou que ele era uma coisa, não uma pessoa, embora a corte lamentasse a falta de alguma terceira categoria legal – nem pessoa, nem coisa – onde pudessem encaixá-lo.

É melhor que um animal não humano tenha um bom advogado. Em 1508, Bartholomé Chassenée ganhou fama e fortuna por sua eloquente representação dos ratos de sua província francesa. Esses ratos tinham sido acusados de destruir a plantação de cevada e também de ignorar a ordem do tribunal de aparecer e se defender. Bartholomé Chassenée argumentou com sucesso que os ratos não tinham comparecido diante do juiz porque o tribunal não tinha fornecido proteção razoável dos gatos da vila ao longo do percurso.

Tenho conversado com a mãe de Todd ultimamente e acho que ela concordará em representar Lowell. Ela está interessada, mas é um caso complicado, capaz de demorar algum tempo. São necessárias grandes quantidades de dinheiro.

Sempre o dinheiro.

Não existe nenhum dinheiro na *Utopia* de Thomas More, nem propriedade privada tampouco – são coisas muito desagradáveis para os utopistas, que precisam ser protegidos de aspectos mais difíceis da vida. Os zapoletas, uma tribo próxima, travam algumas de suas guerras por eles. Escravos abatem os animais para a carne que precisam. Thomas More se preocupa que os utopistas perderiam suas delicadas afeições e misericordiosas simpatias se eles próprios realizassem essas ações. Os zapoletas, somos assegurados, deleitam-se com massacres e pilhagens, mas não há nenhuma discussão sobre o impacto da matança de animais sobre os escravos. Nenhuma Utopia é Utopia para todos.

O que nos leva de volta a Lowell. Ele tem trabalhado durante décadas como espião nas fazendas de criação de animais de sistema industrializado, nos laboratórios farmacêuticos e de cosméticos. Ele tem visto coisas que nós nos recusamos a ver, feito coisas que ninguém deveria ter que fazer. Ele sacrificou sua família, seu futuro e agora sua liberdade. Ele não é, como More teria desejado, o pior dos homens. A vida de Lowell tem sido o resultado direto de suas melhores qualidades, de nossas melhores qualidades – empatia, compaixão, lealdade e amor. Isso tem que ser reconhecido.

É verdade que, à medida que meu irmão se tornou mais atuante, ele também se tornou perigoso, o mesmo com minha irmã. Mas eles ainda são nossos e nós os queremos de volta. Eles são necessários aqui em casa.

❦

O meio de uma história acaba sendo um conceito mais arbitrário do que eu jamais percebi quando criança. Você pode colocá-lo onde quiser. Assim, também, o começo e assim, também, o fim. Obviamente, minha história ainda não acabou, não o acontecimento em si. É apenas o relato que eu termino aqui.

Vou terminar com algo que aconteceu há muito tempo. Vou terminar com a primeira vez em que vi minha irmã outra vez depois de uma separação de vinte e dois anos.

Não sei lhes dizer o que senti, não há palavras suficientes. Vocês teriam que estar no meu corpo para compreender tudo isso. Mas eis o que fizemos.

Nossa mãe vinha visitando Fern há mais ou menos duas semanas nessa ocasião. Havíamos combinado de não a sobrecarregar com nós duas ao mesmo tempo, e assim eu esperei. Quando a recepção a mamãe foi tão fria, eu esperei ainda mais. Alguns dias depois que Fern e nossa mãe começaram a trocar sinais, mamãe lhe disse que eu estava vindo.

Eu enviei alguns itens antes: meu velho pinguim Dexter Poindexter, porque ela poderia se lembrar dele; um suéter que eu usara tanto que achei que devia ter o meu cheiro; uma ficha de pôquer vermelha.

Quando fui pessoalmente, levei uma segunda ficha vermelha. Entrei na sala de visitas. Fern estava sentada junto à parede mais distante, vendo uma revista. Eu a reconheci primeiro por suas orelhas, um pouco mais altas na cabeça do que as da maioria dos chimpanzés, e mais arredondadas.

Inclinei-me cortesmente e caminhei até o vidro entre nós. Quando vi que ela estava olhando, fiz o sinal de seu nome e depois nosso sinal para Rosemary. Pressionei a palma de minha mão, a ficha de pôquer no centro, contra o vidro à prova de balas.

Fern levantou-se pesadamente e veio até mim. Ela colocou sua própria mão, grande, diante da minha, os dedos curvando-se um pouco, arranhando, como se ela pudesse atravessar o vidro e pegar a ficha de pôquer. Fiz o sinal do meu nome outra vez com minha mão livre e ela repetiu o sinal com a dela, embora eu não soubesse dizer se ela se lembrara de mim ou se estava apenas sendo bem-educada.

Em seguida, ela descansou a testa contra o vidro. Eu fiz o mesmo e ficamos assim por muito tempo, cara a cara. Daquele ponto de observação, eu só podia vê-la em partes flutuantes, lacrimejantes —

seus olhos
o alargamento de suas narinas
os pelos esparsos em seu queixo e nas bordas de suas orelhas
a minúscula subida e descida de seus ombros arredondados
a maneira como sua respiração manchava e se apagava do vidro

❧

Eu não sabia o que ela estava pensando ou sentindo. Seu corpo se tornara desconhecido para mim. E, no entanto, ao mesmo tempo, eu reconhecia tudo a seu respeito. Minha irmã, Fern. Em todo o mundo, minha única ficha vermelha de pôquer. Como se eu estivesse olhando em um espelho.

Impressão e Acabamento:
LIS GRÁFICA E EDITORA LTDA.

Sinceros agradecimentos à falecida Wendy Weil e suas sócias na Weil Agency, Emily Forland e Emma Patterson. E como sempre à grande Marian Wood.

Mas, principalmente, devo tudo à minha filha. Ela me deu a ideia para este livro como um presente de Ano-Novo e forneceu um excelente *feedback* enquanto eu o escrevia. Ela e meu filho, ambos contribuíram com informações úteis sobre como era a faculdade em meados da década de 1990, enquanto meu marido me deu seu costumeiro, necessário e generoso apoio.

Agradecimentos

São muitos, muitos os agradecimentos devidos.

A Tatu, Dar, Loulis e também aos animais humanos do Chimpanzee and Human Communication Institute, em Ellensburg, Washington.

Às maravilhosas pessoas do Hedgebrook Retreat, os funcionários e também meus colegas residentes. Todos me deram o encorajamento e o espaço quando era bem disso que eu precisava, e ainda mais especialmente à extraordinária, incrível Ruth Ozeki por sua amizade e apoio.

Aos meus queridos amigos Pat Murphy e Ellen Klages, que me mostraram o caminho de saída quando a minha escrita se viu encurralada.

A Megan Fitzgerald, por algumas pesquisas especiais em Bloomington.

Aos muitos leitores que cuidaram de muitos detalhes para mim – Alan Elms, Michael Blumlein, Richard Russo, Debbie Smith, Donald Kochis, Carter Scholz, Michael Berry, Sara Streich, Ben Orlove, Clinton Lawrence, Melissa Sanderself, Xander Cameron, Angus MacDonald.

A Micah Perks, Jill Wolfson e Elizabeth McKenzie, que leram o manuscrito inteiro mais de uma vez e me ofereceram uma crítica muito útil e inteligente.

Sou também muito grata à dra. Carla Freccero por suas leituras e aulas sobre teoria animal.